クリスティー文庫
12

メソポタミヤの殺人
〔新訳版〕

アガサ・クリスティー
田村義進訳

Agatha Christie

早川書房

8542

MURDER IN MESOPOTAMIA

by

Agatha Christie

Translated by

Yoshinobu Tamura

Published 2021 in Japan by

HAYAKAWA PUBLISHING, INC.

This book is published in Japan by

arrangement with

AGATHA CHRISTIE LIMITED

through TIMO ASSOCIATES, INC.

イラクとシリアの遺跡の調査に携わっている多くの友人に
本書を捧げる

目次

メソポタミヤの殺人〔新訳版〕

登場人物

<table>
<tr><td>エルキュール・ポアロ</td><td>……………私立探偵</td></tr>
<tr><td>エイミー・レザラン</td><td>……………看護婦</td></tr>
<tr><td>エリック・レイドナー</td><td>……………遺跡調査団長。考古学者</td></tr>
<tr><td>ルイーズ・レイドナー</td><td>……………エリックの妻</td></tr>
<tr><td>リチャード・ケアリー</td><td rowspan="7">……………遺跡調査団員</td></tr>
<tr><td>デイヴィッド・エモット</td></tr>
<tr><td>ビル・コールマン</td></tr>
<tr><td>カール・ライター</td></tr>
<tr><td>ラヴィニー神父</td></tr>
<tr><td>アン・ジョンソン</td></tr>
<tr><td>ジョーゼフ・マーカド</td></tr>
<tr><td>マリー・マーカド</td><td>……………ジョーゼフの妻</td></tr>
<tr><td>ジャイルズ・ライリー</td><td>……………外科医</td></tr>
<tr><td>シーラ・ライリー</td><td>……………ジャイルズの娘</td></tr>
<tr><td>アブドラ</td><td>……………遺跡調査団を現地で手伝う少年</td></tr>
<tr><td>メイトランド</td><td>……………警察署長</td></tr>
</table>

序文

医学博士ジャイルズ・ライリー

ここに記された事件は、四年ほどまえに実際に起きたものである。故あって、わたしはその正確な記録を公表すべきであると考えている。じつは重要な証拠が秘匿されているのではないかといった類の、根も葉もない流言が、巷に広く出まわっているからだ。特にアメリカン・プレス紙には、曲解が目につく。

いうまでもないことだが、それが調査団のメンバーのひとりによって記されるのは、公平を欠く結果を招きかねず、決して望ましいことではない。

そこで、わたしはこの作業をミス・エイミー・レザランに依頼することにした。おそらくこれほどの適任者はいないだろう。有能な職業人であり、イラクに派遣されたピッツタウン大学の調査団とはそれまでなんのかかわりも持っておらず、したがって偏見や先入観も有していない。鋭い観察眼の持ち主であり、現場の怜悧な目撃者でもある。

ただ、ミス・レザランを説得するのは容易なことではなかった。実際のところ、わたしがこの職業に就いてから体験したもっとも手間のかかった仕事のひとつといっていいだろう。しかも、原稿を書きあげてからも、なぜかそれをわたしに見せるのをためらった。あとでわかったのだが、その理由のひとつは、わたしの娘のシーラについて批判的な記述がところどころにあるからだった。わたしはこう言って説得した。いまは子供たちが平気で親の悪口を言う時代だ。少しくらいわが子の悪口を書かれても、なんということもない。もうひとつの問題点は、ミス・レザランが自分の文章について謙遜しすぎているということだった。「文法の誤りとかを直してほしい」とのことだったが、わたしはいっさい手を加えていない。わたしの見るところ、その文章は力強く、個性的で、どこもおかしい箇所はない。エルキュール・ポアロのことを、あるところでは〝ポアロ〟と呼び、別のあるところでは〝ミスター・ポアロ〟と呼んでいるが、そういった言葉の使い分けもなかなか興味深く、示唆に富んでいる。ときに応じては〝礼節を重んじ〟（概して看護婦はエチケットにとてもうるさい）、だが次の瞬間には、付け袖もナースキャップもかなぐり捨てて、ひとりの人間として物申したりしている。

わたしのしたことは、勝手ながら、最初の一章を添えただけであり、しかも、ミス・

レザランの友人の好意によって提供された手紙に負うところが多い。それは語り手のラフ・スケッチであり、書物の口絵のようなものである。

1 口絵

バグダッドのチグリス・パレス・ホテルの広間で、ひとりの看護婦が手紙を書きおえようとしている。紙の上で、万年筆の走りは淀みない。

……そう。近況はだいたいこんなところよ。今回、イギリス以外の世界を見ることができたのは、ほんと、とてもよかったと思う。でも、バグダッドの不潔さと混乱ぶりは信じられないくらい。『千夜一夜物語』から想像されるようなロマンチックなものなんてどこにもない。もちろんチグリス川の眺めはステキよ。でも、街なみはひどいもの。まともなお店は一軒もない。先日ケルシー少佐に連れていってもらったバザールは、それなりに趣があって面白かったけど、店先に並べられたものはガラクタばかりで、銅のお鍋を叩く音のうるさいのなんのって。しまいには頭が痛くなってきちゃった。よほどきれいに洗わないと、使う気なんかにはなれない。特に緑青には気をつけなきゃ。

ドクター・ライリーから紹介してもらったお仕事に関して何か動きがあったら、また手紙を書くわね。そのアメリカ人はいまバグダッドに来ているそうで、今日の午後、会うことになってるの。奥さんのことで。ドクター・ライリーの話だと、〝よく幻を見る〟んだって。それ以上くわしい説明はなかったけど、どういうことかは誰にだってすぐにわかる。アルコール中毒による譫妄症よ。もちろんドクター・ライリーは黙ってたけど、顔にはそう書かれていた。どういう意味かわかるわね。ご主人のレイドナー博士は考古学者で、アメリカの博物館の依頼を受けてどこかの砂漠で遺跡の発掘の仕事をしているらしい。

まあいい。今日はこのくらいにしておきましょう。あなたが教えてくれたスタビンズ坊やの話は、死ぬほどおかしかったわ。婦長さんはなんて言ったか興味しんしん。

またお便りしますね。

かしこ

エイミー・レザラン

ミス・レザランは便箋を封筒に入れて、ロンドンの聖クリストファー病院の宛先とカーショウ看護婦の名前を書いた。

万年筆のキャップをはめたとき、ホテルのボーイがやってきて、声をかけた。

「レイドナー博士とおっしゃる方がお見えになりました」

ミス・レザランは振りかえった。やってきたのは、褐色の顎ひげをはやした、中背で、やや猫背ぎみの男だった。目は優しいが、少しばかり疲れているように見える。

それがレイドナー博士で、その目に映ったのは、背すじがまっすぐにのびた、物怖じしない三十代の女性だった。大きな青い瞳に、艶のある褐色の髪。神経を病む者の付添人としてうってつけのように見える。明るく、健康で、頭の回転が速く、とてもしっかりしている。

この女性ならきっとうまくやってくれるだろう、とレイドナー博士は思った。

2　エイミー・レザランについて

わたしは作家ではないし、執筆についての心得があるわけではない。なのに、いまこういう文章を書きつづっているのは、ドクター・ライリーに頼まれたからであり、ドクター・ライリーに頼まれると、どんなことでもそう簡単に断われないからだ。

「でも、ドクター、わたしには文才などありません。かけらもないんです」

「気にすることはない。看護日誌をつけるように書けばいいんだよ」

なるほど。たしかにそういう手もある。

ドクター・ライリーは話を続けた。要するに、テル・ヤリミアで起きた事件の正確な記録を残したいということらしい。

「個人的なかかわりがあった者が書くと、どうしても偏ったものになり、説得力に欠けるからね」

もちろん、この指摘も正しい。わたしは事件に立ちあってはいたが、ある意味ではずっと部外者だった。

「どうしてご自分でお書きにならないのですか、ドクター」

「きみはずっと現場にいたが、わたしはいなかった。それに――」ドクター・ライリーはため息をついた。「娘はわたしが書くのをいやがるはずだ」

自分の娘に頭があがらないなんて、情けない話。そう言おうとしたとき、ドクターの目がきらりと光るのが見えた。ここがこのひとの食えないところなのだ。冗談なのか、そうでないのか、誰にもわからない。憂いを帯びたゆっくりとした口調はいつも同じだが、その半分は額面どおりには受けとれない。

「そうですね。もしかしたら、書けるかもしれませんけど……」

「もちろん書ける」

「でも、どこからどんなふうに書きはじめたらいいんでしょう」

「ある作家の著作に、こんな一節がある。〝始めから始めるがよい。そして最後に来るまで続けるのじゃ。そうしたら終わればよい〟」

「どこの何が始まりなのかわからないんです」

「いいかね、ミス・レザラン。どう始めるかより、どう終わるかのほうが、ずっとむずかしいんだよ。少なくとも、わたしのスピーチはそうだ。いつも誰かに服を引っぱられて、無理やりやめさせられる」

「ふざけないでください、ドクター」

「ふざけてなんかおらんよ。どうだい。引き受けてもらえるかね」

もうひとつ気にかかっていることがあった。少したためらってから、わたしは言った。

「ちょっと心配なんです。ときどき、わたし、感情的になってしまう傾向があるので」

「まったく気にすることはない。感情がこもっていたほうがむしろいい。これは生身の人間の話であって、人形の話じゃないんだからね。私情、えこひいき、意地悪。なんでもけっこう。好きなように書けばいい。名誉棄損になるような箇所は、あとで削除すればそれですむ。頼む。きみは利口な女性だ。きみの知性と思慮分別をもってすれば、きっといいものができると思うよ」

話は以上で、わたしは頑張ってみると約束した。

そんなわけで、いまわたしはこうして書きはじめているのだが、ドクターにも言ったように、どこから始めたらいいか決めるのは簡単なことではない。

とりあえず、簡単に自己紹介をしておこう。わたしの名前はエイミー・レザラン。年は三十二歳。聖クリストファー病院で研修を受けたあと、二年間、助産婦をしていた。その後しばらく個人の付き添い看護をした経験もある。あとは四年間デヴォンシャー・

プレイスにあるミス・ベンディィックスの養護施設に勤務していた。イラクには、ミセス・ケルシーという女性といっしょに来た。わたしが出産のお手伝いをした女性だ。そのときに生まれた赤ちゃんのお世話は、夫婦でバグダッドに行くことになった時点で、長年現地で友人夫婦の子供たちの世話をしてきた保育士にまかせるつもりだった。いま面倒を見ている子供たちが学校の関係で両親といっしょにもうすぐ帰国するので、そのあと、ミセス・ケルシーのところに来る予定だという。けれども、ミセス・ケルシーはもともと身体が丈夫なほうではなく、生まれたばかりの赤ん坊を連れて長い旅行をするのは不安だということで、わたしが付き添うことになったのだ。そのあと、イギリスに帰るときには、また誰かお世話をするひとを見つければいい。見つからなかったら、ケルシー夫妻が旅費を負担してくれるという。

ケルシー夫妻については、詳しく説明しなくてもいいだろう。赤ちゃんは可愛らしく、ミセス・ケルシーはやや気むずかしいけれど、とてもいいひとだ。旅はとても楽しかった。これほどの長い船旅はこれまで一度も経験したことがない。

その船にたまたま乗りあわせていたのがドクター・ライリーだ。黒い髪に、細長い顔。低く渋い声で冗談ばかり言っていた。わたしをからかって楽しんでいたのだろう。突拍子もないことを言って、わたしがそれを理解できるか試していたのかもしれない。外科のお医者さまで、バグダッドから車で一日半かかるハッサニーという町で開業しているらしい。

バグダッドに着いて一週間ほどたったころ、街でたまたま出会ったときには、いつケルシー夫妻にいとま乞いをするのかと訊かれた。なんと間のいい質問だろう、とわたしは言った。ライト一家（先に触れた家族）が予定より早く帰国することになったので、そのお世話をしていた保育士はいつでもケルシー夫妻のところに来られるようになったのだ。

ドクター・ライリーが言うには、ライト家のことを聞いたので、わたしに尋ねたらしい。

「じつはきみに頼みたいことがあってね」

「看病ってことでしょうか」

ドクターは思案顔で眉を寄せた。

「看病とはいえんだろうね。あるご婦人が、なんというか、おかしな考えにとりつかれているんだよ」

「まあ」

ということは、アルコールか麻薬ってことね。

けれども、それ以上の説明はなかった。ドクター・ライリーは慎重居士を決めこんでいる。

「ミセス・レイドナーといって、ご主人はアメリカ人――正確にいうと、スウェーデン系のアメリカ人だ。この地で遺跡の調査の指揮をとっている」

なんでも、古代アッシリアのニネヴェに匹敵する大きさの都の遺跡を発掘しているらしい。調査団の宿舎はハッサニーからさほど離れていないが、とても辺鄙なところで、レイドナー博士はこのところ夫人の健康状態をずいぶん気にしているという。

「詳しい話は聞いていないが、しばしば恐怖の発作に襲われるらしい」

「まわりに現地のひとしかいないから、お寂しいんじゃないでしょうか」

「そんなことはない。調査団はけっこうな大所帯で、メンバーは七人か八人いる。宿舎にひとり取り残されるようなことはまずないと思う。でも、ミセス・レイドナーが精神のどこかに異常をきたしているのは間違いない。レイドナー博士は山ほど仕事をかかえているが、夫人を心から愛し、気づかっていてね。できれば、専門的な知識を持った信頼できる者にそばにいてもらいたいと望んでいる」

「奥さまはどう思っているのかしら」

ドクター・ライリーはしかつめらしい口調で答えた。「そこがやっかいなところなんだ。困ったことに、ミセス・レイドナーは何事につけても二日と同じ気持ちでいられない。でも、今回のことに関しては基本的には同意している」そして、付け加えた。「彼女はたしかにちょっと変わっている。感情の起伏がひじょうに激しく、虚言癖とかもあるようだ。でも、博士は彼女が何かを死ぬほど恐れていると信じている」

「奥さまはあなたにどんなふうに言ってるんですか」

「何も言ってくれない。わたしはあまりよく思われておらんのだよ。ややわけありでね。ここに来て、相談をもちかけたのもご主人のほうだ。そこでなんだが、どうだろう。今回の発掘作業はあと二カ月くらい続く。帰国するまえに、行ってみる気はないか。見て損はしないと思うよ」

わたしは少し間をおき、思案をめぐらせた。「そうですね。行ってみようかしら」

「よかった」ドクター・ライリーは言って、立ちあがった。「レイドナー博士はいまバグダッドにいる。こっちに来て、段取りを整えるようにと言っておくよ」


レイドナー博士がホテルにやってきたのは、その日の午後のことだった。なんとなくためらいがちで、どことなく神経質な印象を与える中年の紳士だ。優しげで、人当たりがよく、でもどこか危うい感じがする。

夫人のことを思う気持ちはひしひしと伝わってくるが、何が問題なのかという点については、いまひとつはっきりしない。

「なんといえばいいのか」レイドナー博士は言いながら顎ひげを引っぱった。あとでわかったことだが、それは困ったときにいつもする仕草のひとつだ。「とても神経を擦り減らしていてね。それが心配でならない」

「ご病気とかじゃないんですね」

「ちがいます。とても元気です。ただ、なんというか、考えすぎというか……」

「たとえばどんなことをです」

ところがレイドナー博士は答えをはぐらかし、困惑の表情で答えた。「なんでもないことに神経を尖らせているだけです。わけもなく、ただ怖がっているのです」

「何を怖がっていらっしゃるんでしょう」

また曖昧な答えしかかえってこなかった。「さあ……たぶん、単なる妄想だと思います」

間違いない。麻薬のせいだ。けれども、レイドナー博士はそんなふうには思っていない。よくあることだ。妻はなぜこんなに神経質で、気分屋なんだろうというくらいにしか考えていない。

奥さまはわたしがお世話をすることを了解しているのか、とわたしは訊いた。

レイドナー博士の顔がぱっと明るくなった。

「ええ。驚いたことに。嬉しい驚きです。とてもいい考えだと言ってくれました。これで枕を高くして寝ることができると言っていました」

わたしはおやっと思った。〝枕を高くして寝ることができる〟？　おかしな言い方だ。もしかしたら、奥さまは本当に精神に異常をきたしているのかもしれない。

レイドナー博士は少年のような熱心さで話を続けた。

「あなたならきっとうまくやっていけるでしょう。とても気立てのいい女性なんです」

口もとに屈託のない笑みが浮かんだ。「あなたがそばにいてくれたら、どんなに心強いかわかりません。わたしもあなたをはじめて見たときに確信しました。ぶしつけな言い方かもしれませんが、あなたはきわめて健全で、良識のある女性です。願ったりかなったりとはこのことです」

「とにかく努力してみます。なんとかお役に立つことができればいいんですが。もしかしたら、奥さまはこの国のひとになじめないだけなんじゃないでしょうか」

レイドナー博士は愉快そうに首を振った。「そんなことはありません。家内はアラブ人がとても好きなんです。その素朴さやユーモアのセンスを心から愛しています。じつを言うと、わたしたちは二年前に結婚したばかりでしてね。ですから、家内がここにきたのは今度で二シーズンめということになります。でも、もうアラビア語はぺらぺらです」

わたしは少し間をおいてから、あらためて訊いた。

「奥さまがなにを怖がっているのか教えていただけないでしょうか」

レイドナー博士は少しためらい、それからゆっくりと答えた。「たぶん本人が話すでしょう。話してくれることを祈っています」

このときレイドナー博士から聞きだせたのはこれだけだった。

3 噂

テル・ヤリミア遺跡に行くのは一週間後になった。

幸いなことに、ミセス・ケルシーはアルウィヤでの暮らしになじんできつつあり、ようやく一息つけたみたいだった。

出発までのあいだに、わたしはレイドナー博士の調査団に関する噂話をいくつか聞いた。

ミセス・ケルシーの知人の若い空軍の士官は、びっくりして唇をすぼませた。「あの麗しのルイーズが？　それは知らなかったな」そして、わたしのほうを向いて言った。「われわれのあいだでは、そう呼ばれているんだよ。麗しのルイーズってね」

「そんなに素敵なひとですの？」

「本人はそう思っている。それを世間が受けいれているだけさ」

ここでミセス・ケルシーが口をはさんだ。「そんな意地の悪い言い方をするものじゃないわ、ジョン。そう思っているひとは大勢いる。そうでしょ。多くのひとが夢中になっている」

「そうかもしれない。そんなに若くはないけど、たしかに魅力はあるね」

「あなただって、まんざらじゃないはずよ」と、ミセス・ケルシーは言って、くすっと笑った。

若い士官は頬を赤らめ、ばつの悪そうな顔をした。「それだけ男のあしらい方を心得てるってことだと思うよ。レイドナー博士は奥方が歩いていった地面までありがたがっている。だから、調査団のほかのメンバーもそれに倣う。みんなそうせざるをえなくなる」

「みんなっていいますと?」わたしは訊いた。

「職業も国籍も種々雑多でね。イギリス人の建築家。カルタゴからやってきたフランス人の神父。石碑とかの銘文の解読を担当しているらしい。イギリス人で、こまごまとした雑用をこなしているミス・ジョンソン。そして、カメラマン。チビで、デブのアメリカ人だ。あとは国籍不明のマーカド夫妻。たぶん、ラテン系だと思う。夫人のほうはずいぶん若い。蛇みたいなご面相で、麗しのルイーズを毛嫌いしている。それから若い男がふたり。だいたいそんなものかな。変わり者はいるけど、悪い人間はいない。そう思いませんか、ミスター・ペニーマン」

若い士官は鼻眼鏡をもてあそびながら思案にふけっていた老人に同意を求めた。

老人はびっくりしたように顔をあげた。

「あ、ああ。そうだね。ひとりひとり見ていくと、たしかにみな好人物だ。もっとも、ミスター・マーカドはずいぶんな変わり者だが——」

「変てこな顎ひげなんかはやしちゃって」ミセス・ケルシーが口をはさんだ。「ほんとに変わってるわ」

ペニーマン少佐は聞こえていないように話を続けた。「若いふたりには好感が持てる。ひとりはアメリカ人で、もうひとりはイギリス人。アメリカ人のほうが無口で、イギリス人のほうがよくしゃべる。おかしいじゃないか。普通はその逆だからね。レイドナー博士は控えめで、おしつけがましいところのない、よくできた人物だ。そう。ひとりひとりをとったら、みな気のいい者ばかりなんだがね。ところが、どういうわけか、このまえあそこへ行ったときには、なんとなくおかしな印象を受けた。何がおかしいかわからないが、みんなどこか不自然なんだ。妙にぎくしゃくしていた。食卓で必要以上に礼儀正しくバターをまわしあっているような感じというか」

わたしは自分の意見をひけらかすのがあまり好きではない。だから、こんなふうに言ったとき、顔が少し赤らんでいたかもしれない。「多くの人間がひとつところで長く暮らしていると、誰だっていらいらしてくるものです。わたしも病院で同じような経験をしたことがあります」

「たしかに」と、ケルシー少佐は言った。「でも、今年の調査はまだ始まったばかりだ。いらいらしてくるほどの時間はたっていない」

「調査団は一般社会の縮図なんだよ」と、ペニーマン少佐は言った。「派閥もあるし、敵愾心や嫉妬もある」

「今年は新しいメンバーが何人かいるようだね」

「ええ」若い士官は指を折りはじめた。「コールマンとライター。このふたりは新参です。エモットは去年からの参加です。マーカド夫妻もそうです。ラヴィニー神父は今年からです。病気で来れなくなったバード博士の代役だそうです。ケアリーは古株で、五年前の第一回目から参加している。ミス・ジョンソンもそれとほとんど同じです」

「テル・ヤリミアでは、みんな仲よくやっていると思っていたんだがね」ケルシー少佐は言った。「幸せな家族といった感じだった。人間の性というものを考えたら、普通はなかなかそんなふうになれるものじゃない。そう思わないかね、レザランさん」

「おっしゃるとおりだと思います。病院も同じです。いざこざのほとんどは、お茶の味がどうのこうのといった些細なことが原因です」

「そうだね。狭い世界では、どうでもいいことがやたらと気になるものだ」と、ペニーマン少佐は言った。「でも、あそこには、それ以上の何かがあるような気がしてならない。レイドナー博士は温厚で、つねに気配りを忘れない紳士だ。だから、これまでずっと幸せな、いい雰囲気を維持することができていた。でも、先日訪ねたときには、なぜかひどく気まずい空気が……」

ミセス・ケルシーが急に笑いだした。

「その理由がわからないとおっしゃるの？　隠そうとしても駄目。ちゃんとあなたの顔に書いてあります」

「どういう意味だね」

「ミセス・レイドナーよ。もちろん」

「おいおい、メアリー」と、夫のケルシー少佐は言った。「あれほど魅力的な女性はいない。いざこざを引き起こしているとは思わないがね」

「いざこざを引き起こしていると言ってるんじゃありません。いざこざの原因になっていると言ってるんです」

「どうして？　どうしていざこざの原因にならなくちゃいけないんだい」

「決まってるでしょ。退屈だからよ。あのひとは考古学者の妻であって、考古学者じゃない。遺跡の発掘なんて、なんの気晴らしにもならない。だから、自分でドラマをつくりだしている。自分のまわりに波風を立てて楽しんでるのよ」

「どうだか。それはきみの想像にすぎない」

「ええ。もちろん想像にすぎないわ。でも、間違ってはいないはず。あの美しい顔はなんのためにあると思うの？　悪意はないかもしれないけど、そういったことが好きなのはたしかよ」

「でも、ご主人を心から愛している」

「あら。わたしは不倫やら何やらの話をしているわけじゃないのよ。危険な女（アリュムーズ）だと言ってるだけ」

「女どうしだと、言葉がずいぶん辛辣になるね」

「わかってます。女は意地悪だと言いたいんでしょ。でも、女が女を見る目にまず狂いはない」

「そうかもしれない」ペニーマン少佐は思案顔で言った。「が、たとえそういった手厳しい指摘が事実だとしても、それであの気まずい雰囲気が説明できるとは思わない。まるで嵐のまえといった感じだったんだよ。いつ暴風が吹いてもおかしくない」

「そんなことを言って、レザランさんを脅かしちゃ駄目。三日後にはあそこに行くことになっているのよ。まるでいやがらせをしているみたいじゃないの」

「いいえ、そのくらいはへっちゃらです」と、わたしは笑いながら言った。

とはいえ、まったく気にならないわけでもなかった。レイドナー博士が言った〝枕を高くして寝ることができる〟という言葉も引っかかる。ミセス・レイドナーが心に抱いている恐怖が、知らず知らずのうちに、あるいは誰かに伝えられることによって、調査団の雰囲気をぴりぴりしたものにしているということだろうか。それとも、実際にそこにある緊張感が、でなかったら、それをもたらす何かが、彼女の精神状態になんらかの影響を与えているのだろうか。

それに、ミセス・ケルシーが口にした〝アリュムーズ〟という言葉。あとで辞書を引いてみたが、結局どういう意味かはわからなかった。

まあいい、なりゆきを見守るしかない、とわたしは心のなかでひとりごちた。

4　ハッサニーの町へ

　それから三日後に、わたしはバグダッドを発った。ミセス・ケルシーと別れるのはつらかった。赤ちゃんはとても可愛らしく、すくすくと育ち、体重は日ごとにぐんぐん増えてきている。ケルシー少佐は駅まで見送りにきてくれた。キルクックに着くのは翌朝で、誰かが駅まで迎えにきてくれることになっていた。

　夜はよく眠れず、いやな夢ばかり見ていた。列車のなかでは眠れないたちなのだ。それでも、翌朝、窓の外を見ると、空はきれいに澄みわたり、これから会うひとたちのことを思うと、なんとなく心が浮き浮きしてきた。

　駅に着き、プラットホームにおりたって、まわりを見まわしていると、ひとりの青年が近づいてきた。顔はまん丸で、頬っぺは真っ赤。P・G・ウッドハウスの小説の登場人物のようだ。

「やあ。はじめまして。レザランさんですね。思っていたとおりだ。すぐにわかりましたよ。ぼくはコールマンといいます。レイドナー博士から迎えにいってくれと頼まれたんです。いかがですか、ご気分は？　最悪でしょ。ぼくもあの汽車に乗ったことがあります。でも、まあいい。到着できて何よりです。疲れたでしょ。朝食はすませましたか。荷物はこれだけですか。ずいぶん軽装なんですね。ミセス・レイドナーなんかはトランクひとつとスーツケースを四つも持ってきたんですよ。それだけじゃありません。帽子の箱とか特別あつらえの枕とか……おっと。おしゃべりがすぎたようです。さあ、車にお乗りください」

駅の前には、一台の車がとまっていた。のちにステーション・ワゴンと呼ばれているとわかった車で、トラックのようにも見えるし、乗用車のようにも見える。わたしはコールマンに手を貸してもらって車に乗りこんだ。そのときの話だと、後ろの席より助手席のほうが揺れは少ないとのことだった。

なにが少ないものか！　実際は車体がバラバラになってしまうのではないかと心配になったくらい。道も道と呼べるようなものではない。轍（わだち）と穴ぼこだらけで、イギリスのきれいな舗装道路を思いだすと、ホームシックになってしまいそうだった。

コールマンは後ろの席から身を乗りだして、耳もとで大声を張りあげた。

「今日は道路の状態がとてもいいんですよ」

　その瞬間、わたしたちの身体は天井に頭をぶつけそうになるくらい高く跳ねあがった。けれども、コールマンはどうやら本気でそう言っているらしい。

「胃や腸が刺激されるので、健康のためにもなる。そんなことはあなたのほうがよく知っていると思いますがね」

「いくら健康のためになっても、頭が割れてしまってはなんにもならないわ」

「雨が降ったあと、ここを走ってごらんなさい。車はスリップばかりしていて、ほとんど横に走っているようなものですよ」

　わたしはもう何も言わなかった。

　ほどなく車は川にさしかかり、わたしたちは信じがたいほどのおんぼろのフェリーボートに乗らなければならなかった。その船で川を渡れたことは、ほかの乗客たちにとってはあたりまえのことかもしれないが、わたしにとっては奇跡としか言いようがなかった。

　それから四時間ほどでハッサニーに着くと、そこは意外なほど大きな町であることがわかった。川の手前から見たときには、いくつもの尖塔（ミナレット）が聳え、町全体が白くて、おとぎの国のようで、とても美しいと思ったが、橋を渡って、町のなかに入ると、印象はころっと変わった。いやな臭いがするし、建物は汚らしく、いまにも崩れ落ちそうで、どこもかしこも泥と埃まみれ。

その町で、わたしたちはドクター・ライリーの家に立ち寄った。昼食に招待されていたのだ。

ドクター・ライリーはいつもどおり親切だったし、家は清潔で、お風呂もあり、とても居心地がよかった。シャワーを浴び、服を着かえると、やっと人心地がついた。

昼食はすでに用意されていて、ドクター・ライリーの話だと、娘さんがまだ帰ってきていないらしい。遅刻は毎度のことだという。帰ってきたのは、おいしい卵のソース煮を食べおえたときのことだった。

ドクター・ライリーが紹介してくれた。「娘のシーラだ」

握手と挨拶がすむと、シーラは帽子を放り投げ、ミスター・コールマンに軽く会釈をしてから、席についた。

そして、言った。「ねえ、ビル。何か面白い話はない?」

コールマンはクラブで開かれることになっているパーティーの話を始めた。わたしはシーラの品定めをすることにした。

感じはあまりよくない。そもそも不愛想すぎる。礼儀作法がなっていない。顔立ちは整っている。髪は黒く、目は青く、肌は白い。唇には口紅が引かれている。冷たく、皮肉っぽい物言いもどうかと思う。以前わたしの下で働いていた見習い看護婦とよく似ている。仕事はできたけど、その態度や口のきき方にはいらっとさせられることが多かった。

けれども、コールマンはどうやら彼女に心を寄せているようだった。話をすると、あたふたして、くだらないことしかしゃべらない。間抜けな大型犬が尻尾を振って、飼い主に取りいろうとしているみたいに見える。

昼食が終わると、ドクター・ライリーは病院に行き、コールマンは町に用を足しにいった。シーラはわたしに町を見物したいか、それとも家でゆっくりしたほうがいいかと尋ねた。コールマンは一時間ほどで戻ってくるので、そのあと調査団の宿舎に連れていってもらえばいいとのことだった。

「どこか見どころがあればぜひ」と、わたしは言った。

「絵のようなところはいくつかあるけど、お気に召すかしら。とっても汚いから」

おかしな言い方だ。〝絵のよう〟でいて〝汚い〟ところなんて、意味がわからない。

とにかく、わたしは町を見てまわり、最後に川を一望できるクラブへ行った。そこは、イギリスの新聞と雑誌が取り揃えられていて、とても感じのいいところだった。

家に戻ったとき、コールマンはまだ帰ってきていなかったので、わたしたちは椅子にすわって、しばらく話をした。なんとなく落ち着かない気分だった。

シーラはミセス・レイドナーに会ったことはあるかと尋ねた。

「いいえ、ご主人にお会いしただけです」と、わたしは答えた。

「ふーん。会ったら、どんな印象を持つかしらね」

わたしは答えなかった。

シーラは続けた。「ご主人はいいひとよ。誰からも好かれてる」

つまり、奥さまのほうは好かれていないということか。

わたしが黙っていると、シーラはだしぬけに訊いた。「あのひとに何かあったの？ご主人から何か聞いてない？」

まだ会ってもいない者の陰口を叩く気にはなれなかったので、わたしはさりげなく受け流すことにした。「お疲れぎみなので、お世話をしてほしいとのことでした」

シーラはとつぜん大きな声で笑いだした。あまり品のいい笑い方ではない。

「あら。もうすでに九人ものひとにお世話をされてるのに？」

「でも、みなさん、それぞれ仕事がおありなんでしょ」

「仕事？　ええ、もちろん仕事はある。でも、何より優先させなきゃならないのはルイーズよ。本人がそう仕向けているのよ」

間違いない。シーラはミセス・レイドナーを毛嫌いしている。

「とにかく、あなたのようなひとをどうして呼ばなきゃならないのか、わたしにはさっぱりわけがわからない。あのひとには、プロの看護婦じゃなく、素人のお手伝いさんで充分なはずよ。体温をはかったり、脈をとったり、健診記録をつけたりしても、なんの意味もない」

だんだん興味が湧いてきた。

「体調を崩しているんじゃないということでしょうか」

「もちろん、ちがうわ。あのひとは牛みたいに頑丈なんだから。〝このごろよく眠れないらしい〟とか〝目の下に隈ができている〟とか言われているとしたら、それは青鉛筆のせいよ。要するに、みんなの注目を集めたいだけ。みんなに取り巻かれて、ちやほやされたいだけ」

可能性はある。パーティー会場で全部の男性からダンスを申しこまれないと気がすまないひとを、わたしはこれまで何人も見てきた。医師や看護婦から〝悪いところはどこもありません〟と言われたら、喜ぶどころか、逆にかんかんになって怒りだす者もいる。

ミセス・レイドナーがその種の人間のひとりであるという可能性は否定できない。としたら、いちばん最初にだまされるのは夫ということになる。概して、世の夫は妻の嘘にいとも簡単に引っかかるものだ。でも、だとすれば、わたしがこれまでに聞いた話は、いったいなんだったのか。〝枕を高くして寝ることができる〟というおかしな言葉のこともある。

どうも腑に落ちない。

そんなことを考えながら、わたしは訊いた。「ミセス・レイドナーは心配性なんでしょうか。だから、人里離れたところで暮らすことに不安を覚えているんじゃないでしょうか」

「不安を覚えることなんか何もないわ。冗談じゃない。あそこには十人からのひとがいるのよ。それに、出土品を守るための警備員もいる。何を不安に思わなきゃいけないの。あそこにはなんにも――」

何かを思いついたらしく、言いかけてやめた。それから、一分か二分がたった。

「不思議ね。あなたの口からそんな話が出るなんて」

「どういうことでしょう」

「先日、ジャーヴィス大尉といっしょに馬でテル・ヤリミアへ行ったの。お昼前だったので、ほとんどのひとは発掘現場へ出かけていたわ。ルイーズはベランダの椅子にすわって手紙を書いていた。だから、わたしたちが来たことに気づかなかったにちがいない。そのときはコールマンもいなかったので、わたしたちはまっすぐベランダのほうへ歩いていったの。すると、ルイーズはどうやら壁に映ったジャーヴィス大尉の影を見たらしく、とつぜん大きな悲鳴をあげたのよ。もちろん、すぐに間違いに気づいて謝ったけど。知らないひとがはいってきたと思ったらしいわ。でも、変でしょ。たとえ知らないひとが入ってきたとしても、どうしてあんな大声を出さなきゃいけないの」

わたしはうなずいた。

短い沈黙のあと、シーラはまた話しはじめた。

「今年はどうも変なの。なぜかみんなぴりぴりしている。ジョンソンさんはむずかしい顔をして黙りこくっているし、デイヴィッド・エモットはどうしても必要なことしかしゃべらない。ビル・コールマンはあいかわらずおしゃべりだけど、そのせいで、まわりの者はしらけるばかり。リチャード・ケアリーはいつも切羽つまったような顔をしている。みんながおたがいを警戒しあっている。なんと言えばいいのかしら。要するに、まともじゃないのよ」

シーラとペニーマン少佐というまったく別種の人間が、期せずして同じような印象を持ち、同じようなことを言っている。考えてみると、おかしな話だ。

ちょうどこのとき、コールマンが部屋に飛びこんで——文字どおり、飛びこんできた。口から舌を垂らし、突然はえてきた尻尾を振ったとしても、驚きはしなかっただろう。

「やあ、やあ。世界一の買い物の名人。それがぼくさ。きみはどうだい。レザランさんに町の名所を案内してあげたかい、シーラ」

「あまりお気に召さなかったみたいよ」シーラはそっけなく答えた。

「さもありなん。ちっぽけな、つまらない町だからね」

「あなたは古いものや美しいものになんの興味もないんでしょ、ビル。なのに、どうしてこんな仕事をするようになったの？」

「ぼくのせいじゃない。文句があるなら、ぼくの後見人に言ってくれ。その後見人ってのは、大学の特別研究員でね。学者肌で、本の虫といっていい。ぼくのような者の面倒をみなきゃいけないのは、本当に大変だろうな」

「好きでもない仕事を押しつけられてするなんて情けないと思わない？」

「押しつけられたわけじゃない。何かやりたいことはあるかと訊かれて、べつにないと答えたら、どこかからこの仕事を見つけてきてくれたんだよ」

「本当にやりたいことは何もないの？　ひとつくらいあってもおかしくないでしょ」

「もちろん、あるさ。できれば、仕事はしたくない。ぼくの夢は懐に大金を入れて、自動車レースに出ることなんだ」

「ばかばかしい」

シーラは本当に腹を立てているようだった。

「ああ、そんなことが叶うわけがないことは自分でもよくわかっている。だから、どんな仕事だっていいのさ。一日中オフィスに閉じこもっているのでさえなければね。未知の世界を見ることができるっていうのも悪くない。だから、話があったとき、ふたつ返事で引き受けたんだよ」

「ここであなたにできることがあるとは思わないけど」

「そんなことはない。発掘現場で、みんなに〝がんばれよ（ヤッラー）〟と声をかけてまわるとか。それに、絵も描けるし、模写とかもできる。学生時代の得意わざは、クラスメートの筆跡の真似をすることだったんだよ。ぼくなら一流の偽造屋になれる。うん。もしかしたら、実際になるかもしれない。きみがバスを待っているときに、ぼくのロールスロイスに泥水をひっかけられたら、その道に進んだと考えてくれ」

「おしゃべりはそのくらいにして、そろそろテル・ヤリミアへ出かける準備をしたら？」

「ここの居心地が悪いってわけじゃありませんよね、レザランさん」

「レザランさんは早く向こうに行って落ち着きたがってるのよ」

コールマンは苦笑いをした。「きみはいつだって自分が正しいと思っているようだね」

たしかにそうだ。あまりにも独断的すぎる。

わたしはさりげなく言った。「とにかく、そろそろ出かけましょうか、コールマンさん」

「ええ、そうしましょう」

シーラと握手し、礼を言ってから、わたしたちは出発した。

「シーラはとても魅力的な女性です」と、コールマンは言った。「でも、男にはちょっとばかり手厳しい」

車は町を出て、畑のあいだの細い道を進んだ。道はでこぼこで、いくつもの深い轍がついていた。

三十分ほど行ったところで、コールマンは指さした。前方の川岸に、小高い丘のようなものがあった。

「あれがテル・ヤリミアです」

蟻のように小さな人影が動きまわっている。

見ていると、人影がいっせいに斜面を駆けおりはじめた。

「今日の作業はこれでおしまいです」と、コールマンは言った。「日没の一時間前に終わることになっているんです」

調査団の宿舎は、川岸から少し離れたところにあった。角を曲がり、小さなアーチ型の門をくぐったところで、車はとまった。

宿舎は中庭を囲むように建てられている。もともと建物があったのは南側だけで、あとは東側にいくつかの小屋があるだけだったが、調査団が来ることになって、北側と東側にも増築され、いまのようになったらしい。この建物の部屋割りはのちにとても重要な意味を持つことになるので、別のページに間取り図を添えておく。

部屋の出入口はすべて中庭側にあり、窓もほとんどが中庭に面している。最初からあった南側の部屋には、外向きの窓もあるが、いずれにも鉄格子がはまっている。南西の角の近くには階段があって、南側の建物の屋上にあがれるようになっている。そこはほかの三つの側面の建物より高くなっていて、細長い屋上には手すり壁がめぐらされている。

わたしはコールマンのあとについて中庭の東側を横切り、南側の建物のまんなかにある広いベランダに向かった。そして、そこの片側のドアをあけて、なかに入ると、その部屋には数人の男女が大きなテーブルを囲んですわっていた。

「お待たせしました、みんさん。セイリー・ギャンプのお見えですよ」と、コールマンはディケンズの小説に出てくる看護婦の名前を出して言った。

テーブルの上座にすわっていた女性が立ちあがって、わたしの前にやってきた。

それがルイーズ・レイドナーとのはじめての出会いだった。

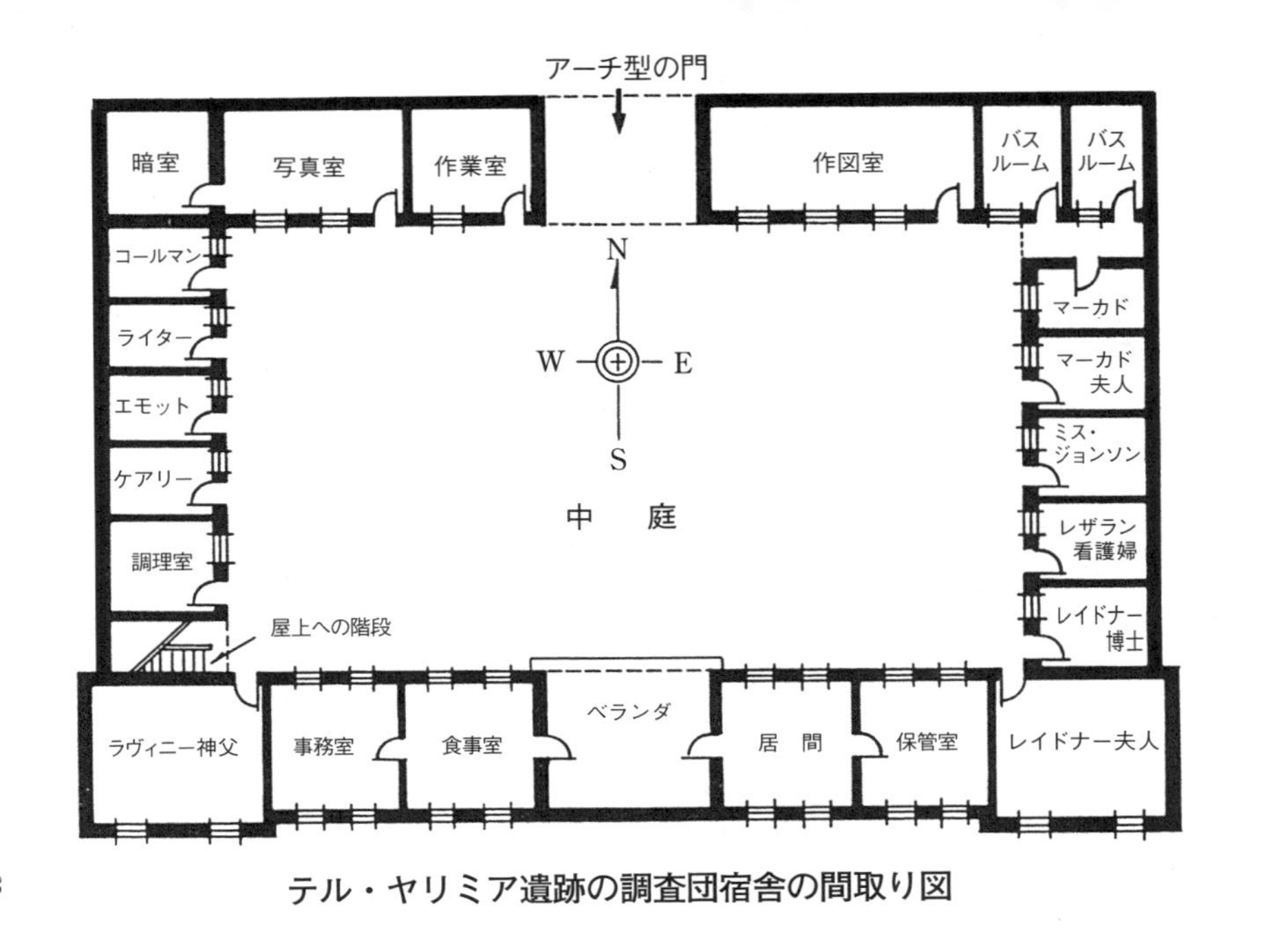

テル・ヤリミア遺跡の調査団宿舎の間取り図

5　テル・ヤリミア

正直なところ、ミセス・レイドナーの第一印象は予想とはだいぶちがっていた。まえもって何やかやと吹きこまれていたので、頭のなかで想像が独り歩きしてしまったのだ。わたしが考えていたのは、不平不満の多い、陰気で、いつも何かにいらだっている神経質な女性だった。そして、あえて言うなら、少しばかりはしたない女性だった。

でも、まったくちがっていた。まず第一に、とっても美しい。夫とちがってスウェーデン系ではないが、そんなふうに見える。これほど見事なブロンドの髪も珍しい。そんなに若くはなくて、年は三十代のなかばくらいだろう。面やつれし、髪には少し白いものが混じっている。目は大きく、とても愛らしい。瞳はスミレ色。こんな色の瞳を見たことはこれまで一度もない。目の下には、かすかな隈ができている。痩せていて、華奢な感じがする。とてもくたびれていると同時に生き生きしているといえば、わけがわからないかもしれないが、それがわたしの受けた印象だ。そして、あともうひとつ、このときわたしが感じたのは、本物のレディだということ。このようなご時世でも、その言葉は大きな意味を持っていると思う。

ミセス・レイドナーは手をさしだして、微笑んだ。その声は低く、優しく、語り口はいかにもアメリカ人らしくまろやかだ。

「よく来てくださったわね。お茶を召しあがる？　それとも、先にお部屋へ案内しましょうか」

わたしはお茶をいただきたいと答えた。ミセス・レイドナーは一同をわたしに紹介した。

「こちらから順にミス・ジョンソン、ミスター・ライター、ミセス・マーカド、ミスター・エモット、ラヴィニー神父。主人はもうすぐ来ます。さあ、椅子におかけになって。ラヴィニー神父とジョンソンさんのあいだの席があいてるわ」

わたしが席につくと、ミス・ジョンソンがすぐに話しかけてきて、旅行の様子などを尋ねた。

感じのいい女性だった。わたしが看護婦の見習いをしていたころ仕えていた婦長さんと似たところがある。人望が篤く、その下にいる者はみな婦長さんのためにと言って仕事に精を出していた。

年は五十少しまえだろう。容貌は男性的で、灰色の髪を短く切っている。話し方はざっくばらんで、声は太い。顔はいかつくて、間違っても美人とはいえない。困ったり、とまどったりしたときには、滑稽なくらい上を向いた鼻をこする癖がある。ツイードの上着もスカートも男物のように見える。なんでも、イギリスのヨークシャー生まれらしい。

ラヴィニー神父にはどことなく気が許せない感じがした。大柄で、長くて黒い顎ひげをはやし、鼻眼鏡をかけている。ここにフランス人の神父がいるという話はミセス・ケルシーから聞いていたが、白いウールの修道服を着ていたのはちょっとした驚きだった。修道士はいったん修道院に入ったら、一生そこで暮らすものとばかり思っていたからだ。

ミセス・レイドナーとはほとんどフランス語で話をしていたが、わたしにはとてもきれいな英語で話してくれる。目は鋭く、一同の顔から顔へとせわしなく動いている。

ほかの三人はわたしの向かいの席にすわっていた。ひとりはミスター・ライター。太った色白の若者で、眼鏡をかけている。髪は長めで、カールしている。目はまん丸で、青い。赤ん坊のときは可愛かったかもしれないが、いまはちがう。ブタさんのように見える。もうひとりは、髪をごく短く刈りこんだ若者で、愛嬌のある細長い顔をしている。歯が美しく、微笑むと、とても魅力的。けれど、無口で、話しかけても、うなずくか、一言か二言そっけない返事がかえってくるだけだ。ライターと同じように、アメリカ人だという。最後のひとりはミセス・マーカド。ちらっとそっちのほうを向くと、いつも食いいるような目でわたしを見つめているので、なんとなく居心地が悪く、すぐに視線をそらさざるをえなくなる。看護婦を不思議な生き物のように思っているようだ。礼儀というものを知らないのかと思ってしまう。

年はせいぜい二十五歳で、とても若い。肌の色は浅黒く、ずるそうに見えるが、目鼻立ちはそれなりに整っている。もしかしたら、母がよく言っていた〝タール用の刷毛〟——つまり黒人の血が混じっているのかもしれない。鮮やかな色のセーターを着て、爪に同じ色のマニキュアを塗っている。痩せた鳥のような顔で、物ほしげに見える。目は大きく、唇は固く結ばれている。

紅茶は濃くて、おいしかった。ミセス・ケルシーがいつも飲んでいる中国の薄いお茶には、どうしても馴染めなかったのだ。

テーブルの上には、トーストとジャム、干しブドウ入りのクッキー、それにケーキが並んでいた。わたしのお皿が空になると、いつもミスター・エモットが何かを取ってくれた。相変わらず口数は少ないが、とても気がきく親切なひとだ。

しばらくして、コールマンが部屋に駆けこんできて、ミス・ジョンソンの斜め隣りの席にすわり、ひとりで一方的にまくしたてはじめた。まわりの者のことを気にしている様子はまったくない。

ミセス・レイドナーはため息をついて、たしなめるように睨みつけたが、どこ吹く風。ミセス・マーカドは何を話しかけられても、わたしから目を離さず、ときおりおざなりに相槌を打つだけだけど、コールマンはやはり意に介していない。

お茶を飲みおえたころ、レイドナー博士とミスター・マーカドが発掘現場から戻ってきた。

レイドナー博士はこのまえと同じように礼儀正しく挨拶をした。それから不安げにちらっと夫人を見たが、すぐにほっとしたような表情になって、テーブルのもう一方の端にすわった。ミスター・マーカドのほうはミセス・レイドナーの隣りの空いた席にすわった。背が高く、痩せていて、陰気な感じがする。夫人よりずっと年上で、血色の悪い顔に、もじゃもじゃの顎ひげをはやしている。わたしはほっと胸を撫でおろした。ミセス・マーカドがわたしをじろじろ見つめるのをやめ、夫のほうに視線を移したからだ。その目はいらだたしげで、気づかわしげで、なんとなく奇妙な感じがする。ミスター・マーカド自身はむっつり顔でお茶をすすっているだけで、話をしようともしなければ、お皿の上のケーキに口をつけようともしない。

空いた席はもうひとつあった。しばらくしてまたドアが開いて、ひとりの男が入ってきた。

それがリチャード・ケアリーで、その顔をはじめて見たときには、これほどハンサムな男性はいないと思ったが、次の瞬間に思ったのは本当にそうなのだろうかということだった。ハンサムで、同時に死人のような顔をしていると言ったら、それは矛盾した言い方になるかもしれない。でも、事実そうなのだ。骨の上に皮膚をぴんと張ったように見えるが、造作はとても美しい。顎と頬と額の線はシャープで、ブロンズの彫刻を思わせる。顔は細く、日に焼けている。目は驚くほど青い。身長は六フィート前後。年は四十に近い。

レイドナー博士が言った。「こちらは建築家のミスター・ケアリーです」

ケアリーは聞きとれないほど小さな声で挨拶をし、ミセス・マーカドの隣りの椅子に腰をおろした。

ミセス・レイドナーが言う。「お茶が少し冷めてしまったかもしれないわ、ケアリーさん」

「お気になさらず、ミセス・レイドナー。自分が遅れてきたんですから。どうしてもあの壁の平面図を完成したかったので」

ミセス・マーカドが言う。「ジャムはいかが、ケアリーさん」

ミスター・ライターがトーストをさしだす。

このとき、わたしはペニーマン少佐の言った言葉を思いだした。〝食卓で必要以上に礼儀正しくバターをまわしあっているような感じ〟

たしかに、ここには何かおかしなものがある。

ちょっと他人行儀すぎる。

なかには何年もの付きあいになる者もいるというのに、まるで初対面の人間が集まったみたいだ。

6 最初の夜

お茶の時間がすむと、ミセス・レイドナーに案内されて、自分に割りあてられた部屋を見にいった。

ここで、調査団の宿舎について簡単に説明しておこう。前のページの間取り図を見ていただければ、よりわかりやすいと思う。

ベランダの両側には、ふたつの広い部屋に通じるドアがある。向かって右側のドアはわたしたちがいままでお茶を飲んでいた食事室に通じている。その反対側の部屋は、それとまったく同じつくりで、居間と呼ばれているが、実際には作業場を兼ねていて、スケッチとか土器の修復とかをするために使われている。その隣りには保管室があり、遺跡から発掘されたものはすべてここの棚に並べられるか、整理箱に入れられるか、大きなベンチやテーブルの上に置かれるかしている。居間に通じるドア以外に出入口はない。

保管室の隣りには、ミセス・レイドナーの部屋がある。そこに入るには中庭に面したドアを通るしかない。南側のほかの部屋と同様、裏の畑に面した窓がふたつあるが、どちらにも鉄格子がはまっている。

その北隣りはレイドナー博士の部屋になっている。夫人の部屋とのあいだに連絡用のドアはない。その横にはわたしの部屋があり、続いてミス・ジョンソンの部屋、さらにはマーカド夫妻の部屋がある。

その先の角には、ふたつのバスルームがしつらえられている。以前、わたしがバスルームという言葉を使うのを聞いて、ドクター・ライリーは大笑いし、間違ってもそうは呼べないと言った。たしかにそうだ。水道や蛇口に慣れたひとたちにとっては、腰までの深さのドラム缶を置いただけの小部屋をバスルームと呼ぶのは憚(はばか)られるにちがいない。

この建物の東側の部屋は、いずれも元々あったアラブ人の小屋を増改築したもので、部屋のつくりはみな同じで、中庭に面した窓とドアがついている。

建物の北側には、作図室と作業室と写真室がある。

ベランダの西側の部屋のつくりは、東側とまったく同じだ。食事室の隣りは事務室になっていて、書類を保管したり、目録の作成やタイプなどの仕事をするために使われている。東側のミセス・レイドナーの部屋と正反対の位置には、ラヴィニー神父の部屋がある。個人の部屋のなかでは、そこがいちばん広く、銘文の解読のためにも使われている。

その隣りには、屋上に通じる階段がある。建物の西側には調理室があり、その先には、南から順にケアリー、エモット、ライター、コールマンの小さな部屋が並んでいる。

北西の角は暗室になっているが、そこに入るためには、隣りの写真室を通らなければならない。その隣りは作業室で、その横には、この建物のただひとつの出入口であり、さっきわたしたちが入ってきた大きなアーチ型の門がある。この門の外側には、地元の使用人の家や、警備員の詰め所や、馬小屋などがある。作図室はこの門の横にあり、北側の建物の残り全部を占めている。

このように宿舎のつくりをくどいほど丁寧に述べたのは、あとでまた同じ説明を繰りかえしたくないからだ。

建物をひとまわりして、最後にわたしの部屋に入ると、ミセス・レイドナーはゆっくりくつろいでくれ、ほしいものがあったら遠慮なく申してでてもらいたいと言ってくれた。

部屋はきれいで、家具は簡素だけど、ベッド、整理だんす、洗面スタンド、椅子など、一通りのものは揃っている。

「お湯は朝とお昼と夕食のまえに持ってきてくれます。それ以外の時間なら、廊下に出て、手を叩き、使用人が来たら、こう言うのよ。ジブ・マイハール。覚えられる？」

わたしはたぶんだいじょうぶだろうと答え、ぎこちなくその言葉を繰りかえした。

「それでいいわ。はっきりと大きな声で言うのよ。普通の声だと、ここの人たちには通じないから」

「言葉っておかしなものですね。世界中にちがった言葉がこんなにあるなんて、とても変です」

ミセス・レイドナーは微笑んだ。

「パレスチナには、主（しゅ）の祈りが九十の言語で書かれている教会があるそうよ」

「ほんとに？　叔母にさっそく手紙を書いて教えてやらなきゃ。きっとびっくりすると思いますわ」

ミセス・レイドナーは上のそらで水差しや洗面器をいじったり、石鹼入れを動かしたりしている。

「ここの暮らしが気にいればいいんだけど。退屈しなきゃいいんだけど」

「退屈することはないと思います。人生は退屈しているほど長くありませんから」

返事はなかった。ミセス・レイドナーはぼんやりと洗面器を撫でているだけだった。

と、とつぜん、スミレ色の瞳がわたしを見すえた。

「夫はあなたになんて言ったの」

この種の質問に対する答えは、おおよそ決まっている。

「お疲れぎみなので、身のまわりのお世話をするひとがいたら、多少は気分が楽になるだろうとおっしゃっていました」

ミセス・レイドナーは下を向いて、何やら考えていた。

「そうね。そうなればいいんだけど」

なんとなくすっきりしないが、あえて問いただしはしなかった。そのかわりに、こう言った。「何かあれば、なんなりとお申しつけください。さぼり癖がついちゃ困りますから」

口もとに小さな笑みが浮かんだ。

「ありがとう、ミセス・レザランさん」

このあと、ミセス・レイドナーはベッドに腰かけて、わたしのことをこまごまと尋ねはじめた。これはちょっと意外だった。というのは、一目見たときから、品のいい女性だなという印象を持っていたので、他人の個人的な問題にあからさまな関心を示すようなことはしないと思っていたからだ。

けれども、ミセス・レイドナーはいろいろなことを知りたがった。いつ、どこで看護師の研修を受けたのか。どうしてこっちに来たのか。ドクター・ライリーがわたしを推薦したのはなぜか。さらには、アメリカに行ったことはないか。アメリカに親類はいないか……いくつかの質問はまったく無意味なもののように思えた。じつはそうではないとわかるのは、ずっとあとになってからのことだ。

すると急に態度が変わった。ミセス・レイドナーは大きな明るい笑みを浮かべ、わたしのことを頼もしく、心強く思っていると優しい口調で言った。

そして、ベッドから立ちあがった。「いっしょに屋上にあがって、夕日を見ましょ。いまがいちばん素敵な時間なのよ」

むろん断わる理由はない。

部屋を出たとき、ミセス・レイドナーに訊かれた。「バグダッドからの列車には、多くの西洋人が乗っていた？」

いくらも乗っていなかった、とわたしは答えた。食堂車にいたふたりのフランス人と、聞こえてきた話の内容からして、石油関係の仕事をしている三人のビジネスマンだけだ。

ミセス・レイドナーはうなずき、ほっとしたように小さなため息を漏らした。

わたしたちは屋上にあがった。

屋上には、ミセス・マーカドとレイドナー博士がいた。ミセス・マーカドは手すり壁に腰かけて、夕日を眺めている。レイドナー博士は腰をかがめて、床の上に並べられた石器や割れた土器を見つめている。そこには、大きな臼(うす)のようなものもあれば、石斧や杵(きね)のようなものもある。あとは、びっくりするくらいの数の、奇妙な模様がついた土器の破片。

「こっちにいらっしゃいな」と、ミセス・マーカドは言った。「とってもきれいよ」

たしかにきれいだった。遠くから見たハッサニーの町は、夕日を背景にして、おとぎ話に出てくるもののようで、広い土手のあいだを流れるチグリス川は、夢か幻のように思える。

「ねえ、素敵だと思わない、エリック？」と、ミセス・レイドナーは夫に声をかけた。

レイドナー博士は顔をあげて、「ああ、思うよ。そうだね」とおざなりに答え、また土器の破片をよりわけはじめた。

ミセス・レイドナーは微笑んだ。「考古学者は地中に埋もれているものにしか目がない。あのひとたちには空も天国も存在しないのよ」

ミセス・マーカドはくすくす笑っている。「みんな、変わり者ばかり。あなたもすぐにわかるわ」と言い、少し間をおいてから付け加えた。「あなたが来てくれてよかったわ、レザランさん。わたしたちはみんなミセス・レイドナーのことをとても心配していたのよ。そうでしょ、ルイーズ」

「あら、そうだったの？」

なんだかおかしな雰囲気。

「もちろんよ。だって、普通じゃないんだもの。妙にびくついたり、あわてふためいたりして。みんなは神経がちょっと過敏になってるだけと言うけど、わたしに言わせれば、それがいちばん厄介なものなのよ。神経って、人間のもっとも大切なものでしょ」

やれやれ、とわたしは心のなかでつぶやいた。

ミセス・レイドナーはそっけなく言った。「でも、もう心配する必要はないわ、マリー。これからはこの看護婦さんが付いていてくださるんだから」

「まかせておいてください」と、わたしは明るく請けあった。

「そうね。これでよくなればいいんだけど」と、ミセス・マーカドは言った。「本当に心配してたのよ。医者に診てもらわなきゃいけないんじゃないかと、みんな思ってた。それくらい神経を擦り減らしていた。そうでしょ、ルイーズ」

「わたしもあなたのような太い神経を持たなきゃいけないってことかしら。こんな話はもうよしましょ。神経がどうのこうのというよりもっと面白い話はいくらでもあるわ」

どうやらミセス・レイドナーは敵をつくりやすい性格のようだ。咎めるつもりはないが、その物言いは冷たく、刺々しい。ミセス・マーカドはむっとして、血色の悪い顔を紅潮させている。口ごもりながら何か言いかけたが、ミセス・レイドナーは急に立ちあがり、屋上のはずれにいる夫のほうに歩いていった。

レイドナー博士はそれに気づかなかったようで、夫人が肩に手を置くと、びっくりしたように顔をあげたが、そこには愛情と気づかいの表情があった。

ミセス・レイドナーは優しくうなずいた。そして、夫の腕を取り、ふたりで反対側の手すり壁のほうへ向かい、階段をおりていった。

「博士は心から奥さんを愛しているようね」と、ミセス・マーカドは言った。

「そうですね」と、わたしは答えた。「見ていて、とってもいい感じ」

ミセス・マーカドは横目でわたしに意味ありげな一瞥をくれた。

そして、声をひそめて訊いた。「率直に言って、何が原因だとお思い？」

「べつになんでもないと思いますわ。少しお疲れになっているだけで」

さっきのお茶の時間と同じように、ミセス・マーカドはじっとわたしを見つめている。

それからだしぬけに訊いた。「あなた、精神科の看護婦さん？」

「いいえ、ちがいます。どうしてそう思ったんです？」

少し間があり、それからミセス・マーカドは言った。「あなたはミセス・レイドナーの精神状態がどんなだか知ってるんでしょ。ある程度のことはご主人から聞いてるんでしょ」

看護師が患者のことを他人にぺらぺらしゃべるのはどうかと思う。けれども、患者の身内の者から本当のことを聞きだすのが時としてむずかしいことは、これまでの経験からよくわかっている。その本当のことがわかるまでは、闇雲に手を施しても、かえって逆効果である場合が多い。もちろん、かかりつけの医師がいる場合は別だ。かかりつけの医師がいれば、それを知るために何をどうすればいいか教えてもらえる。でも、ここにそういった者はいない。ドクター・ライリーは実際に診療をしたわけではない。そして、わたしの見たところでは、夫のレイドナー博士は話すべきことをすべて話してくれていない。一般的に、夫は妻のことを他人に話したがらないものだ。世間体というものがあるからだろう。それでも、わかっていることは多ければ多いほど、こちらとしてはやりやすい。ミセス・マーカドは意地の悪い、とてもいやな人だと、わたしは思っていたが、いまはしゃべりたくてうずうずしている。さっきは、やれやれと思ったけど、職業上からだけでなく、個人的にも、話を聞きたいという気持ちは強い。わたしにも人並みの好奇心はある。

それで、こう言った。「最近、ちょっとおかしなところがあるという話は聞いています」

ミセス・マーカドは鼻で笑った。

「ちょっとどころじゃないわ。こっちまでぞっとさせられるくらいよ。このまえの夜も、何者かが自分の部屋の窓を叩いたって言うの。腕のない手で。それから窓に黄色い顔が押しつけられたので、近づこうとすると、ふっと消えてしまったんだって。どう。こんな話を聞かされたら、誰だってぞっとするでしょ」

「誰かのいたずらかもしれません」

「いいえ。単なる妄想よ。三日前にはこんなことがあった。夕食のときに、一マイルほど先の村から銃声が聞こえたんだけどね。あのひとは飛びあがって、大声で悲鳴をあげたのよ。あのときも、みんなぞっとしたわ。ご主人はというと、大あわてで駆けていって、『なんでもないよ、ダーリン。何も心配しなくていいんだよ』と繰りかえすばかり。馬鹿みたい。そうなの。男のひとって、しばしば女性の妄想を煽るようなことをしたり、言ったりするものなのよ。困ったものだわ。それってよくないことよ。妄想を煽ってどうするというの」

「もしかしたら妄想じゃないかもしれません」

「だったら、なんなの」

なんと答えたらいいかわからなかったので、わたしは黙っていた。たしかに変だ。神経が過敏になっている者にとって、銃声を聞いて悲鳴をあげるのは別段おかしなことではない。でも、幽霊のような顔や手が見えたというと、話はちがってくる。考えられるケースはふたつ。ひとつはそれがミセス・レイドナーの作り話だということ。子供がみんなの注意を引くためにありもしないことを言うのと同じだ。もうひとつは、さっきわたしが言ったように、誰かのいたずらだということ。コールマンのような軽佻浮薄な若者なら、深い考えもなく、面白半分にそういったことをしかねない。注意が必要だ。神経過敏になっている者には、笑いごとではすまされないこともある。

ミセス・マーカドは横目でわたしを見ながら言った。「なにしろあれだけ艶やかな女性でしょ。いろんなことがあるのは当たりまえよ」

「いろんなことというと?」

「最初の夫は、ルイーズが二十歳のときに戦死したらしいの。悲しくて、せつない話でしょ」

「昔話はきれいに見えるものです。ガチョウを白鳥と思いこむようなものですわ」

「いやね。そんなふうに言っちゃ身も蓋もないじゃない」

でも、それは事実だ。〝ドナルドが(アーサーでも誰でもいいが)いまも生きていたら〟という言い方をする者は多い。でも、もし本当に生きていたとしたら、ごくありきたりの太った、気むずかしい、ロマンチックなところなどかけらもない中年男になっているにちがいない。

暗くなってきたので、わたしは下へおりようと言った。

ミセス・マーカドは同意し、作業室を見てみないかと言った。「夫はそこにいると思うわ。そこで仕事をしているはずよ」

わたしはぜひ見せてもらいたいと言って、ミセス・マーカドといっしょに作業室に行った。その部屋にはランプの明かりがともっていたが、誰もいなかった。ミセス・マーカドは作業道具や修復中の銅の装飾品や蠟を塗った骨などを見せてくれた。

「あのひと、いったいどこに行ったのかしら」

作図室へ行ってみると、そこではミスター・ケアリーがひとりで仕事をしていた。わたしたちが部屋に入っていっても、顔をあげもしない。驚くほど厳しい表情をしている。そのとき、わたしはふと思った。もしかしたら、とんでもない厄介な問題をかかえているのかもしれない。それでポキッと折れそうになっているのかもしれない。いまふと思いだしたのだが、そういえば、それと同じようなことを言っていた者もいた。

部屋を出るとき、わたしは振りかえって、もう一度ケアリーを見た。唇を固く引き結び、机に身を乗りだしている。骨ばった顔のせいで、死人のような印象を受ける。ちょっと大袈裟かもしれないが、死を覚悟して戦地へ向かう昔の騎士といったところだ。

わたしはあらためて思った。本人は意識していないが、そこには抗いがたい魅力がある。

ミスター・マーカドは居間にいた。そこでミセス・レイドナーに何かの作業の新しい工程についての話をしていた。ミセス・レイドナーは木の椅子にすわって、絹布に花の刺繍をしている。その姿は妖しげで、いまにも壊れそうで、この世のものとも思えないほど美しい。生身の人間というより、おとぎ話のなかの妖精のように見える。

ミセス・マーカドは刺々しい高い声で言った。「あら、ここに来ていたのね、ジョーゼフ。作業室にいるとばかり思ってたのに」

ミスター・マーカドはあわてて立ちあがった。奥方が入ってきたことで魔法が解けたかのようで、泡を食い、おろおろしている。「あの、ええっと、わたしはこれで失礼させてもらいます。やりかけた仕事があるので――」

最後まで言いおわらないうちに、ミスター・マーカドはドアのほうを向いた。

ミセス・レイドナーは優しく声をかけた。「またの機会にお話の続きを聞かせてね。とても面白かったわ」

それから、わたしたちのほうを向いて、さりげなく微笑み、また刺繍に戻った。

そして、しばらくしてから言った。「あそこに本が並んでいるでしょ、レザランさん。いろいろ揃っているから、好きなのを選んで、ここで少し読書でもしたら」

わたしは本棚に近づいた。一分か二分あとに、ミセス・マーカドは急に踵を返し、部屋から出ていった。わたしの前を通ったとき、ちらっと見えた顔は怒りに歪んでいた。

このとき、わたしはミセス・ケルシーが口にした言葉をふと思いだした。わたしはミセス・レイドナーに好意を持っているので、認めたくはないが、それはかならずしも根も葉もないことではないかもしれない。

本人のせいではないにせよ、事実は事実だ。ひとのよさだけが取り柄のミス・ジョンソンや、無作法で癇癪持ちのミセス・マーカドは、容貌においても、魅力においても、とてもミセス・レイドナーの比ではない。結局のところ、世界のどこであっても、男は男なのだ。特にわたしのような仕事をしていると、そのことをいやというほど思い知らされる。

ミスター・マーカドのような冴えない男性では、どんなふうに言い寄っても、洟もひっかけられないだろう。それでも、妻としては、気が気でないはずだ。腹の虫がおさまらず、ミセス・レイドナーに一泡吹かせてやろうと考えていたとしてもおかしくない。

ミセス・レイドナーは椅子にすわって、脇目もふらずに花の刺繍をしている。そこだけに意識を向け、余計なことは何も考えていないように見える。ひとこと忠告しておいてあげたほうがいいかもしれない。くだらない嫉妬や憎悪のために、ひとはどれだけ粗暴になり、どんな馬鹿げたことをしでかすかわからないってことを。

けれども、わたしは自分に言いきかせた。よしなさい、エイミー・レザラン。ミセス・レイドナーは小娘じゃないのよ。もう四十に近い立派な大人なのよ。そういったことはよくわかっているはず。

でも、やはり何もわかっていないのではないか。

それくらい天真爛漫に見える。

これまでどんな人生を送ってきたのだろうと考えずにはいられない。わたしが知っているのは、二年前にレイドナー博士と結婚し、ミセス・マーカドの話によると、最初の夫はいまから十五年ほどまえに死んだということだけだ。

わたしは本を持って椅子にすわった。それからしばらくして部屋を出ると、手を洗って、夕食をとりにいった。この日はカレー料理で、とてもおいしかった。食事がすむと、みんな早々に自分たちの部屋に引きあげた。わたしはほっとした。急に疲れが出たのだと思う。

レイドナー博士はわたしといっしょに部屋まで来て、必要なものが揃っているかどうか見てくれた。

それから、優しくわたしの手を握り、熱っぽい口調で言った。「ルイーズはあなたが気にいったようです。とてもいい印象を受けたと言っていました。よかった。これで何もかもうまくいくような気がします」

少年のような真剣さだ。

ミセス・レイドナーに気にいられていることは自分でもわかっている。それは何よりだと思う。

けれども、レイドナー博士が言うほど、安心してはいられない。もしかしたら、夫も知らないことがあるのではないか。

何かある。それが何かはわからないが、間違いなく何かある。空気中にはっきりと感じとることができる。

ベッドは心地よかったけど、よく眠れなかった。いくつもの夢を見た。

夢のなかで、キーツの詩の一節を思いだそうとしていた。なかなか正確な字句にたどりつけず、はがゆくてならない。子供のころ無理やり暗記させられたもので、あまり好きな詩ではなかったのだ。けれども、このときはちがった。暗闇のなかでふと目を覚ましたとき、はじめてその詩の美しさがわかったような気がした。

〝おお、いかがなされた、鎧の騎士よ……〟そのあとはなんだったっけ。そうそう。

〝ひとり蒼ざめ、彷徨(さまよ)われるとは……〟

そのときは、その騎士の顔もはっきりと頭のなかに浮かんでいた。それはミスター・ケアリーの顔だった。戦時中、わたしが少女だったころ、まわりにいた若者たちのような、こわばり、日に焼けた、厳めしい顔だ。同情の気持ちがわきあがってきたとき、ふたたび眠りに落ちた。詩のなかに出てくる〝つれなき美女(ベル・ダーム・サン・メルシー)〟は、ミセス・レイドナーだった。美しい花の刺繍を手に持って、馬上で身体を横に傾けている。と、とつぜん、馬がよろめいた。まわりには、蠟を塗った骨が散らばっている。全身に鳥肌が立ち、ぶるぶる震えながら、わたしは目を覚ました。寝るまえにカレーを食べたのがいけなかったのかもしれない。

7　窓を覗いていた男

　ひとことお断わりしておくが、地元の風物やらなにやらでこの話に彩りを添えるつもりはない。考古学のことについても、わたしは何も知らないし、知りたいとも思っていない。地下に埋もれている大昔の人骨や遺物をいじくりまわすことにどれだけの意味や価値があるのかもわからない。わたしは考古学向きの人間ではない、とミスター・ケアリーはよく言っていた。たしかにそのとおりだ。

　到着の翌朝、ケアリーは宮殿のあとを見にいかないかと誘ってくれた。いまはその建物の復元図を作成しているところだという。どうしてそんなことが可能なのかは見当もつかない。けれども、わたしは喜んで誘いに応じた。内心は興味しんしんだった。なんでも、それは三千年前のものらしい。そのころの宮殿とはいったいどんなものだろう。以前、写真で見たツタンカーメンの墓のあとのようなものかもしれない。そう思ったが、信じられないことに、そこにあったのは土くれだけだった。高さ二フィートほどの汚い壁があるだけで、ほかには何もなかった。ケアリーは行く先々で丁寧に説明してくれた——あのあたりが広い中庭だとか、ここに部屋が並んでいたとか、二階や中庭もあったとか。礼儀作法というものをわきまえて、わたしは何も言わなかったが、心のなかでは〝そんなこと、わかるわけがないでしょ〟とつぶやいていた。本当にがっかりだった。発掘現場は土と泥の山で、大理石もなければ、黄金もない。美しいといえるようなものは何もない。これなら、クリックルウッドにある叔母の家のほうが、まだ見栄えのする遺跡になるはず。古代のアッシリア人は自分たちのことを〝王〟と呼んでいたというのだけど……

宮殿の見学がすむと、それ以外のところはラヴィニー神父が案内してくれた。わたしはラヴィニー神父を少し恐れていた。修道士で、外国人で、やけに野太い声のせいだろう。実際に接してみると、とても親切なのだが、どこか得体の知れないところがある。遺跡に対する関心も、わたしと同程度ではないかと思うくらいだ。

のちにミセス・レイドナーから聞いたところによると、ラヴィニー神父は書かれたものにしか興味がないらしい。文字は粘土板に刻まれていて、いかにも異教徒風の奇妙なかたちをしているが、べつにおかしなことが記されているわけではない。なかには、学校の教材らしく、表に教師の質問が書かれ、裏には生徒の答えが書かれているものもあるという。わたしにとっては、そういったもののほうが宮殿よりずっと興味深かった。〝人間味を感じさせるから〟と言えば、どういう意味かおわかりいただけると思う。

ラヴィニー神父はわたしをあちこちに連れていってくれた。神殿とか、公邸とか、個人の家とか。アッカド王朝の共同墓地のあととか。けれども、説明はおおざっぱで、断片的で、話はいつもすぐに脇にそれた。

「どうもおかしいな。あなたはどうしてここに来たのです。ミセス・レイドナーは本当に病気だということでしょうか」と、ラヴィニー神父は訊いた。

わたしは慎重に言葉を選んで答えた。「厳密にいえば、病気とはいえないでしょうね」

「あのひとには尋常でないところがあります。油断ならないんです」

「油断ならない？　それはどういう意味でしょう。何が油断ならないんです」

ラヴィニー神父はいわくありげに首を振った。

「冷たいんです。どこまでも冷たくなれる」

「お言葉ですけど、そんな言い方はないと思いますわ」

ラヴィニー神父はまた首を振った。

「あなたはわたしほど女性のことをよく知らないのです、レザランさん」

修道士にはふさわしからぬ言葉だ。もちろん、懺悔室ではいろいろな話が出るだろう。でも、懺悔を聞くのは司祭であり、修道士ではないのではないか。裾が地面をこするくらいの長い修道服を着て、ロザリオを持ち歩いているのだから、修道士であるのは間違いないと思うのだが……

「そうなんです」と、ラヴィニー神父はひとりごちるように言った。「冷たい。しかも強い。石のような、いや、大理石のような心の持ち主です。なのに、怯えている。いったい何を恐れているのやら」

みなそれを知りたがっているのだ。

もしかしたら、夫のレイドナー博士は知っているかもしれない。でも、ほかの者は誰も何も知らないはずだ。

ラヴィニー神父は鋭く光る黒い目でわたしを見すえた。

「ここの雰囲気はどうも変です。そう思いませんか。それとも、正常だと思いますか」

「たしかに正常とはいえないかもしれません。みんな親切にしてくれていますが、どこか居心地が悪い」

「わたしも同じことを感じます。何かおかしなことが起きそうな気がしてならない。レイドナー博士の様子もどこか変です。何か心配ごとがあるようです」

「奥さまの健康状態じゃないでしょうか」

「それもあるかもしれない。でも、それだけじゃないはずです。なんと言えばいいのか。ただならない気配が漂っているんです」

たしかにそのとおりだ。ただならない気配が漂っている。

会話はここで中断した。このとき、レイドナー博士が近づいてきたからだ。子供の墓が見つかったとのことだったので、そこへ行ってみると、小さな骨やいくつかの壺、それにビーズの首飾りらしきものの破片が並んでいる。哀れをもよおす光景だ。

けれども、そこで働いている現地の作業員の姿を見ていると、笑わずにはいられなかった。まるでかかしの群れだ。みな細長いズダ袋のような服を着て、歯が痛むかのように頬かぶりをしている。もっこで土を運びながら、耳慣れない単調な節の鼻歌——あるいは鼻歌のように聞こえるものを繰りかえし口ずさんでいる。よく見ると、多くの者が目の病気にかかっていて、目やにがいっぱいたまっている。なかには目がほとんど見えないのではないかと思えるひともいる。かわいそうにと思ったとき、レイドナー博士の声が聞こえた。

「みなとても元気に働いていています。そう思いませんか」

おかしな話だ。同じことがひとによって、こうもちがって見えるのか。うまく言葉にできないけど、わたしが何を言いたいかはおわかりいただけると思う。

しばらくして午前の休憩時間になると、わたしはレイドナー博士といっしょに宿舎へお茶を飲みに戻ることにした。その途中、いろいろな話を聞いた。たとえば、古代人がパンを焼いた窯(かま)のかたちは、現在でもほとんど変わっていないとか。そういった話を聞いているうちに、ものを見る目が変わってきた。当時の通りや家がどんなだったか目に見えるような気がしはじめたのだ。

宿舎に戻ると、ミセス・レイドナーはもう起きあがっていた。この日は顔色がよく、やつれた感じはしなかった。すぐにお茶が用意され、レイドナー博士は仕事の進み具合を夫人に話して聞かせた。

お茶のあと、レイドナー博士がまた仕事に出かけると、ミセス・レイドナーから出土品を見たいかと訊かれた。わたしはふたつ返事で応じ、ふたりで保管室へ向かった。そこには、多くの出土品が所狭しと並べられていた。そのほとんどが壺の破片か、破片をつなぎあわせたもので、がらくたとして捨てられていたもののようにしか見えない。

「残念なことに、みな壊れてますね。大事にとっておく価値があるとは思えませんけど」

ミセス・レイドナーは微笑んだ。「夫の前でそんなことを言っちゃ駄目よ。あのひとにとって、壺ほど大事なものはないんだから。このなかには、世界最古のものも混じっているのよ。七千年くらいまえのものなんだって」

なんでも、それは遺丘のもっとも深いところから掘りだされたもので、何千年かまえにも、割れると、いまここでしているのと同じように瀝青でつなぎあわせていたという。

「いいものを見せてあげるわ」

ミセス・レイドナーが棚から箱をおろして取りだしたのは、柄に濃いブルーの宝石がちりばめられた黄金の短刀だった。

わたしは歓声をあげた。

ミセス・レイドナーは笑った。

「素敵でしょ。金が嫌いな者はいないわ。主人を除いてはね」

「どうしてご主人は金が嫌いなんですか」

「高くつくから。見つけたひとにそれと同じ重さの金を渡さなきゃならないのよ」

「まあ。どうしてです」

「そういう取り決めになってるの。盗まれるのを防ぐために。現地の作業員にとって大事なのは金自体の値打ちだけ。考古学的な価値にはなんの興味も持っていない。なので、盗んだら融かしてしまう。それを防ぐための苦肉の策なのよ」

次に見せてくれたのは、羊の首のかたちをした美しい黄金の杯だった。

わたしはまた歓声をあげた。

「きれいでしょ。これは王家の墓から出てきたものよ。ほかにも王家の墓はたくさん見つかってるけど、埋葬品はほとんどすべて盗掘されてしまっているとのことでね。この杯はここの遺跡から出たいちばん貴重なものよ。ほかのどの遺跡からもこれほどのものは見つかっていない。アッカド王朝初期の、とっても珍しいものなんですって」

ミセス・レイドナーはとつぜん眉を寄せ、杯を目に近づけ、それから爪でそっと表面を引っ掻いた。

「変ね。蠟がついている。誰かが蠟燭を持って入ってきたってことかしら」と言い、爪で蠟を掻きおとして、杯を元のところに戻した。

そのあと、素焼きの小さな像をいくつか見せてもらった。どれも奇妙なかたちをしていて、粗野な感じがする。もしかしたら、そこには当時の人たちの心のありようが反映されているのかもしれない。

ベランダに戻ると、ミセス・マーカドがそこの椅子にすわって、爪を磨いていた。その爪を目の前にかざして、満足そうに見つめているが、わたしに言わせるなら、赤っぽい色の爪ほど品が悪いものはない。

ミセス・レイドナーは保管室から持ってきた小さな皿の破片をつなぎあわせる作業を始めた。わたしはその様子をしばらく注視し、それから手伝いましょうかと申しでた。

「それはありがたいわ。ほかにもたくさんあるのよ」

陶器のかけらの追加分が持ってこられ、わたしはさっそく作業にとりかかった。コツはすぐにつかむことができ、ミセス・レイドナーからはお褒めの言葉をいただくことになった。看護婦をしていると、自然に手先が器用になるのかもしれない。

「みんな働き者ね」と、ミセス・マーカドは言った。「わたしひとりが遊んでいるみたい。わかってます。どうせわたしは怠け者よ」

「いいのよ。気にしなくて」と、ミセス・レイドナーは言った。

まったく相手にしていないような口ぶりだった。

十二時に、わたしたちは昼食をとった。そのあと、レイドナー博士とミスター・マーカドは壺の汚れを落とす作業に戻った。壺の上から希塩酸をかけると、ひとつはきれいな紫色になり、もうひとつは表面に鮮やかな牛の角の模様が浮かびあがった。まるで魔法のようだ。水洗いしても落ちない泥は、石鹼水で洗って煮沸したら簡単に取り除くことができるらしい。

ケアリーとコールマンは発掘現場に出かけ、ライターは写真室に入っていった。

「きみはどうする、ルイーズ」と、レイドナー博士は尋ねた。「少し休むかい」

ミセス・レイドナーには午睡の習慣があるのだ。

「一時間ほどね。そのあと、お散歩に行こうと思っているの」

「それはいい。ついていってやってくれるかい、ミス・レザラン」

「もちろんです」と、わたしは答えた。

「いいえ、いいのよ」と、ミセス・レイドナーは言った。「ひとりで行くから。レザランさんにあまり負担をかけたくないの」

「でも、わたしはいっしょに行きたいんです」

「いいの。来なくて」きっぱりとした、なかば有無を言わせない口調だった。「誰だって、ひとりになりたいときがあるでしょ。わたしにも、そういう時間が必要なのよ」

そのときは、それで納得した。けれども、一休みするために部屋に戻ったときには、やはりどうもおかしいと思うようになっていた。あんなに怯えていた者がひとりで散歩したいというのは、いったいどういう風の吹きまわしなのか。

三時半ごろ部屋を出たとき、中庭にいたのは、大きな銅の桶で土器のかけらを洗っている少年と、それを選別して並べているミスター・エモットだけだった。そこへわたしが近づいていったとき、ミセス・レイドナーが散歩から戻ってきた。そのときはこれまで見たこともないくらい元気はつらつとしていた。目はきらきら輝き、上機嫌で、浮き浮きしているようにさえ見えた。

しばらくしてレイドナー博士が作業室から出てきて、牛の角がついた大きな皿を夫人に見せた。

「先史時代の地層からはじつに多くのものが出てくる。今シーズンは絶好調だ。いきなりあの墓のあとが見つかったんだから、ついているとしか言いようがない。ラヴィニー神父はちょっと不満かもしれないがね。文字が書かれたものは、いまのところいくらも見つかっていない」

「見つかった数少ないものの解読作業もほとんど進んでいないようよ」と、ミセス・レイドナーは冷ややかな口調で言った。「どんなに優秀なひとか知らないけど、ちっとも真面目じゃない。午後はずっと寝てばかりなんだから」

「できることなら、バード博士に来てもらいたかった。ラヴィニー神父はどうも頼りない感じがする。もちろん、門外漢のわたしに、そんなことをとやかく言う資格はないんだがね。でも、どうしても首を傾げざるをえないことがいくつもある。このまえも、あきらかに間違いとしか思えない解釈をしていた」

お茶のあと、ミセス・レイドナーから川まで歩かないかと誘われた。先ほど散歩についていくのを断わられたので、わたしが気分を害しているのではないかと思ったのかもしれない。

それほど気むずかしい人間でないことをわかってもらうために、わたしは喜んで応じた。

とても気持ちのいい夕方だった。わたしたちは麦畑を抜け、花が咲き乱れる果樹園のなかを進んだ。しばらく行くと、チグリス川に出くわした。すぐ左側には、遺丘があり、作業員が口ずさむ単調な鼻歌が聞こえてくる。右側の少し離れたところには、大きな水車があって、耳ざわりな軋(きし)り音を立てている。その先には、作業員が住んでいる小さな村がある。

「素敵な景色でしょ」と、ミセス・レイドナーは言った。

「ええ。とてものどかです。不思議な気がします。わたしたちはいまあらゆるものから遠く離れたところにいるんですね」

「あらゆるものから遠く離れたところ……そうね。ここなら、少なくとも安全だわ」

えっと思って振りかえったが、どうやらそれはひとりごとで、わたしに向かって言ったのではないみたいだった。心のなかにあるものが思わず口をついて出たのだろう。

わたしたちは来た道を宿舎に向かって引き返しはじめた。

と、とつぜんミセス・レイドナーに腕をつかまれた。もう少しで声をあげそうになったくらい強い力だった。

「あれは誰？　あそこで何をしているのかしら」

少し離れたところにある宿舎の脇の小道に、ひとりの男が立っていた。現地の者の格好ではなく、洋服を着ていて、爪先立ちで宿舎の窓からなかを覗きこもうとしている。

その様子を見ていたとき、男は振り向き、わたしたちの姿に気づくと、すぐさまこっちのほうに向かって歩いてきた。わたしの腕をつかんだミセス・レイドナーの手に、さらに力がこもるのがわかった。

「どうしたらいいの。わたし……」

「だいじょうぶです。心配することはありません」

その男はそのままわたしたちの横を通りすぎていった。それはアラブ人だった。その顔を近くで見ると、ミセス・レイドナーはほっとしたようにため息をついた。

「よかった。現地のひとだったのね」

わたしたちはまた歩きだした。窓の横に来たとき、わたしはそこに目をやった。鉄格子がはまっているし、外側の地面は中庭よりもかなり低く、窓は高いところにあるので、覗きこんでも、なかを見ることはできない。

「ちょっと興味をそそられただけでしょう」と、わたしは言った。

ミセス・レイドナーはうなずいた。

「そうね。それだけのことのようね。わたしはてっきり――」

言葉はそこで途切れた。

わたしが知りたいのは、その先の言葉だった。てっきりなんだったのか。いったい何を言おうとしたのか。

でも、これでひとつだけはっきりした。ミセス・レイドナーが恐れているのは、生身の人間だということだ。

8 夜の物音

テル・ヤリミアに着いてからの一週間について、どんなふうに書き進めていけばいいのか、まだ手探り状態が続いている。

すべてがあきらかになったいまから当時を振りかえるなら、そのときにはいくつもの前兆や手がかりを見落としていたことがわかる。

けれども、話の流れを滞らせないようにするためには、そのときどきに感じたり、考えたりしたことをありのままに書きつづったほうがいいと思う。ときには困りはてたり、不安になったりしたこともあった。何かがおかしいという思いは強くなっていくばかりだった。

ただ、ひとつだけたしかなことがある。それはそこに漂っていた緊張感や気まずさが、思いすごしではなかったということだ。それは実際にそこにあった。あまり神経質とは思えないビル・コールマンでさえ、こんなことを言っていた。

「ここにいると、気が滅入ってくるよ。まえからこんなに陰気な感じだったのかい」

このときコールマンと話をしていたのは、同僚のデイヴィッド・エモットだった。無口だが、無愛想ではなく、好感が持てる。誰が何を考えているかわからない雰囲気のなかで、毅然としていて、頼もしい。

「いいや、去年はこんなことはなかった」と、エモットは答えた。でも、それ以上は踏みこもうとせず、何も言わなかった。

「いったいどういうことなのか、ぼくにはさっぱりわからないよ」と、コールマンは腹立たしげに言った。

エモットは肩をすくめただけで、やはり何も言わなかった。

ミス・ジョンソンからは有益な話を聞くことができた。とても感じのいい女性だ。有能で、てきぱきしていて、頭の回転が速い。レイドナー博士に対しては、大きな尊敬の念をいだいていて、英雄視している節さえある。

ミス・ジョンソンの話は博士の若いころのことから始まっていた。これまでに発掘した遺跡についても、そのときどきに得られた成果についても全部知っていた。博士が以前に行なった講演についても、すべてを正確に覚えていて、どの部分でもすぐに引用できるのではないかと思ったくらいだ。世界一の考古学者だと信じて疑わないという。

「世間離れした、とても素朴なひとよ。偉ぶったところはまったくない。本当にできた人間でなければ、あそこまで謙虚になることはできないわ」

「たしかに」と、わたしは言った。「つまらない人間ほどいばりちらすものです」

「それに、とても陽気なの。博士とケアリーとわたしの三人で最初にここに来た年は、本当に楽しくてね。和気あいあいとしていた。博士とケアリーはパレスチナでもいっしょに仕事をしていたのよ。ふたりの付きあいはもう十年以上になる。わたしが博士と知りあってからは七年よ」

「ミスター・ケアリーはとてもハンサムなかたですね」

「ええ、まあ」

なんとなくそっけない口調だった。

「でも、ちょっと口数が少なすぎると思いませんか」

「以前はちがったのよ。あるときから――」

そこで急に口をつぐんだ。

「いつからです」

「さあ」ミス・ジョンソンは独特の仕草で肩をすくめた。「とにかく、以前と比べたら何もかも変わってしまったわ」

わたしは黙って続きを待った。ミス・ジョンソンは深刻ぶらないように笑いながら話を続けた。

「わたしは古いタイプの人間でね。考古学者の妻は、興味がないのなら発掘現場に来ないほうがいいとつねづね思ってるの。いざこざの原因になることが多いから」

「ミセス・マーカドのことをおっしゃってるんですか」

「いいえ」ミス・ジョンソンは言下に否定した。「わたしが言ってるのはミセス・レイドナーのことよ。そりゃ、魅力的な女性であるのは間違いない。博士が夢中になるのも当然でしょう。でも、ここにいるのはどうしても場違いとしか思えない。あのひとのおかげで、みんなすっかりおかしくなってしまった」

どうやらミス・ジョンソンはミセス・ケルシーと同意見らしい。気まずい雰囲気の原因はミセス・レイドナーにあるということだ。でも、それならあの怯えようはいったい何が原因なのか。

「博士も普通じゃなくなっている。わたしは――わたしは、そう、飼い主に忠実な、でも嫉妬深い老犬のようなものでね。博士が余計なことに気を使い、神経を擦り減らすのを見たくないの。博士には仕事に専念してもらいたいの。夫人の馬鹿げた訴えに耳を貸す必要はない。こういった辺鄙な土地がいやだったら、アメリカにとどまるべきだったのよ。自分から望んで来たのに、文句ばかり言ってるなんて、おかしいじゃない」

そのあと、言葉がすぎたことに気づいたように付け加えた。

「もちろん、褒めるべきところはたくさんある。とても素敵な女性で、たいていはとても礼儀正しいわ」

それで、この話はおわった。

べつに珍しいことはない。女どうしがひとつ屋根の下で暮らしをともにすれば、かならず嫉妬心が生まれる。ミス・ジョンソンがミセス・レイドナーを嫌っているのはあきらかであり、それはむしろ当然のことだろう。ミセス・マーカドも同じだ。間違いない。ミセス・レイドナーを嫌っている者はもうひとりいる。シーラ・ライリーだ。ここにはこれまでに二度やってきたことがある。一度目は自動車で、二度目はエモットといっしょに馬に乗って。もちろん、一頭ではなく、二頭で、もしかしたらシーラはあの無口なアメリカ人に気があるのかもしれない。エモットが発掘現場に出ているときには、いつもそのそばにすわりこんで話をしている。エモットのほうもまんざらでもなさそうに見える。

ある日、ミセス・レイドナーが昼食時にその点をチクリと突っついたことがある。

「ドクター・ライリーのお嬢さんはあなたに首ったけのようね」と、笑いながら言った。

「かわいそうなデイヴィッド。発掘現場まで追いかけまわされるなんて。若い女の子はほんとに無分別なんだから」

エモットは黙っていたが、日焼けした顔は少し赤らんでいた。顔をあげて、まっすぐミセス・レイドナーを見すえたとき、その目には挑むような奇妙な光があった。

ミセス・レイドナーは小さな笑みを浮かべて目をそらした。

そのとき、ラヴィニー神父が何かつぶやいたので、「えっ？」と、わたしは訊きかえした。けれども、ラヴィニー神父は首を振っただけで、返事はかえってこなかった。

その日の午後には、コールマンがこんなことを言った。「正直に言うと、最初のうちはどうしてもミセス・レイドナーが好きになれなかったんです。ぼくが何か言うと、いつもひとを小馬鹿にするような言葉しかかえってこない。でも、最近ようやくわかってきた。あれほど面倒見のいいひとはいないって。あのひとには、どんなつまらない悩みでも、気がつくといつのまにか打ちあけている。シーラに対してはよく棘のある言い方をするけど、それはシーラの態度が悪すぎるからでね。彼女の最大の欠点は、礼儀というものを知らないってことなんです。しかも、いつもぷりぷり怒ってる」

それはわたしも同感だった。甘やかされて育ったせいだろう。

「もちろん、ここに若い娘はひとりしかいないんだから、少しばかりいい気になるのは仕方ありません。でも、だからといって、自分の大叔母に対するような口をきいていいってことにはならない。ミセス・レイドナーはたしかにそんなに若いとはいえない。でも、とびっきりの美女です。松明を持って湿地から姿を現わし、男を惑わす妖精なんです。シーラに男を惑わすことはできません。シーラにできるのは、男をいらだたせることだけです」

ほかに多少とも意味のありそうな出来事は、覚えているかぎりあとふたつある。

ひとつは、土器の修復作業で汚れた手を洗うために、アセトン溶液を取りに作業室に行ったときのことだ。ミスター・マーカドは部屋の隅の椅子にすわり、机の上で腕を組んで、そこに顔を伏せていた。わたしは眠っているのだろうと思って、黙ってアセトン溶液の瓶をとり、そのまま部屋を出た。

ところが、驚いたことに、その夜、ミセス・マーカドにいきなり食ってかかられたのだ。

「あなた、作業室からアセトン溶液の瓶を持ちだしたでしょ」

「ええ」と、わたしは答えた。

「そういったものは小分けにして保管室に置いてあるってことをあなたは知ってるはずよ」

なんだかひどく怒っている。

「あら、そうだったんですか。知りませんでした」

「とぼけないで。わかってるわ。他人のことを嗅ぎまわってるんでしょ、あなたは。看護婦が聞いてあきれるわ」

わたしはミセス・マーカドを見つめた。

「なんの話かさっぱりわかりませんわ、ミセス・マーカド。わたしは誰のことも嗅ぎまわっちゃいません」

「嘘ばっかり。あなたがなんのためにここに来たか、わたしが知らないと思ってるの」

酔っぱらっているのだろうとわたしは思った。だから、そのときはそれ以上何も言わなかった。でも、とても奇妙な印象を受けたのは間違いない。

もうひとつは、とりたててどうこう言うべきことではないかもしれない。ある日、小さな野良犬にパンをやろうとしたときのことだ。その犬はひどく臆病で（地元の犬はみなそうだ）、いじめられるのではないかと思ったらしく、あわてて逃げだした。わたしはそのあとを追いかけて、門を抜け、急いで建物の角を曲がった。そのとき、そこに立っていたラヴィニー神父ともうひとりの男に危うくぶつかりそうになった。そのもうひとりの男とは、先日ミセス・レイドナーといっしょに散歩からかえってきたとき、窓を覗きこんでいた男だった。

わたしがぶつかりそうになったことを詫びると、ラヴィニー神父は微笑み、その男に別れの挨拶をして、わたしといっしょに宿舎に戻った。

「いやはや。お恥ずかしい」と、ラヴィニー神父は言った。「わたしは東洋の言語の専門家なんですが、ここの作業員にはまったく通じないんです。情けない話です。そこで、あの男をつかまえて、アラビア語で話しかけてみたんです。都会風の格好をしていたので、多少は通じるかもしれないと思って。でも、やはり駄目でした。レイドナー博士の話だと、わたしのアラビア語は堅苦しすぎるとのことです」

これだけのことでしかない。でも、わからないのは、このまえと同じ男がどうしてまた宿舎のまわりをうろついていたのかということだ。

その夜、薄気味の悪い出来事が起きた。

午前二時ごろだったと思う。看護婦はたいていそうなのだが、わたしも眠りが浅いほうだ。部屋のドアが開いたときには、目を覚まして、ベッドの上で身体を起こしていた。

「レザランさん！　レザランさん！」

それはミセス・レイドナーの声だった。小さな声だが、あきらかに普通じゃない。

わたしはマッチを擦って、蠟燭に火をつけた。

ミセス・レイドナーは長いブルーのガウンを着て、そこに立っていた。身体は恐怖のためにこのように石のようにこわばっている。

「誰かいるのよ。隣りの部屋に。壁を引っ掻く音が聞こえたの」

わたしはベッドから飛びだして、戸口まで歩いていった。

「だいじょうぶです。わたしがついてます。怖いことなんてありません」

「お願い。夫を呼んできて」

わたしはうなずいて、走っていき、ドアをノックした。レイドナー博士はすぐに出てきた。ふたりでわたしの部屋へ戻ったとき、ミセス・レイドナーはベッドに腰をかけ、まだ大きく息をはずませていた。

「物音が聞こえたの。隣りから壁を引っ掻く音が聞こえたの」

「保管室に誰かいるのかな」

レイドナー博士はすばやく部屋から飛びだしていった。このときふと思ったのだが、ふたりの反応はまったくちがうものだった。夫人は恐怖におののいていたが、博士の頭に真っ先に浮かんだのは大事な出土品のことだったにちがいない。

「そうだった。隣りは保管室だったわね」と、ミセス・レイドナーは言った。「もちろん、そうよね。わたし、馬鹿だったわ」

そして、とつぜん立ちあがると、ガウンの襟もとをかきあわせて、わたしについてくるようにと言った。ついさっきまでの凍りついたような恐怖の表情はすっかり消えていた。

保管室に入ると、そこにはレイドナー博士ともうひとりラヴィニー神父がいた。ラヴィニー神父の話だと、物音を聞きつけ、何ごとかと思って起きあがった。なんでも、保管室から光が見えたらしい。けれどもスリッパをはき、懐中電灯を探すのに手間どったので、保管室にやってきたときには、もう誰もいなかった。ドアにはいつものようにきちんと鍵がかかっていた。盗まれたものがないかどうかたしかめていたとき、レイドナー博士が部屋に飛びこんできたという。

わかったのはそれだけだった。門には内側から閂(かんぬき)がかけられていた。警備員は外から入ってきた者はいないと言ったが、居眠りをしていた可能性もあるので、それはたしかではない。侵入者が残した痕跡や足あとはなく、盗まれたものもない。

ミセス・レイドナーが聞いたのは、ラヴィニー神父が所蔵品の確認のために棚から箱をおろしたときの音だったのかもしれない。

一方で、ラヴィニー神父は（a）自分の部屋の窓の外から足音が聞こえ、（b）保管室で懐中電灯のような光が見えたと言っている。

ほかには、何かを見たり聞いたりした者はいない。

この出来事はのちに重要な意味を持ってくることになる。それがきっかけになって、翌日ミセス・レイドナーはわたしに大事な秘密を打ちあける気になったからだ。

9　ミセス・レイドナーの話

ちょうど昼食をとりおえたところだった。ミセス・レイドナーはいつものように一休みするために部屋に戻った。わたしはベッドの上に枕を重ね、その横に本を置いてから、部屋を出ようとした。そのときに、呼びとめられた。

「待ってちょうだい、レザランさん。折りいって話したいことがあるの」

わたしは部屋に戻った。

「ドアを閉めてちょうだい」

わたしは言われたとおりにした。

ミセス・レイドナーはベッドから出て、部屋のなかを歩きまわりはじめた。なかなか切りだせないでいるようなので、わたしは黙って待つことにした。簡単には決められないことにちがいない。

しばらくして、ようやく踏んぎりがついたみたいだった。ミセス・レイドナーは振りかえり、だしぬけに言った。「すわってちょうだい」

　わたしはテーブルの前の椅子に静かにすわった。

「ここには何かおかしなものがあるってことを、あなたも薄々は感じてるでしょ」

　わたしは何も言わず、ただうなずいただけだった。

「あなたに話すことにしたわ。何もかも。誰かに話さないと、頭がどうかなってしまいそうなの」

「ええ。そうなさったほうがいいと思います。教えていただければ、対処の仕方がわかるかもしれません」

　ミセス・レイドナーは歩きまわる足をとめて、わたしの顔を覗きこんだ。

「わたしが何を恐れているかわかる？」

「男のひとですね」と、わたしは答えた。

「なるほど。でも、わたしは誰をとは言わなかったでしょ。何をとは言ったけど」

　わたしは黙っていた。

「わたしは殺されるかもしれない。それを恐れているのよ」

　ようやく言葉が出てきたといった感じだった。でも、わたしはあえて大袈裟に反応しないようにした。ミセス・レイドナーはいま自分の感情をおさえられなくなる一歩手前にいるのだ。

「あら、そうだったんですか」と、わたしは言った。

するとミセス・レイドナーは急に笑いだした。笑って、笑って、最後には涙が出てくるくらいだった。

「なんて言い方なの。そんな言い方をするひとがいるかしら」

「もういいでしょ。しっかりしてください」わたしは強い口調で言い、ミセス・レイドナーを椅子にすわらせた。そして洗面スタンドから海綿を取り、額と手首を拭いてあげた。

「さあ、いつまでも笑ってないで。落ち着いて、わかりやすく説明してください」

ミセス・レイドナーは笑うのをやめ、背筋をのばした。

「あなたって、ほんとにおかしなひとね。あなたの前では、六歳の子供に戻ったような気がするわ。じゃ、話すわね」

「ええ。ゆっくりと、あわてずに」

ミセス・レイドナーは言葉を選びながら静かに話しはじめた。

「わたしは二十歳のときに最初の結婚をしたの。相手の男性はフレデリックといってね。アメリカの国務省に勤務していた。一九一八年のことよ」

「それは知っています。ミセス・マーカドから聞きました。戦死されたのでしたね」

ミセス・レイドナーは首を振った。

「そう思われているだけ。みんなそう思ってる。でも、事実はそうじゃない。そのころのわたしは頭でっかちの熱烈な愛国主義者でね。結婚してから数ヵ月後に、ふとしたことから夫がドイツにスパイとして雇われていることがわかったの。夫が流していた情報のために、アメリカの輸送船が撃沈され、何百人もの命が失われたこともあったらしいわ。そんなとき、ほかのひとだったらどうしたかわからない。でも、わたしのすることは最初から決まっていた。陸軍省に勤務していた父のところに行って、一切合切を話したのよ。その結果、フレデリックは戦争中に命を落とすことになった。アメリカで、スパイとして銃殺されたの」

「まあ！　なんていう恐ろしい話でしょう」

「そう、恐ろしい話よ。心の優しい、とてもよくできたひとだったのに……どんなときにも……でも、わたしはためらいもしなかった。いま思うと、それは間違いだったかもしれない」

「むずかしい問題ですね。そんなときどうしたらいいかは、わたしにもわかりません」

「いまわたしが話したのは、国務省の関係者以外は誰も知らないことよ。表向きは、前線で戦死したことになっている。だから、わたしは戦争未亡人としてみんなに同情され、親切にされてきた」

その声は苦々しげで、わたしは同情の念をこめてうなずいた。

「その後、何度か再婚話があったけど、わたしはすべて断わってきた。それだけショックが大きかったの。もう誰も信じられないような気持ちになっていたの」

「お気持ちはよくわかります」

「でも、しばらくして、わたしはある青年に好意を抱くようになった。それで、心が揺れはじめたの。そんなときに、おかしなものが家に届いた。匿名の手紙よ。フレデリックからの。そこには、ほかの男と結婚したら、おまえを殺すと書かれていた」

「フレデリック？　死んだご主人からの手紙ということですか」

「そうよ。最初は頭がおかしくなったか、さもなきゃ夢を見ているにちがいないと思ったわ。それで、父のところに相談にいき、そのとき本当の話を聞かされたの。フレデリックは銃殺されたのじゃなかった。じつは脱走したらしい。でも、結局はうまくいかなかった。数週間後に乗っていた列車が転覆し、ほかの多くの乗客といっしょに遺体で発見されたのよ。そのときまで父がそういった事実を伏せていたのは、どっちみち死んだのだから知らせる必要はないと思ったからなんだって。

でも、わたしが受けとった手紙は、別の可能性を示唆していた。つまり、フレデリックがいまも生きているかもしれないってことよ。

父はいろいろ調べてくれた。そして、こういう結論を出した。フレデリックとして埋葬された死体は本人のものであるとしか考えられない。死体は大きな損傷を受けていたので、百パーセントの断言はできないけど、死んだのはまず間違いない。だとしたら、その手紙は誰かの悪質ないたずらということになる。

でも、それは一回きりじゃなかった。わたしが誰かと親密な関係になりかけるたびに、いつも同じような手紙が送られてきた」

「筆跡はどうなんですか」

「むずかしい質問ね。フレデリックが書いた手紙とかは何も残っていないの。だから記憶に頼るしかないのよ」

「決め手となるような独特の表現や言いまわしは？」

「ないわ。たとえばニックネームとか、自分たちのあいだでだけ使われていた言葉とかがあれば、はっきりするんだけど」

「うーん。本当に変ですね。フレデリックじゃないとしたら、ほかにそんなことをする可能性のあるひとはいますか」

「ひとりいるわ。フレデリックの弟よ。ウィリアムといって、わたしたちが結婚したときには、十歳かそこらだった。兄をとても慕っていて、兄からとても可愛がってもらっていた。でも、その後の消息はわからない。わたしがいなかったら兄は死なずにすんだと思い、大人になったあとも、ずっとわたしを恨みつづけているのかもしれない。兄を慕うあまり、意趣返しのためにあんなことを思いついたのかもしれない」

「可能性はありますね。子供のときに受けた大きな心の傷はなかなか癒えないものです」

「そうね。それで、復讐のために一生を捧げようという気になったのかもしれない」

「話を続けてください」

「あとはいくらもないわ。いまの夫と出会ったのは三年前のことよ。一生、結婚するつもりはなかったけど、エリックの出現で、気が変わったの。結婚式の当日まで、いつ脅迫状が来るかと気が気じゃなかったわ。でも、来なかった。脅迫状を書いていた者は、死んだか、悪ふざけに飽きたにちがいない。そう思っていたら、結婚して二日目に、こんなものが届いたの」

ミセス・レイドナーはテーブルの上の小さなアタッシェケースを引き寄せて、鍵をあけ、なかから一通の手紙を取りだした。

インクは色褪せていて、字は斜めに傾いていて、やや女性的な感じがする。

〝おまえは命令にそむいた。逃げおおせはしない。おまえは最後までフレデリック・ボスナーの妻だ。おまえを生かしておくわけにはいかない〟

「怖かったわ。でも、以前ほどではなかった。このときはエリックがついていてくれたから、ずいぶん心強かったわ。次の手紙が届いたのは、それから一カ月後のことよ」

〝おれは忘れていない。いま計画を練っているところだ。かならずおまえを殺す。なぜおまえは命令にそむいたんだ〟

「ご主人はそのことを知っているんですか」

「もちろん知ってるわ。二通目の手紙が来たとき、最初の手紙といっしょに見せたから。エリックはたちの悪いいたずらだろうと言っていたわ。もしかしたら、最初の夫が生きているように見せかけて、ゆすろうとしているのかもしれないとも言っていた」

ミセス・レイドナーは一呼吸おき、それから続けた。

「でも、二通目の手紙が来てから何日もたたないうちに、わたしたちはガス中毒で命を落としかけた。夜、眠っているときに、何者かが家に忍びこんで、ガスの栓をあけたのよ。さいわいわたしが目を覚まして、ガスの臭いに気づいたからよかったけど。それで、本当に怖くなり、主人に話したの。わたしが何年ものあいだどれだけ怖い思いをしてきたかってことを。誰がこんなことをしたのかわからないけど、そのひとは本気でわたしを殺すつもりでいるのかもしれない。そのときのことよ、それはフレデリックにちがいないと思うようになったのは。考えてみれば、あのひとの優しさの裏には、いつもどこか冷酷なところがあった。

でも、主人はまだそんなに深刻に受けとめていないようだった。警察に通報しようという話も出たけど、そんなことをしても意味がないことは最初からわかっていた。だから、わたしは主人といっしょにここに来て、夏はアメリカには帰らずにロンドンとパリで過ごすことにしたの。

それで、何も起きなくなった。これでもうだいじょうぶだと思った。なにしろ地球半周の距離ができたんだから。

なのに、また手紙が来た。三週間ほどまえに。イラクの切手が貼ってあったわ」

ミセス・レイドナーは三通目の手紙をさしだした。

〝逃げおおせると思ったら、大きな間違いだ。おれを出し抜いて生きていくことはできない。何度も言ってあるはずだ。おまえの死は目前に迫っている〟

「そして、一週間前には、これがここのテーブルの上に置かれていた。郵便で届けられたものじゃないってことよ」

わたしは一枚の紙きれを受けとった。そこには、たった一行の走り書きがあるだけだった。

〝やってきたぞ〟

ミセス・レイドナーはわたしを見つめた。

「ねっ。わかるでしょ。わたしを殺しにきたのよ。それはフレデリックかもしれないし、弟のウィリアムかもしれない。とにかく、その男はわたしを殺しにきたのよ」

その声は甲高く、震えていた。わたしは夫人の手を取った。

「だいじょうぶ。だいじょうぶですよ。心配することはありません。わたしがついてますから。気つけ薬はありますか」

ミセス・レイドナーが洗面スタンドのほうに顎をしゃくったので、わたしはそれを持ってきて服ませてあげた。

頬に血色が戻ってくると、わたしは言った。「少しは落ち着きました？」

「ええ。よくなったわ。どうしてわたしがこんなにびくびくしているか、これでわかったでしょ。このまえ、誰かが部屋の窓を覗こうとしているのを見たときには、その男が来たんじゃないかと思ったのよ。はじめてあなたと会ったときも、すぐには信用できなかった。ほんとは男で、変装しているんじゃないかと疑ってたのよ」

「まあ！」

「それはちょっと極端かもしれないけど、じつは看護婦じゃなくって、その男の仲間だという可能性はあるでしょ」

「そんな……馬鹿げてますわ」

「そうかもしれない。でも、わたしの精神状態は普通じゃなかったのよ」

このとき、ふと思いついた。「フレデリックの顔は、見たらわかりますか」

答えるまでに少し間があった。

「さあ、どうかしら。もう十五年もまえのことだから。見ても、わからないかもしれないわね」

そして、身体をぶるっと震わせた。

「ある夜のことよ。わたしは幽霊の顔を見たの。最初、窓を叩く音が聞こえ、それから顔が現われた。幽霊の顔が。窓の向こうで、不気味に笑ってるの。わたしは悲鳴をあげた。大声で。でも、ほかのひとはみんな誰もいないと言って、とりあってくれなかった」

わたしはミセス・マーカドの話を思いだした。

「夢じゃなかったんですね」

「もちろんよ。夢なんかじゃないわ」

とはかぎらない。こういうときに、そのような夢を見ることはよくある。目を覚ましてから、夢を実際に見たもののように思いこむことも珍しくない。けれども、わたしは患者には反論しないことにしている。それで、できるだけ心が休まるように気を使い、もし見知らぬ人間がここに来たら、かならず誰かの目にとまるはずだと言った。

しばらくして少し気持ちが落ち着いたみたいだったので、わたしは部屋を出て、レイドナー博士を探しだし、夫人から聞いた話を伝えた。

「あなたに話してよかったと思います」と、レイドナー博士は言った。「わたしも気になっていたんです。誰かが窓を叩いたとか、幽霊の顔を見たというのは、どう考えても、妄想としか思えません。でも、だったらどうしたらいいのかというと困ってしまうのです。あなたはどんなふうに思いますか」

「一連の手紙はタチの悪い単なるいたずらかもしれません」

「ええ、たしかにその可能性はあります。でも、どう対処すればいいんでしょう。家内は怯えきっています。いったいどうしたらいいんでしょう」

わからない。ただ、わたしの頭のなかには、これには女性がかかわっているのではないかという思いがあった。手紙の字がどことなく女性的だったからだ。としたら、考えられるのはミセス・マーカドだ。

なんらかの機会に、彼女がミセス・レイドナーの最初の結婚にまつわる事実を知ったとしたら？　日ごろの恨みを晴らすために、あのような脅迫をしたということは充分に考えられる。

でも、いまここでそんなことを言うつもりはなかった。それをレイドナー博士がどのように受けとめるかわからないからだ。

「これを機に、いいほうに向かうかもしれません」と、わたしは明るく言った。「話をしたせいで、奥さまの気持ちはだいぶ軽くなったようです。悩みは他人に打ちあけるのがいちばんです。ひとりでくよくよ考えているのが、精神的にはいちばんよくないことです」

「家内があなたにあのような話をしたというのは喜ばしいことです。いい兆候です。あなたに好意を持ち、あなたを信頼している証拠です。わたしひとりでは、手の施しようがなくて困り果てていたところだったんですよ」

地元の警察に通報したほうがいいのではないかという言葉が喉まで出かかったが、そこで思いとどまったのは結果的に正解だった。

というのは、こんなことがあったからだ。翌日、コールマンは現地の作業員の給料を銀行からおろすためにハッサニーに行き、そのついでに、わたしたちの手紙を航空便で出してくることになっていた。

手紙はすべて木の箱にまとめて入れられ、食事室の窓枠の上に置かれていた。その夜、コールマンはそれを取りだし、宛先ごとに分けて輪ゴムをかけていた。

そのとき、とつぜん大きな声があがった。

「どうしたの」と、わたしは訊いた。

コールマンは笑いながら一通の手紙をさしだした。

「麗しのルイーズの手紙です。何をぼんやりしていたんでしょうね。〝フランス、パリ四十二番通り〟としか書かれていない。これじゃ、どこにも届きませんよ。悪いけど、これを持っていって、しっかりしなさいと言ってもらえませんか。さっき部屋に戻ったばかりだから、まだ起きているはずです」

わたしはその手紙を持って、急いでミセス・レイドナーの部屋に行き、番地を書き加えてもらった。

ミセス・レイドナーが字を書くのを見たのは、このときがはじめてだった。なんとなく見覚えのある字だ。どこかで見たのは間違いない。

その日の夜遅く、ふと思いあたった。

字が大きく、字間が開いているという点を除けば、例の手紙の筆跡とよく似ている。

新しい考えが頭のなかにひらめいた。

ひょっとしたら、あの手紙を書いたのはミセス・レイドナー自身ではないだろうか。

そして、レイドナー博士はそのことに薄々気づいていたのではないだろうか。

10　土曜日の午後

ミセス・レイドナーの打ちあけ話を聞いたのは金曜日のことだった。

そのせいで、土曜日の朝には拍子抜けの感が強くあった。

ミセス・レイドナーはひどくそっけなく、意識してわたしとふたりきりになるのを避けているようだった。もっとも、それはそんなに意外なことではない。職業柄、同じようなことはいままでに何度も経験している。とつぜん親近感を募らせ、衝動的に秘密を告白するが、あとになって言わなければよかったと後悔する。それが人間というものだ。

わたしはそのことを暗示したり、思いださせることがないよう細心の注意を払った。話題はできるだけ当たりさわりのないものに限るようにした。

コールマンは手紙をナップサックに入れ、自分で車を運転して、朝のうちにハッサニーへ出発した。いくつかの用をかけもちしているらしい。この日は現地の作業員の給料日なので、銀行に行って、小額紙幣で現金をおろさなければならず、時間がかかるので、戻ってくるのは午後になるとのことだった。でも、実際のところは、シーラ・ライリーといっしょに昼食をとるつもりでいるのかもしれない。

午後はみんなのんびりしていた。三時半に給料の支払いが行なわれることになっているせいだろう。

中庭では、アブドラという名の少年が、例の怪しげな鼻歌をうたいながら、いつものように土器のかけらを洗っていた。レイドナー博士とエモットはコールマンが戻ってくるまで宿舎で仕事をすることになっていた。ケアリーは発掘現場に出かけていった。

ミセス・レイドナーは部屋で一休みしていた。わたしはいつものようにしばらく付き添ってから、そんなに眠くなかったので、本を持って自分の部屋に戻った。それが十二時四十五分ごろのことで、そのあとの二時間は快適に過ごすことができた。そのとき読んでいた本のタイトルは『老人ホームの死』といって、なかなかよくできた小説だったけど、残念なことに作者は老人ホームの内情をあまりご存じないと見える。少なくとも、そこに書かれているようなところは、わたしの知るかぎりない。作者に手紙を書いて、誤りを指摘してやろうかしらと思ったくらいだ。

ちなみに犯人は赤毛のメイドで、わたしがまったく予想していなかった人物だった。とにかく、その本を読みおえ、腕時計を見ると、驚いたことに二時四十分になっていた。

わたしはあわてて立ちあがり、身なりを整えて、中庭に出た。

アブドラは鼻歌をうたいながら、まだせっせと土器のかけらを洗っていた。エモットはそのそばに立って、洗浄ずみの土器のかけらをあとで修復するために選別して箱詰めにしていた。わたしがそっちのほうへ歩いていったとき、レイドナー博士が屋上からおりてきた。

そして、愉快そうに言った。「今日はけっこう仕事がはかどりました。これで屋上はきれいになりました。ルイーズも納得してくれるでしょう。足の踏み場もないと叱られていたんです。さっそく知らせにいってきます」

それから夫人の部屋へ向かい、ドアを軽くノックしてから、なかに入った。

そこから出てきたのは、一分半ほどたってからのことだ。そのとき、わたしはたままそっちのほうを見ていた。まるで悪夢を見ているようだった。部屋に入っていったときのレイドナー博士の表情は明るく、足どりは軽かった。それと同じ人間が酔っぱらいのようにおぼつかない足取りでふらふらと部屋から出てきたのだ。その顔には、放心状態に陥ったような奇妙な表情があった。

レイドナー博士はかすれた声で言った。「レザランさん……レザランさん」

何かよくないことがあったにちがいない。そう思って、わたしは駆け寄った。レイドナー博士の顔は土気色になり、ひくひく引きつっていた。いまにも倒れそうだった。

「妻が……妻が……大変なことに……」

わたしは博士を押しのけて部屋に駆けこんだ。そして、思わず息をのんだ。

ミセス・レイドナーがベッドのそばにうずくまるようにして倒れていたのだ。

わたしは腰をかがめて見つめた。死んでいる。間違いない。少なくとも、死後一時間はたっているにちがいない。死因はあきらかだ。右のこめかみに何かで殴られたあとがある。ベッドから出て、立ちあがったときに殴られたのだろう。

遺体にはできるだけ手を触れないようにした。

そして、部屋を見まわし、何か手がかりになりそうなものを探したが、不審なものも荒らされた形跡も見つからなかった。窓は閉まっていて、鍵がかかっている。犯人が身を隠せる場所はない。もうすでにどこかへ行ってしまったのはあきらかだ。

わたしは部屋を出て、ドアを閉めた。

レイドナー博士は地面にくずおれていた。その横で、エモットがわたしのほうを向いた。何があったのかと目で尋ねている。

わたしは手短かに説明した。

思ったとおり、エモットはいざというときにとても頼りになるひとだった。冷静沈着で、動じた様子は少しもない。青い目が大きく見開かれているだけで、それ以外に普段とちがうところはどこにもない。

少し考えてから、エモットは言った。「まずは警察に連絡を。もうすぐビルが戻ってくるはずです。博士をどうしましょう」

「部屋に連れていきます。手を貸してもらえますか」

エモットはうなずいた。「この部屋のドアには鍵をかけておいたほうがいいと思います」

エモットはミセス・レイドナーの部屋のドアに鍵をかけて、わたしにさしだした。

「あなたが持っていたほうがいい、レザランさん。さあ、行きましょう」

わたしたちはレイドナー博士をかかえあげて、部屋まで運び、ベッドに横たえた。エモットはブランデーを探しにいき、ミス・ジョンソンといっしょに戻ってきた。

ミス・ジョンソンは顔をこわばらせ、厳しい表情をしていたが、気丈で、取り乱してはいなかった。それで、レイドナー博士の世話は彼女にまかせることにした。

急ぎ足で中庭に出たとき、車が門から入ってきた。みんなが呆気にとられて見ているなか、ビル・コールマンが車から飛び降り、ピンクの顔を輝かせて、いつもの調子で陽気にまくしたてた。

「ただいま、みなさん。お金はちゃんと持ってきたよ。強盗にもあわなかったし――」

　とつぜん言葉が途切れた。

「どうしたんだい。何かあったのかい。みんなネコにカナリアをさらわれたような顔をして」

　エモットが言葉少なに答えた。「ミセス・レイドナーが死んだ。殺されたんだ」

「なんだって」コールマンの表情の変化は滑稽なほど大きかった。目を白黒させている。

「麗しのレイドナーが死んだ？　つまらない冗談はよしてくれ」

「本当なの？」後ろから甲高い声が聞こえた。振りかえると、後ろにミセス・マーカドが立っていた。「ミセス・レイドナーが殺されたの？」

　わたしは答えた。「そうです。殺されたんです」

「まさか。嘘でしょ。信じられないわ。自殺じゃないの？」

「自分で自分の頭を殴って自殺するひとはいません。誰かに殺されたんです。間違いありません」

　ミセス・マーカドは空き箱の上にへたりこんだ。

「恐ろしいことだわ。ほんとに恐ろしいことだわ」

　もちろん、恐ろしいことだ。言われなくてもわかっている。でも、ミセス・マーカドが故人に対する憎悪や悪たれ口の数々を悔いているかどうかはわからない。

しばらくしてから、ミセス・マーカドはぽつりと言った。「それで、どうするつもりなの」

エモットは穏やかに応じた。

「ビル、きみはいますぐハッサニーに戻ってくれ。正式な手続きのことはよくわからないが、とにかく警察に届けでなきゃならない。そこへ行って、メイトランド署長に面会を求めてくれ。それからドクター・ライリーにもこっちに来てもらったほうがいい。できるだけ早く。やってもらわなきゃならないことはいろいろあるはずだ」

コールマンはうなずいた。いつもの剽軽さは消えていた。そこには恐怖に射すくめられた若者の表情があるだけだった。もう何も言わずに、車に飛び乗り、あわただしく走り去った。

「とりあえず、いくつか確認しておかなきゃならないことがある」エモットは言い、大きな声で下働きの少年の名前を呼んだ。「イブラヒム!」

「ナーム」

少年が駆けてくると、エモットはアラビア語で話しかけた。ふたりのあいだに、大きな声でのやりとりがあった。少年は何かを強く否定しているようだった。

しばらくして、エモットは困惑のていで言った。「今日の午後、宿舎に入ってきた者はひとりもいないそうです。外部の者はまったく見かけなかったと言っています。犯人は子供たちの目を盗んで入ってきたにちがいありません」

「そうよ。そうに決まってるわ」と、ミセス・マーカドは言った。「子供たちはよそ見をしてたのよ」

「でしょうね」

その口調にはかすかなためらいがあり、わたしは怪訝に思って目をこらした。

エモットは振りかえって、今度は土器を洗っていたアブドラに尋ねた。

少年は多くの言葉を使って強い口調で答えた。

エモットの額の皺がいっそう深くなった。

「わからない。どうしてもわからない」

エモットはつぶやいたが、何がわからないのかは言わなかった。

11　奇妙なこと

わたしがここに書く話は、自分自身が見たり聞いたりしたことだけにできるだけ限定したいと思っている。したがって、それから二時間のあいだに、メイトランド署長や警官やドクター・ライリーがやってきて何をしたかという話は省略する。その混乱ぶりや質問の内容は、とりたてて珍しいものではなかったにちがいない。

正式の聴取が始まったのは午後五時ごろのことで、わたしはドクター・ライリーに呼ばれて事務室に入った。

ドクター・ライリーはドアを閉めて、レイドナー博士の椅子にすわり、わたしにはその向かいの椅子をすすめた。

「では、レザランさん、さっそく始めさせてもらう。いくつか腑に落ちない点があってね」

わたしは上着の袖をひっぱって質問を待った。

ドクター・ライリーは手帳を取りだした。

「念のためにメモをとらせてもらうよ。まずは、レイドナー博士が夫人の死体を見つけたときの正確な時間から」

「二時四十五分ごろです。それは間違いありません」

「どうしてわかるんだね」

「本を読みおえたとき、腕時計を見たからです。二時四十分でした」

「その時計を見せてもらえないだろうか」

わたしは腕時計をはずしてドクターに渡した。

「ぴったりあっている。よろしい。これで時間は確認できた。死亡してからそのときまでにどのくらいの時間がたっていたと思う？」

「さあ、どうでしょう。はっきりとしたことは言えません」

「そんなにむずかしく考えることはない。きみとわたしの意見が一致しているかどうか知りたいだけだよ」

「わかりました。少なくとも一時間はたっていたと思います」

「やはりそうか。わたしが遺体を検分したのは四時半で、死亡時刻は一時十五分から一時四十五分のあいだ。ざっくり言うなら、一時半ごろ。それでたぶん間違っていないと思う」

ドクター・ライリーは少し間をおき、思案顔でテーブルを叩きはじめた。

「どうも変だ。それでひとつ教えてもらいたいんだが、そのとき、きみは自分の部屋で休んでいたんだね。何かおかしな物音を聞かなかったかい」

「一時半ごろにですか。いいえ、ドクター。何も聞いていません。一時半ごろにも、その前後にも。わたしは十二時四十五分から二時四十分までベッドに横になっていました。でも、聞こえたのはミスター・エモットが屋上にいたレイドナー博士に話しかける声と、アラブ人の少年の鼻歌だけです」

ドクター・ライリーは眉を寄せた。

「アラブ人の少年か。なるほど」

そのとき、ドアが開いて、レイドナー博士とメイトランド署長が部屋に入ってきた。メイトランド署長というのは、灰色の鋭い目をした、気むずかしそうな小男だ。

ドクター・ライリーは立ちあがって、レイドナー博士に席をゆずった。

「さあ、どうぞ、博士。いいときに来てくださった。あなたからも話を聞きたいと思っていたんです。どうも納得のいかない点がいくつかありましてね」

レイドナー博士はうなずいた。

「じつを言いますと、家内はある秘密をレザランさんに打ちあけていたんです。こんなふうになってしまったからには、隠しだてはしないほうがいいでしょう。レザランさん、昨日聞いたことをあなたのほうから話してもらえませんか」

わたしは一言一言できるだけ正確に話した。

メイトランド署長はときおり驚きの声をあげながら話を聞いていた。そして、話が終わると、レイドナー博士のほうを向いた。

「本当なんですか、レイドナー博士」

「ええ、すべて本当です」

「なんとまあ。驚きましたな」と、ドクター・ライリーは言った。「その手紙を見せていただけますか」

「いいですよ。家内の部屋のどこかにあるはずです」

「テーブルの上のアタッシェケースから取りだすのを見ました」と、わたしは言った。

「だったら、まだそこにあるでしょう」

レイドナー博士はメイトランド署長のほうを向いた。その顔はいつもとちがって怖いくらい厳しかった。

「いいですか、この話はここだけの秘密にしておいてもらいたいんです。大事なのは、犯人を逮捕して罰することです」

「犯人は奥さまの最初の夫だと思ってらっしゃるんでしょうか」と、わたしは訊いた。

「そうじゃないと言いたいんですか、レザランさん」メイトランド署長が訊きかえした。

「そうですね。そんなふうに断定することはできないと思っています」

「いずれにせよ、犯人は人殺しであり、きわめて危険な精神状態の持ち主です」と、レイドナー博士は言った。「なんとしても、捕まえなければなりません。なんとしても。それはそんなにむずかしいことではないはずです」

ドクター・ライリーはおもむろに言った。「さあ、もしかしたら、そんなには簡単じゃないかもしれませんよ。どうです、署長」

メイトランド署長は答えず、ただ口ひげをひねっただけだった。

このとき、わたしはふと思いだした。

「そうそう。どうしてもお話ししておかなきゃいけないことがあるんです」

わたしはアラブ人が窓を覗きこもうとしていたこと、そして二日前にはラヴィニー神父といっしょにいるところを見たことを話した。

「なるほど」と、メイトランド署長は言った。「覚えておきましょう。調べてみる必要がありそうです。もしかしたら、事件と関係があるかもしれない」

「犯人にお金をもらって様子を見にきたのかもしれません」と、わたしは言った。「邪魔者がいなくなる時間を知るために」

ドクター・ライリーはいらだたしげに鼻をこすった。

「それはどうかな。邪魔者がいなくなる時間がなかったとしたら？」

わたしは答えに窮した。

メイトランド署長はレイドナー博士のほうを向いた。

「では、レイドナー博士、これまでにわかっている事実を確認しておきたいと思いますので、よく聞いていてください。昼食は正午に始まり、十二時三十五分に終わった。そのあと、奥さまはミス・レザランに付き添われて自分の部屋に戻った。あなたは屋上にあがり、そこに二時間ほどいた。それでよろしいですね」

「ええ」

「そのあいだ、下には一度もおりてこなかったんですね」

「そうです」

「誰か屋上にあがってきませんでしたか」

「エモットが何度かあがってきました。中庭で土器のかけらを洗っていた少年とわたしとのあいだを行き来していたんです」

「中庭を見おろしたことはありましたか」

「何度かあります。エモットに用があって、上から声をかけたときに」

「そのとき、少年は中庭のまんなかにすわって、土器のかけらを洗っていたんですね」

「ええ」

「ミスター・エモットが屋上にあがってきて、中庭にいなかった時間で、いちばん長かったのはどのくらいでした」

答えるまでに少し間があった。

「そうですね。はっきりとは言えないが、十分くらいでしょうか。感覚的には二、三分としか思えないのですが、これまでの経験から考えると、作業に集中しているときの時間の感覚はあてになりませんから」

ここでメイトランド署長はドクター・ライリーのほうを向いた。

ドクター・ライリーはうなずいた。「あの話をしたほうがいいと思います」

メイトランド署長は手帳を取りだして開いた。

「これからここにいる者全員の今日の午後一時から二時にかけての行動を読みあげます。よろしいですね、レイドナー博士」

「でも、みんなは——」

「待ってください。わたしが言いたいことはすぐにわかります。まずはマーカド夫妻から。ミスター・マーカドは作業室で仕事をしていたと言っている。ミセス・マーカドは自分の部屋で髪を洗っていたと言っている。ミス・ジョンソンは居間で円筒印章の押し型をつくっていたと言っている。ミスター・ライターは暗室で写真の現像をしていたと言っている。ラヴィニー神父は自分の部屋で仕事をしていたと言っている。残りのふたりですが、ミスター・ケアリーは発掘現場に出かけていて、コールマンはハッサニーに行っていた。調査団のメンバーについては、こんなところです。あとは使用人です。インド人の料理人は、門を出たところで、警備員とおしゃべりをしながら、ニワトリの羽をむしりとっていた。下働きの少年イブラヒムとマンスールは一時十五分ごろそこへ行って、二時半くらいまで、みんなでわいわいやっていたそうです。そのころには、奥さまは亡くなっていました」

レイドナー博士は身体を前に乗りだした。

「困ったたな。よくわかりません。いったいなにが言いたいんです」

「中庭に面したドア以外に、奥さまの部屋に入る方法はない。ちがいますか」

「ええ。部屋には窓がふたつありますが、どちらにも頑丈な鉄格子がはまっています。それに、窓は閉まっていたはずです」

レイドナー博士はわたしに目で尋ねた。

「ええ。窓は閉まっていて、内側から掛け金がかかっていました」と、わたしは答えた。

「いいでしょう。たとえ開いていたとしても、窓から部屋に出入りすることは不可能です。その点は確認ずみです。裏の畑に面したほかの部屋の窓についても、同じことが言えます。いずれにも鉄格子がはまっていて、鉄格子に傷はありません。外部の人間が殺害現場に行くつくには、正面の門を通って、中庭を横切らなければならない。でも、警備員と料理人と下働きの少年は、口を揃えて、外から入ってきた者はいなかったと言っています」

レイドナー博士は急に椅子から立ちあがった。

「それはどういう意味です。どういう意味なんです」

「落ち着いてください」ドクター・ライリーは穏やかな口調で言った。「ショックかもしれませんが、どうかわかっていただきたい。犯人は宿舎の外から入ってきたのではありません。内側にいたのです。つまり、奥さまは調査団のメンバーのひとりに殺されたということです」

12 「わたしが信じてやらなかったばかりに……」

「そんな馬鹿な！」

レイドナー博士は困惑のていでいらだたしげに歩きまわりはじめた。

「そんなことはありえない、ドクター・ライリー。絶対にありえない。われわれのひとりに殺された？　どうしてです。調査団のメンバーはみなルイーズを愛していたんですよ」

ドクター・ライリーの口もとに奇妙な表情が浮かんだ。このような状況下で言うべき言葉を見つけるのは容易ではない。沈黙が雄弁であることがあるとすれば、いまがそのときだった。

「ありえない」レイドナー博士は繰りかえした。「みなルイーズを愛していたんです。ルイーズはとても魅力的な素晴らしい女性でした。みなそう思っていたはずです」

ドクター・ライリーは咳払いをした。

「失礼ですが、博士、あなたがそう思っているだけかもしれません。メンバーの誰かが奥さまを嫌っていたとしても、あなたの前でそんなことを言いはしないでしょう」

レイドナー博士は憤懣やるかたなげな顔をしていた。

「ええ。それはそうかもしれません。でも、ちがうんです。ルイーズはみんなに好かれていました。本当です」一瞬の沈黙があり、それから語気を強めた。「ふざけたことを言わないでください。冗談じゃない」

「でも、事実から逃れることはできません」と、メイトランド署長が言った。

「事実？　事実ですって？　インド人の料理人やアラブ人の使用人が言ったことですか。ああいった連中のことはあなたもよくわかっているはずです。ちがいますか、ドクター。あなたはどうです、署長。ああいった連中にとっては、事実などどうだっていいんです。どんなときにでも相手が望んでいるように言う。それが礼儀だと思っているんです」

「今回、彼らが言っていることは、われわれが望んでいないことです」と、ドクター・ライリーはそっけなく言った。「わたしは彼らの習慣をよく知っています。門の前は一種の社交場になっているんです。わたしがここに来たときには、いつもあそこにたむろして、おしゃべりをしています。それはおかしなことでもなんでもありません」

「それでも、やはりちがうと思います。犯人はもっとまえに宿舎に忍びこんで、どこかに隠れていたのかもしれません」

「たしかにその可能性はあります。では、そのように仮定しましょう。犯人はなんらかの方法でこっそり宿舎内に忍びこむことができた。その場合、しかるべき時間どこかに身を隠していなければならない。でも、奥さまの部屋に、身を隠せるような場所はどこにもありません。また、誰にも見られずにそこに入りこみ、そして出ていくのも、そんなに簡単なことではないはずです。中庭には、ミスター・エモットと土器のかけらを洗っていた少年がずっといたんですから」

「アブドラですね。あの子のことを忘れていました。とても利口な子です。もしかしたら、犯人が家内の部屋に入るところを見ているかもしれません」

「その点については、確認ずみです。アブドラは昼からずっと土器のかけらを洗っていました。中庭を離れたのは一度だけです。そのときミスター・エモットは屋上にあがって、十分ほどそこにいたそうです。本人の話だと、一時半ごろだろうとのことでした。ちがいますか」

「ええ、そのとおりです。正確な時間はわかりませんが、たしかそのころだったと思います」

「そうなんです。アブドラはその十分を油を売るいいチャンスと見たのでしょう。門から外に出て、その前で仲間たちとおしゃべりをしていました。ミスター・エモットが屋上からおりてきたとき、中庭にアブドラの姿がなかったので、呼んで、油断も隙もないと叱りつけたそうです。おそらく、奥さまはその十分のあいだに殺害されたのでしょう」

レイドナー博士はうめくような声をあげて、椅子にすわりなおし、両手で顔を覆った。

ドクター・ライリーが事務的な穏やかな口調で話を引きとった。

「それはわたしが考えた死亡時刻とも一致しています。わたしが調べたときには、死後三時間ほど経過していました。残された問題は、誰がやったのかということだけです」

一瞬、部屋のなかがしんと静まりかえった。レイドナー博士は背中をのばし、手で額を拭った。

「おっしゃったことはよくわかります、ドクター・ライリー。たしかにこれはいわゆる〝内部犯行〟のように見えます。でも、わたしにはどうも得心がいかない。いかにももっともらしいが、その推論にはどこかに欠陥があるような気がしてならない。まず第一に、あなたの推論どおりだとすれば、今回は驚くべき偶然のなせるわざがあったことになります」

「あなたの口から〝内部犯行〟などという専門用語が出てくるとは思いませんでした

よ」

レイドナー博士はかまわず話を続けた。「妻は脅迫状を受けとっていた。つまり、ある特定の人物を恐れる理由があったということです。そして、殺された。でも、あなたたちは脅迫状を書いた人間ではなく、まったく別の者の仕業だと主張している。おかしいとは思いませんか」

「そうですね。たしかにそうかもしれない」ドクター・ライリーは言い、それからメイトランド署長のほうを向いた。「偶然のなせるわざですか。なるほどね。あなたはどう思います、署長。偶然のなせるわざなるものがあるかどうか。ここで例の話をしてもいいでしょうか」

メイトランド署長はうなずいた。

「かまいませんよ」

「エルキュール・ポアロという人物をご存じでしょうか、博士」

レイドナー博士の目に困惑の表情が浮かんだ。

「ええ、聞いたことはあります。ヴァン・アルディンという人物が高く評価していました。たしか私立探偵でしたね」

「ええ。そのひとです」

「でも、住まいはロンドンのはずです。だから、どうだというんです」

「住まいはロンドンですが、ここで偶然の問題が出てきます。いまはロンドンじゃなく、シリアにいて、明日バグダッドに向かう途中ハッサニーを通ることになっているんです」

「誰からそんなことをお聞きになったんです」

「フランス領事のジャン・ベラからです。昨夜いっしょに夕食をとっていたとき、名前が出たんです。なんでもシリア軍内部の不正事件を調査していたそうでしてね。ちょうどその仕事が終わったので、バグダッドを見物し、そのあとふたたびシリア経由でロンドンに帰る予定らしい。これこそまさしく偶然のなせるわざというしかありません」

レイドナー博士は少しためらってから、申しわけなさそうにメイトランド署長のほうを向いた。

「あなたはどのようにお考えでしょう、署長」

「協力してもらえるなら大歓迎ですよ」メイトランド署長は即座に答えた。「アラブ人どうしのいさかいのような、足を使って調べられる事件なら、お手のものなんですが、今回のような事件は、正直なところ、わたしたちの手に負えそうもありません。わけのわからないことが多すぎます。捜査に手を貸してもらえるなら、ぜひともお願いしたい」

「頼むのはいいが、もし断わられたら？」と、レイドナー博士は言った。

これにはドクター・ライリーが答えた。「断わられるようなことはないと思いますよ」

「どうしてわかるのです」

「どちらもその道のプロだからです。医者の場合、たとえば流行性髄膜炎といった難病を患っている者に助けてくれと言われたら、そう簡単に断われるものじゃない。これは難事件なんです、博士」

「たしかに」と、レイドナー博士は言った。その唇は激痛に襲われたかのように歪んでいる。「では、ドクター・ライリー、あなたのほうから頼んでもらえないでしょうか」

「よろしいですよ」

レイドナー博士は言葉には出さずに身振りで感謝の意を伝えた。

「いまでも信じられません。ルイーズが死んだなんて」

わたしはいたたまれなくなった。

「ああ、レイドナー博士。なんとお詫びしていいかわかりません。わたしの至らなさのせいです。奥さまの身をお守りするのがわたしの仕事だったのに」

レイドナー博士は強く首を振った。

「いいえ、あなたにはなんの落ち度もありません、レザランさん。責められなきゃならないのはわたしです。ああ、神よ。わたしのせいです。わたしが信じてやらなかったからです。本当に身の危険が迫っていたとは思ってもいませんでした」

レイドナー博士は立ちあがった。その顔は歪み、引きつっていた。

「わたしのせいです。わたしがルイーズを死なせたのです。わたしが信じてやらなかったばかりに……」

レイドナー博士はよろめきながら部屋から出ていった。

ドクター・ライリーはわたしのほうを向いた。

「わたしも大きな責任を感じている。わたしはミセス・レイドナーが夫の心をもてあそんでいるとばかり思っていた」

「わたしもそんなに深刻に考えていませんでした」

「三人とも思いちがいをしていたというわけか」

「そのようですね」と、メイトランド署長は言った。

13　エルキュール・ポアロ登場

エルキュール・ポアロとはじめて会ったときのことを、わたしは一生忘れないだろう。もちろん、だんだんと慣れていったが、第一印象はとても衝撃的なものだった。ほかのひとの感じ方もきっと同じだったにちがいない。

会うまでは、なんとなくだが、シャーロック・ホームズのような人物を想像していた。利口そうな顔をした、長身瘦軀の偉丈夫だ。外国人だということは知っていたが、これほどまでに異国的な人物とは思わなかった。どういう意味かわかっていただけると思う。

実際に会ったら、誰でも思わず吹きだしてしまうだろう。まるで舞台か絵のなかに出てくる人物のようなのだ。まず身長は五フィート五インチほどしかない。年はかなりいっている。おチビで、おデブで、大きな口ひげをたくわえている。頭のかたちは卵のようだ。見た感じは、寸劇で笑いをとる理髪師といったところだろう。

こんなひとにミセス・レイドナーを殺した犯人をつかまえることができるのだろうか。

考えていたことが顔に出てしまったにちがいない。ポアロは目に奇妙な光を浮かべて、開口一番こう言った。

「あなたはわたしを見くびっていますね、お嬢さん（マ・スール）。プディングの味は食べたらわかる、といいますぞ」

〝プディングの味は食べてみないとわからない〟、という諺（ことわざ）のつもりだろう。それはそうかもしれない。でも、この場合はかならずしもそうは言えないような気がする。

ポアロがドクター・ライリーの車に乗ってやってきたのは、日曜日の昼食が終わった直後のことだった。そのときポアロが最初にしたのは、みんなをひとところに集めるよう頼んだことだった。

わたしたちは食事室に集まり、テーブルを囲んだ。ポアロはテーブルの上座の席につき、その両隣りにレイドナー博士とドクター・ライリーがすわった。

全員が揃うと、レイドナー博士は咳払いをしてから、いつもの穏やかな低い声で話しはじめた。

「ムッシュ・エルキュール・ポアロのお名前はみなさんもお聞きおよびのことと思います。本日はご旅行のついでということで、お力添えをお願いし、お越しいただいたのです。もちろんメイトランド署長もイラク警察も全力を尽くして捜査にあたってくださっています。ただ、今回のこの一件は……」レイドナー博士は言い淀み、ドクター・ライリーに助け舟を求めるような視線を送った。「なんといえばいいのか、ええっと、困ったことに……」

「二筋縄ではいかないということですな」と、ポアロは言った。

やれやれとわたしは思ったが、外国人だからこの程度の間違いは許すとしよう。

「とにかく捕まえなきゃ！」と、ミセス・マーカドは叫んだ。「どんなことがあっても捕まえなきゃ」

ポアロは値踏みするような目で彼女を見ている。

そして、言った。「捕まえるって、誰をです？」

「もちろん犯人ですよ。決まってるでしょ」

「なるほど。犯人ですか」

まるでそんなことはどうだっていいというような口ぶりだ。

みんなポアロを見つめていた。ポアロはその顔をひとりずつ見ていった。

「どうやらこのなかに一度でも殺人事件に関係したことがある方はおられないようですな」

みな口々にそれを認めた。

　ポアロは微笑んだ。

「だとしたら、自分たちの置かれた立場が理解できないのも無理はありません。あなたがたはこれから不愉快な思いをすることになります。そうです。いくつもの不愉快な思いをすることになるんです。まず第一に、容疑をかけられること」

「容疑？」

　訊きかえしたのはミス・ジョンソンだった。ポアロは思案顔で彼女に目を向けた。わたしの見立てだと、〝分別のある、頭のいいご婦人〟と見なし、どうやら好印象を持ったようだ。

「そのとおりです。容疑です。率直に申しあげましょう。ここにいる者は全員容疑者です。警備員も、料理人も、下働きの少年も。調査団のメンバーももちろんそうです」

　ミセス・マーカドが血相を変えて立ちあがった。

「なぜです。どうしてそんなことが言えるんです。あんまりじゃありませんか。失礼な。どうして黙って聞いているんです、レイドナー博士。いくらなんでも――いくらなんでも――」

　レイドナー博士はうんざりしたように言った。「お願いだから、マリー、もう少し冷静になりなさい」

夫のミスター・マーカドも同じように立ちあがった。手はぶるぶる震え、目は血走っている。

「わたしの考えも同じです。ひどすぎる。あまりにも失礼すぎる」

「いいですか」ポアロは言った。「あなたがたのことを悪しざまに言うつもりはありません。わたしはみなさんに事実と正面から向かいあってもらいたいだけなんです。ある家で殺人事件が起きた場合、そこに住む者はみな疑いをかけられます。それとも、犯人は外部の人間だという証拠がどこかにあるんですか」

「証拠がなくても、そうに決まっています。当然でしょ。だって――」ミセス・マーカドは少し間をおいて、ゆっくりと付け加えた。「だって、そうとしか考えられないじゃありませんか」

ポアロは軽く頭をさげた。「おっしゃるとおりです、マダム。わたしはただこの事件にどのような姿勢で取り組もうとしているかを説明しているだけなのです。まず最初に、この部屋にいらっしゃるみなさんが無実であることをたしかめなければなりません。そのあと、それ以外の者を調べようと思っています」

「そのときには手遅れになっているという可能性はありませんか」と、ラヴィニー神父が言った。

「カメがウサギを追いこすこともありますぞ、モン・ペール」

ラヴィニー神父は肩をすくめた。

「あなたにおまかせします。わたしたちが無実であることをできるだけ早く立証してもらえることを祈っています」

「努力いたします。自分たちがどういう立場に置かれているのかわかっていれば、わたしのぶしつけな質問にもそんなに気分を害することはなくなるでしょう。では、モン・ペール、まずあなたから模範を示していただけますかな」

「いいですとも。なんなりとお訊きください」と、ラヴィニー神父は神妙な面持ちで答えた。

「あなたは今年から調査団に加わったんですね」

「そうです」

「いつこちらにいらっしゃったのですか」

「二月二十七日。ちょうど三週間前です」

「どちらから?」

「カルタゴのペール・ブラン修道会です」

「なるほど。ここに来るまえに、ミセス・レイドナーとお会いになったことはありませんか」

「ここに来るまで会ったことは一度もありません」

「事件が起きたとき、何をしていたか教えてください」

「自分の部屋で楔形文字が記された粘土板を見ていました」

このとき気がついたのだが、ポアロの肘の横には、宿舎の間取り図が置かれていた。

「南西の角部屋ですな。ミセス・レイドナーの部屋と反対側の位置にある」

「そうです」

「部屋に入ったのは何時ごろです」

「昼食の直後です。十二時四十分くらいだと思います」

「いつまで部屋にいましたか」

「三時少しまえまでです。車が帰ってきて、すぐまた出ていったので、なんだろうと思って見にいったんです」

「それまでは一度も外に出なかったのですな」

「ええ、一度も」

「部屋で、事件に関係するような何かを見たり聞いたりしませんでしたか」

「何も」

「そこに中庭に面した窓はありませんね」

「ええ。窓はふたつとも裏の畑に面しています」

「中庭で何かあったら、わかるでしょうか」

「さあ、どうでしょう。エモット君が何度か部屋の前を通って屋上にあがっていったことは知っています」

「それは何時ごろのことか覚えていますか」

「覚えていません。残念ながら。仕事に夢中でしたから」

少し間をおいてから、ポアロは質問を続けた。

「この事件に関することで、何か思いついたことや、お考えになっていることはありませんか。どんなことでもかまいません。以前から気になっていたこととか」

ラヴィニー神父は気まずそうな顔をして、おうかがいを立てるようにレイドナー博士に一瞥をくれ、それから答えた。

「むずかしい質問です、ムッシュ。訊かれたから答えますが、ミセス・レイドナーは誰かを、あるいは何かを恐れていたようでした。知らない人間にひどく神経質になっていました。なんらかの理由があったのでしょうが、わたしは何も知りません。そういった話は何も聞いていません」

ポアロは咳払いしてから、手に持った手帳に目をやった。

「二日前の夜、ここでちょっとした騒ぎがあったそうですな」

ラヴィニー神父はそのとおりだと答え、保管室で不審な光を見たが結局何も見つからなかったことを話した。

「そのとき怪しい人間が宿舎にいたとお考えになっているんでしょうか」

「どう考えればいいのか、わたしにはわかりません。何も盗まれていないし、どこも荒らされていませんでした。もしかしたら、使用人の誰かが――」

「あるいは、調査団のメンバーかもしれませんな」

「そうかもしれません。でも、調査団のメンバーなら、保管室にいたことを隠しだてしなければならない理由はありません」

「としたら、やはり外部の人間だったということでしょうか」

「そうですね」

「その場合、翌日の午後までどこかに隠れていることはできたでしょうか」

この質問はラヴィニー神父とレイドナー博士のふたりに向けられたものだった。慎重に思案をめぐらせている時間がしばらく続いた。

それからレイドナー博士が渋々といった感じで答えた。「むずかしいでしょうね。隠れようにも隠れ場所がありません。あなたはどう思いますか、ラヴィニー神父」

「同感です。むずかしいと思います」

もっとも本心では、ふたりともその可能性を否定したくないみたいだった。

ポアロは次にミス・ジョンソンのほうを向いた。

「あなたはどうです、ジョンソンさん。その可能性はあると思いますか」

ミス・ジョンソンは少し考えてから首を振った。

「ないと思います。隠れることができる場所がないんですから。部屋はすべてふさがっているし、家具は最小限のものしかありません。暗室も作図室も作業室も、翌日それぞれ誰かが使っています。ほかの部屋も同じです。クローゼットもないし、奥まった場所もありません。ただし、使用人がぐるになっていたとすれば――」

「可能性はあるが、低いでしょうな」と、ポアロは言った。

そして、またラヴィニー神父のほうを向いた。

「お尋ねしたいことはもうひとつあります。数日前、ミス・レザランはあなたが外部の人間と話をしていたのを見ています。そのまえにも、同じ男が宿舎の窓を覗こうとしていたところをたまたま見かけたそうです。もしかしたら、その男はなんらかの目的があってこのあたりをうろついていたのかもしれません」

「そうですね」

「あなたのほうから話しかけたんですか。それとも、向こうから？」

ラヴィニー神父は少し考えた。

「ええっと……たしか向こうからだったと思います」

「どんな話をしたんです」

また少し間があった。

「ここはアメリカの調査団の宿舎かと訊いてきたんです。それから、アメリカ人は大勢の作業員を雇っているといったような話をしました。じつをいうと、いまひとつ正確には聞きとれなかったんですがね。わたしはアラビア語の練習のつもりで話をしていたんです。その男は都会人の服装をしていたので、ここの作業員よりは話が通じると思いまして」

「ほかに話したことは？」

「そうですね。ハッサニーは大きな町だとか、でもバグダッドよりはずっと小さいとか……わたしがアルメニア教会に属しているのか、シリア・カトリック教会に属しているのかといったようなことも訊いていたようです」

ポアロはうなずいた。

「どういう顔かたちをしていたか覚えていますか」

ラヴィニー神父は眉を寄せて思案顔になった。

「背は低いほうで、身体つきはがっしりしていました。強度の斜視で、肌の色は白いほうでした」

ミスター・ポアロはわたしのほうを向いた。

「あなたが覚えている特徴と同じですか」

「ちがいます」と、わたしはためらいがちに答えた。「背はどちらかというと高く、肌の色はとても黒くて、痩せ型です。斜視ではありません」

ポアロは肩をすくめた。

「よくあることです。警察官なら、わかるはずです。ある人物の特徴をふたりの人間に説明してもらうと、決して同じにはなりません。細かい点では全部ちがっていたりもします」

「斜視というのはたしかです」と、ラヴィニー神父は言った。「ほかの点では、もしかしたらレザランさんの言うとおりかもしれません。肌の色が白いとわたしが言ったのは、アラブ人のわりには、という意味です。レザランさんはそれを黒いと表現したのです」

「とても黒いと言ったのです」と、わたしは頑固に言い張った。「黒に黄色を混ぜたような色です」

ドクター・ライリーは笑いをかみころしているみたいだった。

ポアロは両手をあげた。

「いいでしょう。その正体不明の男は、重要な意味を持っているかもしれないし、持っていないかもしれない。が、いずれにせよ、見つけだして話を聞く必要はありそうですな。では、質問を続けましょう」

ポアロは少し時間をかけてテーブルのまわりの顔を見まわし、しばらく考えてからこくりとうなずいて、ミスター・ライターを指名した。

「では、昨日の午後のことについて、あなたに質問します」

ライターのぽっちゃりした顔が赤く染まった。

「ぼくですか」

「ええ、あなたです。まず名前と年齢を教えてください」

「カール・ライター。二十八歳です」

「アメリカ人ですね」

「そうです。シカゴから来ました」

「調査団に加わったのは今年からですね」

「ええ。写真を担当しています」

「なるほど。昨日の午後は何をしていました」

「ええっと……ほとんど暗室にこもっていました」

「ほとんど？」

「暗室でフィルムの現像をしたあと、撮影の準備をしていたんです」

「外で？」

「いいえ。写真室で」

「暗室は写真室とつながっているんですね」

「ええ」

「写真室の外には出ていないんですね」

「出ていません」

「中庭でのことに何か気がつきませんでしたか」

ライターは首を振った。

「何も。仕事に気をとられていましたから。車の音が聞こえたので、郵便物が届いているかどうか訊こうと思って、やりかけていた仕事を一段落させてから外に出たんです。そのときに事件のことを知りました」

「写真室で仕事を始めたのは何時ごろですか」

「十二時五十分ごろです」

「調査団に加わるまえに、ミセス・レイドナーを知っていましたか」

ライターはまた首を振った。

「いいえ。ここに来るまで会ったことは一度もありません」

「手がかりになりそうなことに何か心当たりはありませんか。どんな些細なことでもかまいません」

ここでもまた首を振った。

「残念ながら、何もありません」

「次はあなたの番です、ミスター・エモット」

デイヴィッド・エモットの話は簡潔で、要を得ていて、その口調はアメリカ人らしくまろやかで、耳に心地よかった。

「ぼくは十二時四十五分から二時四十五分まで中庭で仕事をしていました。アブドラに作業の指図をしながら、土器のかけらの選別をしていたのです。そのあいだにレイドナー博士と話をするため、何回か屋上にあがりました」

「何回です」

「四回だったと思います」

「屋上にいた時間は？」

「たいていは数分です。それ以上ではありません。でも、一回は十分ぐらいいました。中庭で三十分以上仕事をしたあとのことです。どの土器のかけらを保存し、どれを捨てるかを話しあっていたのです」

「そのとき屋上からおりると、少年がいなくなっていたんですね」

「ええ。大声で呼ぶと、門の向こうから戻ってきました。ほかの使用人とおしゃべりをしていたようです」

「その少年が中庭を離れたのはそのときだけですか」

「屋上に土器のかけらを運ばせたことが二度ばかりあります」

「あらためてお訊きするまでもないと思いますが、ミスター・エモット、あなたはそのときミセス・レイドナーの部屋に誰かが出たり入ったりするのを見ませんでしたか」

エモットは即座に答えた。

「見ていません。ぼくが仕事をしていたおよそ二時間のあいだ、中庭に入ってきた者はひとりもいませんでした」

「あなたと少年が中庭からいなくなったのは、一時半ごろと考えていいでしょうか」

「だいたいそんなところだと思います。正確な時間はわかりません」

ポアロはドクター・ライリーのほうを向いた。

「あなたが推定した死亡時刻とも一致していますね、ドクター」

「ええ」

ミスター・ポアロはカールした大きな口ひげをしごいた。

「としたら、もう間違いありませんな。ミセス・レイドナーはその十分のあいだに殺されたということです」

14　このなかのひとりが？

しばらく話が途切れ、恐怖の波が部屋に押し寄せてくるような気がした。

このときはじめて、わたしはドクター・ライリーの意見が正しいのではないかと思うようになった。

つまり、犯人はこの部屋にいるということだ。みんなといっしょにここにすわって、話を聞いているということだ。

ミセス・マーカドも同じことを考えていたのだろう。とつぜん甲高い声を張りあげた。

「信じられないわ！　なんて——なんて恐ろしいの！」

「落ち着きなさい、マリー」ミスター・マーカドは申しわけなさそうに言った。「妻はとても繊細なんです。それだけ敏感なんです」

ミセス・マーカドは涙声で言った。「わたしは——わたしはルイーズが大好きだったんです」

もしかしたら、このときわたしが感じたことが顔に出てしまったのかもしれない。ふと気がつくと、ミスター・ポアロは口もとに小さな笑みを浮かべて、わたしを見ていた。

わたしが冷ややかな視線をかえすと、ポアロはすぐまた質問を始めた。

「では、マダム、あなたにお尋ねしますが、昨日の午後はどんなふうに過ごされていたんでしょう」

「髪を洗ってました」と、ミセス・マーカドは答えた。「ほんとうに恐ろしいことです。なにも知らずに、のんきにそんなことをしていたなんて」

「ご自分の部屋で髪を洗っていたんですね」

「そうよ」

「ずっと部屋から出ていないのですね」

「ええ。車が戻ってきた音を聞くまで。それで、部屋を出たときに、事件のことを知ったんです。ああ。本当に恐ろしいことです」

「話を聞いて、驚きましたか」

ミセス・マーカドは泣くのをやめ、腹だたしげな顔で目を大きく見開いた。

「どういう意味ですか、ムッシュ・ポアロ。まさかわたしが――」

「べつに深い意味はありませんよ、マダム。あなたはミセス・レイドナーが大好きだったとおっしゃった。だから、あなたに何か秘密を打ちあけていたかもしれないと考えたのです」

「な、なるほど……いいえ、何も聞いていません。これといったことは何も。あのひとがひどく神経質になっていたことは知っていました。不思議な出来事があったことも知っていました。手が窓を叩いたりとか」

「このまえは妄想だと言ってませんでした？」と、わたしはつい口をはさんでしまった。

ミセス・マーカドが一瞬たじろいだのを見て、わたしは心のなかでほくそえんだ。

ポアロはまたわたしにいたずらっぽい視線を投げた。そして、そっけない口調で話を締めくくった。

「つまりこういうことですね、マダム。あなたは髪を洗っていたので、何も聞いていないし、見てもいない。何か手がかりになりそうなことに心当たりはないでしょうか」

ミセス・マーカドは考えもせずに答えた。

「何もありません。さっぱりわけがわかりませんわ。でも、犯人が外部の人間だということは間違いない。絶対に間違いありません。だって、そうとしか考えられないもの」

ポアロは夫のほうを向いた。

「あなたはどう思います、ムッシュ」

ミスター・マーカドは不安げな表情になり、顎ひげを意味もなく引っぱりはじめた。

「わたしもそう思います。そうに決まっています。ルイーズを殺そうなどと考える者がいるとは思えません。あんなに優しく、親切な女性だったのに――」そして首を振りながら続けた。「あんなひどいことができるのは悪魔だけです。そう、悪魔にちがいありません」

「あなた自身は、ムッシュ、昨日の午後何をしていたんです」

「わたしですか」

ミスター・マーカドはきょとんとした顔をしていた。

ミセス・マーカドが助け舟を出した。「あなたは作業室にいたんでしょ、ジョーゼフ」

「ああ、そうだった。そうなんです。そこで、いつもどおり仕事をしていたんです」

「そこに行ったのは何時ごろです」

ミスター・マーカドはとまどい、また目で夫人に助けを求めた。

「十二時五十分ごろよ、ジョーゼフ」

「そう。そうだった。十二時五十分ごろです」

「そのあと、中庭には一度も出ていないんですね」

「ええ、たぶん」少し考えてから、「いや、間違いありません。中庭には出ていません」

「事件のことを聞いたのはいつです」

「妻がわたしのところに来て、話してくれたんです。びっくりしました。恐ろしいことです。信じられませんでした。いまでも本当のこととは思えません」とつぜん身体がぶるぶると震えはじめた。「ひどい。ひどすぎる……」

ミセス・マーカドが急いで夫に駆け寄る。

「わかってるわ、ジョーゼフ。みんな同じ気持ちよ。でも、負けちゃ駄目。博士の気持ちを考えたら、そんなことは言ってられないはずよ」

レイドナー博士の顔には苦痛の色があった。こんなふうに感情的になられては、聞いているほうもつらいにちがいない。その目が救いを求めるようにちらっとポアロのほうを向いた。

ポアロはすばやく反応した。

「次はミス・ジョンソンです」

「残念ですが、お話しできるようなことはほとんどありません」と、ミス・ジョンソンは言った。ミセス・マーカドの甲高い耳障りな声とちがって、ミス・ジョンソンの教養と品のよさを感じさせる話し方には、聞いている者の心をなごませるものがあった。

「わたしは居間で仕事をしていました。工作用の粘土を使って、円筒印章の押し型をつくっていたんです」

「何かを見たり聞いたりしていませんか」

「いいえ」

ポアロの目がきらっと光った。きっとわたしと同じものを感じとったにちがいない。ミス・ジョンソンの返答には、かすかなためらいのようなものがあった。

「間違いありませんか、ジョンソンさん。何か思いあたることはありませんか。漠然としたことでもかまいませんよ」

「いいえ、何もありません」

「たとえば、一瞬ちらっと目の隅に映っただけで、実際に見たかどうかわからないようなことでも」

「いいえ、本当に何もありません」

「じゃ、聞こえたことは？　本当に聞こえたかどうかはっきりしないことでもいい」

ミス・ジョンソンはいらだたしげに笑った。

「ずいぶんしつこくお訊きになるんですね、ムッシュ・ポアロ。まるでわたしの想像にすぎないことまで聞きだそうとしているみたいですわ」

「では、何か想像していることならあるということでしょうか」

ミス・ジョンソンは慎重に言葉を選びながら穏やかにゆっくりと話しはじめた。

「じつをいうと、昨日の午後、かすかな悲鳴が聞こえたような気がしたんです。そうなんです。わたしはそれを悲鳴と思ったんです。居間の窓は全部開いていたので、麦畑で働いているひとたちの声ももちろん聞こえていました。でも、あれは間違いなくミセス・レイドナーの声でした。だから、悔やまれてならないんです。あのとき立ちあがって、夫人の部屋へ走っていっていたら……もちろんどうなっていたかはわかりません。でも、もしかしたら、あんなことになるまえに……」

ドクター・ライリーが威厳に満ちた強い口調で遮った。

「そんなことを気にやむ必要はありませんよ。ちょっと乱暴な言い方になりますが、犯人は部屋に入ると同時に、ミセス・レイドナーを殴り殺したのです。殴ったのは一度だけです。でなかったら、悲鳴をあげ、大声で助けを求めていたはずです」

「それでも、犯人を捕まえることはできたかもしれません」

「それは何時ごろのことです」と、ポアロは訊いた。「一時半ごろですか」

「ええ、それくらいだったと思います」

「時間的にはあってますな。ほかに何か聞いていませんか。たとえば、ドアをあけたり閉めたりする音とか」

ミス・ジョンソンは首を振った。

「いいえ、聞いた記憶はありません」

「そのとき、あなたはテーブルに向かっていたんですね。顔はどっちのほうを向いていましたか。中庭？　保管室？　ベランダ？　それとも、外の畑ですか」

「中庭です」

「あなたのいたところから、アブドラという少年が土器のかけらを洗っているのは見えましたか」

「ええ。顔をあげれば見えたはずです。でも、わたしはずっと仕事をしていましたから。わき目も振らずに」

「誰かが中庭の窓のすぐそばを通ったら、気がついていましたか」

「それは間違いないと思います」

「では、誰も通らなかったのですね」

「ええ」

「誰かが中庭のまんなかを横切ったとしたら、どうだったでしょう」

「さあ。おそらく気がつかなかったでしょうね。さっき言ったようにたまたま顔をあげて、窓の向こうを見たのでないかぎり」

「アブドラ少年が仕事をさぼって、ほかの使用人とおしゃべりをするために中庭から脱けだしたことにも気づかなかったんですね」

「ええ」

「十分間……問題はやはりその十分間ですな」

一瞬、部屋は静寂に包まれた。

ミス・ジョンソンが急に顔をあげた。「ムッシュ・ポアロ、わたしは無意識のうちにあなたを誤った方向に導いてしまったかもしれません。よく考えてみれば、わたしがいた部屋でミセス・レイドナーの悲鳴など聞こえるはずはありません。ふたつの部屋のあいだには保管室があります。それに、ミセス・レイドナーの部屋の窓は閉まっていたとのことでした」

「どっちにしても、そんなに気にすることはないと思いますよ。些細なことです」

「そうかもしれません。それはわかります。でも、わたしにとっては些細なことじゃありません。何かできたかもしれないのに何もしなかったんですから」

「いいんだよ、アン」レイドナー博士がいたわるように言った。「よく考えてごらん。

きみが聞いたのは、畑のどこかでアラブ人が怒鳴りあっている声だったかもしれないんだよ」

その優しい口調に、ミス・ジョンソンは少し顔を赤らめた。目には涙が滲んでいる。顔をそむけると、いつも以上にそっけない口調で言った。

「そうかもしれません。何かとんでもないことが起きたあとでは、ありもしないことをあったと思うようになるものです」

ポアロはまた手帳に目をやった。

「ミスター・ケアリー、あなたのほうから話すことはありますか」

リチャード・ケアリーは木石のように感情をまじえずにゆっくりと答えた。

「残念ながら、お役に立てそうな話はありません。そのときには発掘現場に行っていましたから。話はそこで聞いたのです」

「この数日間に、事件とかかわりのありそうなことに何か気づきませんでしたか」

「いいえ、何も」

「ミスター・コールマン、あなたは？」

「ぼくは完全に蚊帳の外です」と、コールマンは少し残念そうに答えた。「朝、作業員の給料を銀行からおろすためにハッサニーに行き、帰ってきたとき、エモットから事件のことを聞かされましてね。それで、またすぐに車に飛び乗って、警察とドクター・ライリーにそのことを伝えにいったんです」

「事件が起きるまえのことでもかまいません」

「ええっと、そうですね。たしかに普通じゃありませんでした。でも、そのことについては、あなたもご存じのはずです。保管室で騒ぎがあったりとか、ミセス・レイドナーの部屋の窓に手や顔が現われたりとか。そうでしたよね、博士」

コールマンに同意を求められて、レイドナー博士はうなずいた。

「結局は、何者かが外から入りこんだということじゃないでしょうか。どこの馬の骨とも知れない者の仕業かもしれない」

ポアロはしばらく黙って考えていた。

「あなたはイギリス人ですね、ミスター・コールマン」

「そうですよ。混じりっけなし。正真正銘のイギリス人です」

「調査団に加わったのは今年からですね」

「ええ、そのとおりです」

「考古学に深い関心をお持ちなんでしょうな」

このポアロの言葉に、コールマンはとまどい、顔を赤らめ、いたずらを見つけられた生徒のような目をレイドナー博士に向けた。

「もちろん興味は持っていますが、頭の出来があまりよろしくないもので……」

言葉は弱々しく途絶えたが、ポアロは深追いしなかった。何やら思案をめぐらせているような顔をして、鉛筆でテーブルを軽く叩き、前に置かれていたインク瓶の位置をそっとずらしただけだった。

「今日のところは、これくらいにしておきましょう。あとになって思いだしたことがあれば、遠慮なくおっしゃってください。このあと、わたしとレイドナー博士とドクター・ライリーの三人で少し話しあってみようと思っています」

これでお開きになった。全員がいっせいに立ちあがり、ドアのほうへ向かった。わたしはみんなといっしょに席を立ち、部屋から出ようとしたが、そのとき後ろから呼びとめられた。

「そうそう。レザランさんにも残ってもらったほうがいい」と、ムッシュ・ポアロは言った。「そうしていただければありがたいのですが、いかがでしょう」

わたしは後戻りして、元の席にすわりなおした。

15　ポアロの指摘

　ドクター・ライリーはすでに椅子から立ちあがっていて、全員が部屋から出ていくと、静かにドアを閉め、ポアロに目でおうかがいを立ててから、中庭に面した窓を閉めた。そして自分の席に戻った。反対側の窓は最初から閉まっている。

「ビアン」と、ポアロは言った。「これでもう何も気兼ねすることはありません。なんでも自由に話すことができます。われわれは調査団の全員から話を聞きましたが……おや、マ・スール、何か言いたそうですね」

　わたしは顔を赤らめた。この変てこりんな小男が鋭い目の持ち主であるのは間違いない。わたしの胸のうちは完全に読まれている。考えていることが顔に出ていたのだろう。

「いえ、つまらないことなんです」と、わたしはためらいがちに言った。

「いいから、いいから」と、ドクター・ライリーがせかした。「その道の専門家を待たせちゃいけないよ」

「本当につまらないことなんです。いまふと思ったんですが、誰かが何かを知っていたり、疑っていたとしても、みんなの前では、特にレイドナー博士の前では言いにくいことがあるかもしれません」

意外なことに、ポアロは大きくうなずいて同意した。

「そう、そう。まさしくそのとおりです。いいですか。このようなかたちであらためて話しあうことにしたのは、理由があってのことです。イギリスの競馬場では、レースのまえに、馬のお披露目が行なわれます。観客が馬の状態を見定められるよう、観覧席の前を周回するのです。この集まりも、それと同じです。競馬で言うなら、出走馬にしかるべき評価を下すためです」

「とても信じられません。調査団のメンバーがこの犯罪にかかわっているなんて」と、レイドナー博士は強い口調で言い、それからわたしのほうを向いた。「さしつかえなければ、レザランさん、二日前に家内から聞いたことを、あなたのほうからムッシュ・ポアロに話してもらえないでしょうか」

こんなふうに促されたので、わたしはためらうことなく、ミセス・レイドナーが使った言葉や言いまわしを思いだしながら話しはじめた。

話しおえると、ポアロは言った。「なるほど。よくわかりました。理路整然としていて、じつに明快です。あなたのようなひとがいてくれて、大いに助かりますよ」

ポアロはレイドナー博士のほうを向いた。

「その手紙をお持ちですか」

「ええ、ここへ持ってきています。ごらんになりたいだろうと思いましたから」

ポアロは手紙を受けとると、注意深く目を通しはじめた。指紋をとるための粉末を振りかけるでもなく、顕微鏡を持ちだすでもないので、少しがっかりしたが、考えてみれば、お年もお年なので、新しいものにはついていけないのかもしれない。普通に見て、読んでいるだけだ。

読みおえると、手紙をテーブルの上に置いて、咳払いをした。

「では、わかっていることを整理してみましょう。最初の手紙は、アメリカで奥さまがあなたと結婚した直後に受けとったものです。そのまえにも何通か受けとっているが、それはすべて捨ててしまった。それから次の手紙が来て、その直後に、あなたがたはガス中毒であやうく死にそうになった。ほどなく海外に出ると、それから二年ほどのあいだ、手紙はふっつりと来なくなった。つまり、いまから三週間ほどまえに、ということです。ふたたび手紙が届いたのは、今年の発掘作業の開始直後のことだった。それでよろしいですね」

「ええ」

「奥さまは怯え、取り乱し、それであなたはドクター・ライリーに相談し、付き添いの者がいれば安心だと思って、ミス・レザランを雇うことにした。そうですね」

「ええ」

「宿舎では、いくつかの奇妙な出来事が起きている。奥さまの部屋の窓の向こうに手や幽霊のような顔が見えたり、保管室で怪しい物音が聞こえたり。あなた自身はそういったものを見たり聞いたりしていないんですね」

「ええ」

「奥さま以外は誰も何も知らないということですね」

「ラヴィニー神父が保管室の光を見ています」

「ええ、それは承知しています」ここで少し間があった。「奥さまは遺言状を作成されていましたか」

「たぶん作成していないでしょう」

「そうお考えになる理由は？」

「その必要がないからです」

「財産はなかったということでしょうか」

「父親から信託財産を相続したので、生きているあいだは、何不自由なく暮らせるようになっていました。でも、元本に手をつけることはできません。本人が死亡したときには、財産は子供のものになります。子供がいないときには、ピッツタウン博物館に寄贈されることになっています」

ポアロは思案顔でテーブルを叩いた。

「とすると、これで犯行の動機はひとつ消えたことになりますな。それはわたしがいつも最初に調べることです。被害者の死によって得をするのは誰か。今回はピッツタウン博物館です。もしも奥さまが相当額の資産を持ち、遺言を残さずに亡くなったとしたら、それは大きな問題になっていたでしょう。遺産を相続するのは、あなたなのか、それともまえの夫なのか。後者の場合には、むずかしい問題が生じます。前夫が遺産を受けるためには、生きていることを証明するために姿を現わさなければなりません。そのときには逮捕される恐れもあります。戦時中に出された死刑判決がいまも有効かどうかは、よくわかりませんがね。とにかく、これでそういったことを考える必要はなくなりました。繰りかえしになりますが、まず第一に考えなければならないのは、金銭の問題です。そして、次にすべきことは、被害者の連れあいに疑いの目を向けることです。今回はどうか。まず第一に、昨日の午後あなたは奥さまの部屋に一度も入っていない。第二に、奥さまが死ぬことによって、あなたは多くのものを失うが、得るものは何もない。第三に——」

ここで間があった。

「なんでしょう」と、レイドナー博士は言った。

「第三に、わたしの見たところ、あなたたちのあいだには深い愛情があった。あなたの人生で、博士、奥さまへの愛はもっとも大切なものだった。そうですね」

レイドナー博士は言葉少なに答えた。「ええ」

ポアロはうなずいた。

「では、次の問題に移りましょう」

「それがいい」と、ドクター・ライリーはややいらだたしげな口調で言った。「どんどん先へ進みましょう」

ポアロの目に咎めるような表情が浮かんだ。

「あわてちゃいけません、マイ・フレンド。このような事件では、ひとつひとつ順を追って、丁寧に調べていくことが大事なんです。実際のところ、どんな事件でも、わたしはつねにそうしていきます。そうやっていくつかの可能性を排除していくうちに、核心部分が徐々に見えてくる。ここで何よりも重要なのは、すべてのカードをテーブルの上に並べることです。どんなことも隠しだてしないことです」

「よくわかります」

「ですから、何もかも包み隠さず話してもらいたいのです」

　レイドナー博士はきょとんとした顔をしていた。

「わたしは何も隠していませんよ、ムッシュ・ポアロ。知っていることはすべてお話ししました。隠さなきゃならないことなど何もありません」

「そうでしょうか（トゥ・ドゥ・メーム）。本当にすべてを話しましたか」

「本当です。思いだせるかぎり、すべてお話ししていますよ」

　レイドナー博士はあきらかにとまどっていた。

　ポアロは静かに首を振った。

「いいえ。すべてではありません。たとえば、ミス・レザランをお雇いになった理由とか」

　レイドナー博士はおろおろするばかりだった。

「もうすでにお話ししたはずです。簡単なことです。妻が怯え、神経質になっていたので――」

　ポアロは前に身を乗りだし、これ見よがしにゆっくりと指を振った。

「いやいや。それはちょっとおかしいんじゃないですか。奥さまの身は危険にさらされていた。殺すという脅迫を受けていた。そうなんです。なのに、あなたが呼び寄せたのは、警察官でも私立探偵でもなく、看護婦だった。どう考えても筋が通りません」

「わたしは……わたしは……」言葉は途切れ、頬が赤く染まった。「なんと言えばいいのか――」ここでまた言葉が途切れた。

「どうなんです。答えてください」

沈黙が続いた。レイドナー博士は困惑し、途方にくれている。

「いいですか」ポアロはたたみかけるように言った。「あなたのお話のなかで、どうしても納得できないのは、その点だけなんです。どうして看護婦を呼んだのか。答えはひとつしかありません、あなたは奥さまの身が危険にさらされていると思っていなかったからです」

大きな声があがり、それで何かが吹っ切れたみたいだった。

「ああ、神さま。そうなんです。そんなふうには思っていなかったんです」

ポアロはネコがネズミの穴を見張っているような目をしていた。そこからネズミがでてきたら、飛びかかろうとしているように見える。

「では、どんなふうに思っていたんです」

「わかりません。そんなことは……」

「いや、わかっているはずです。よくわかっているはずですぞ。わたしのほうから言いましょうか。あなたは奥さまが自分で手紙を書いたと思っていた。そうじゃありませんか、博士」

答える必要はなかった。ポアロの指摘が正しいことはあきらかだった。まるで許しを乞うようにあげた博士の手が、そのことを雄弁に語っていた。

わたしは息をのんだ。薄々感じてはいたのだが、やはりそうだったのだ。レイドナー博士が脅迫状のことをどう思うかと尋ねたときの奇妙な口ぶりは、いまでもはっきりと覚えている。わたしは考えながら、ゆっくりうなずいた。ムッシュ・ポアロがわたしを見つめていることに気づいたのはそのときだった。

「あなたも同じように考えていたようですね、看護婦さん」

「ええ、まあ」

「その理由は？」

わたしはコールマンが見せてくれたミセス・レイドナーの手紙と筆跡が似ていたことを話した。

ポアロはレイドナー博士のほうを向いた。

「あなたもそのことに気づいていたのですか」

「ええ。脅迫状に書かれていたのは、小さな字で、少し窮屈な感じがしました。ルイーズの字はもっと大きく、のびのびしています。でも、いくつかの字はひじょうによく似ていました。お見せしましょう」

レイドナー博士は内ポケットから手紙の束を取りだし、そのなかから一通を選んで、ポアロに渡した。それは夫人から博士に送られた手紙だった。ポアロはそれと匿名の脅迫状を念入りに見比べた。

「なるほど。たしかによく似ていますな。特にsの書き方や、eのかたちは。わたしは筆跡鑑定の専門家ではないので、断定的なことは言えません。たとえ筆跡鑑定の専門家でも、意見が一致することはそんなに多くないものです。でも、これだけは言えると思います。ここにあるふたつの手紙の筆跡はひじょうによく似ているということです。同一人物が書いたものという可能性はたしかにあります。しかし、そうと決めつけるわけにはいきません。われわれはあらゆる可能性を考慮にいれる必要があります」

ポアロは椅子の背にもたれかかった。

「可能性は三つあります。まず第一は、筆跡が似ているのは単なる偶然にすぎないこと。第二は、なんらかの理由によって、奥さまが自分で脅迫状を書いたということ。第三は、何者かが故意に奥さまの筆跡を真似て書いたということです。それがなぜかという点については、いまのところなんとも答えようがありません。でも、この三つの可能性のどれかが正しいのは間違いないでしょう」

ポアロはひとしきり思案をめぐらせ、それからふたたびレイドナー博士のほうを向いて、また歯切れよく質問を始めた。

「奥さまが自分で手紙を書いたのではないかという考えが最初に頭に浮かんだとき、あなたはそれをどのように解釈しました」

レイドナー博士は首を振った。

「そのときはすぐにその考えを打ち消しました。馬鹿げているとしか思えなかったからです」

「どうしてそんな馬鹿げたことをしたのだろうとは考えなかったのですか」

「ええ、考えました。過去のことを思いだし、気に病むあまり、頭がどうかなってしまったのではないかと。無意識のうちに書いてしまったのかもしれません。そういうことってありませんか、ドクター」

ドクター・ライリーは唇をすぼめて曖昧に答えた。

「人間の頭にはどのようなことでも起こりえるものです」

それからポアロにちらっと目をやった。ポアロは意をくんだように論点を変えた。

「もちろん、脅迫状の問題をなおざりにすることはできません。ですが、われわれはもう少し大局的にものを見ていく必要があります。ここでは三つの仮説を立てることができます」

「三つ？」

「そうです。まず第一の仮説。これはごく単純です。奥さまのまえの夫がまだ生きていて、脅迫状を書き、それを実行に移した。その場合には、どのようにして誰にも見られずに宿舎に入りこむことができたかをあきらかにする必要があります。

第二の仮説は、奥さまが自分で脅迫状を書いたというものです。なぜかはわかりません。理由の究明は、素人ではなく、心理の専門家にまかせたほうがいいかもしれません。としたら、ガスの栓をあけたのも、奥さまということになります。思いだしてください。ガスの臭いを嗅ぎつけて、あなたを起こしたのは奥さまだったのです。でも、奥さまが自分で手紙を書いたとすれば、犯人は手紙を書いた者ではなく、それとは別の者ということになる。つまり、犯人は調査団のメンバーのひとりということです」ここでレイドナー博士が何やら言いたげな声をあげたので、ポアロはそれを制するように付け加えた。

「理屈からすると、そうとしか考えられない。内輪の人間が個人的な恨みを晴らすために奥さまを殺害した。脅迫状のこともおそらく知っていたのでしょう。少なくとも、奥さまが誰かを恐れていた、あるいは恐れるふりをしていたということは知っていたにちがいありません。犯人の側からすれば、それによって自分から疑いの目をそらすことができます。やったのは脅迫状を書いた謎の人物ということになるわけですから。

この仮説の一変種として、犯人が奥さまの過去を知っていて、自分で脅迫状を書いたということも考えられます。でも、その場合には、どうして奥さまの筆跡を真似る必要があったのかという疑問が残ります。外部の者が書いたように見せかけたほうが好都合であるのはあきらかです。

第三の仮説はもっとも興味深い。つまり、あの手紙は本物だった。それはミセス・レイドナーの前夫、あるいはその弟によって書かれたものであり、しかもその人物はこの調査団のメンバーになっているかもしれないということです」

16　容疑者たち

レイドナー博士ははじかれたように立ちあがった。

「まさか！　そんなことはありえません。ばかばかしすぎる」

ミスター・ポアロは穏やかな目で見つめただけで、何も言わなかった。

「まえの夫が調査団に潜りこんでいるのに、妻がそれに気づかなかったとおっしゃるんですか」

「そのとおりです。考えてもごらんなさい。十五年ほどまえに、奥さまはその男と数ヵ月しかいっしょに暮らしていないのですよ。これだけの年月をへだてて再会し、同一人物だとわかるでしょうか。わたしはそうは思いません。顔も身体つきもすっかり変わっているはずです。声はそんなに変わっていないかもしれないが、話し方はいくらでも変えられます。それに、いいですか。奥さまはまえの夫がひとつ屋根の下にいるとは夢にも思っていなかったはずです。外部の人間だと頭から信じきっていたはずです。だとしたら、気がつかなくてもまったく不思議ではありません。

それに、もうひとつの可能性もあります。弟のウィリアム・ボスナーです。当時は幼い子供で、兄を心から慕っていました。いまは立派な大人に成長しているはずです。十歳ちょっとの少年だったころしか知らない者に、三十歳近くになった男が見分けられるでしょうか。そう。ここにはもうひとり、ウィリアム・ボスナーという忘れてはいけない人物がいるのです。彼の目には、兄は裏切り者ではなく、祖国ドイツのために死んだ愛国者と映っていたはずです。その立場からすれば、ミセス・レイドナーこそ裏切り者なのです。愛する兄を死に追いやったモンスターなのです。子供は感じやすいものです。兄を英雄視する気持ちはよくわかります。幼いころ心に刻みこまれた感情は、大人になっても消えないことがしばしばあります」

「そのとおりです」と、ドクター・ライリーは同意した。「子供はなんでもすぐに忘れるという常識はかならずしも正しくない。幼児のころの記憶が大人になっても残っているケースは少なくありません」

「ビアン。これでふたりの人物が俎上にあがりました。現在五十歳を超えたフレデリック・ボスナーと、三十歳になりかけているウィリアム・ボスナーです。このふたりに該当する人物がいないかどうか、ひとりひとり見ていきましょう」

「冗談じゃありません」と、レイドナー博士はつぶやいた。「われわれのなかに？　調査団のメンバーのなかに？」

「調査団のメンバーであるというだけで、疑いが晴れるというのですか。そんなことはありませんよね。では、始めましょう。フレデリックでもウィリアムでもないと断言できるのは誰か」

「女性ですね」

「さよう。では、ミス・ジョンソンとミセス・マーカドは除外しましょう。ほかには？」

「ケアリーです。ルイーズと出会う何年もまえから、わたしたちはずっといっしょに仕事をしてきました」

「加えて、年齢的にもあてはまりません。わたしの見たところでは、ケアリーは三十八か九というところでしょう。フレデリックにしては若すぎるし、ウィリアムにしては年をとりすぎている。では、ほかのメンバーはどうか。ラヴィニー神父とミスター・マーカドは、年齢的にフレデリック・ボスナーにあてはまります」

「待ってください」レイドナー博士はいらだちと皮肉の入りまじった声で言った。「ラヴィニー神父は古代文字の解読者として世界的に名を知られた人物だし、ミスター・マーカドはニューヨークの著名な博物館に長年勤務していた人物です。どちらもあなたの言うような人間と考えることはできません。そんなことはありえません」

ポアロは大きく手を振った。

「ありえない？　だからどうだというんです。わたしはつねにありえないことを調べているんですよ。とにかく、話を先に進めましょう。ほかには誰がいるか。カール・ライターというドイツ風の名前の青年、それにデイヴィッド・エモット――」

「彼は昨年もここにいました」

「忍耐強い人間なら、犯罪を犯すときでも、決して急がないはずです。じっくり腰を落ち着けて準備万端整えるはずです」

レイドナー博士は呆れたように両手を上にあげた。

ポアロは続けた。「最後にビル・コールマン」

「彼はイギリス人です」

「それがどうしたんです。ウィリアムは子供のころアメリカを出て、その後は消息をつかめていないとのことでしたね。もしかしたら、イギリスで育てられたのかもしれませんぞ」

「あなたはなんにでも答えられるひとなんですね」

このとき、わたしは真剣に考えていた。コールマンの立ち居振るまいは、血のかよった生身の若者のものというより、P・G・ウッドハウスの小説のなかの滑稽な登場人物のもののように思える。ずっとそのような役どころを演じていたということなのか。

ポアロは手帳に何か書きつけている。

「ここまでの話をまとめてみましょう。兄のフレデリックの条件を満たす人物は、ふたりいます。ラヴィニー神父とミスター・マーカドです。弟のウィリアムの条件を満たすのは、コールマンとエモットとライターの三人です。

今度は別の視点から見ていくことにします。手段と機会です。調査団のメンバーのなかで、犯行の手段と機会に恵まれていたのは誰か。ケアリーは発掘現場に出ていて、コールマンはハッサニーに行っていた。そして、あなたは宿舎の屋上にいた。残るは、ラヴィニー神父、マーカド夫妻、デイヴィッド・エモット、カール・ライター、ミス・ジョンソン、それにミス・レザランです」

「まあ！」わたしは叫んで、椅子から飛びあがった。

ミスター・ポアロの目は鋭く光っている。

「残念ながら、マ・スール、あなたも加えなくてはなりません。中庭に誰もいなくなったとき、ミセス・レイドナーの部屋に忍びこむのは容易だったはずです。あなたは体格がよく、腕力もあります。それに、犯行の瞬間まで、ミセス・レイドナーはあなたになんの疑いも抱かなかったでしょうしね」

わたしは呆気にとられ、言葉をかえすこともできなかった。ドクター・ライリーは愉快、愉快といった顔をしていた。

「看護婦さんが患者さんを一人また一人と殺していくわけですな。じつに興味深い」

わたしはドクター・ライリーをきっと睨みつけてやった。

レイドナー博士はまったく別のことを考えていたみたいだった。

「エモットは除外していいと思います、ムッシュ・ポアロ。あの十分のあいだ、ずっとわたしといっしょに屋上にいたのですから」

「それだけで除外することはできません。屋上からおりたあと、すぐに奥さまの部屋に行って、犯行に及び、それから少年を呼んだのかもしれない。少年を屋上に行かせたときを利用した可能性もあります」

レイドナー博士は首を振りながらつぶやいた。「まるで悪夢です。現実のものとはとても思えません」

驚いたことに、ポアロはそれに同意した。

「そのとおりです。たしかに現実のものとは思えません。こういう事件にはめったに出くわせるものじゃない。たいていの殺人事件は単純で、つまらないものです。でも、この事件はじつに変わっている……こう言っちゃ何かもしれませんが、レイドナー博士、あなたの奥さまも一風変わった女性だったようですな」

あまりにも単刀直入な言い方だったので、わたしは一瞬びくっとした。

「あなたはどう思います、看護婦さん」と、ポアロは訊いた。

レイドナー博士はわたしのほうを向いて、穏やかな口調で言った。「どうです、レザランさん。ルイーズがどんな女性だったか、あなたのほうから話してもらえませんか。あなたなら公平な立場からものが言えると思います」

わたしは率直に意見を述べた。

「とても素敵な方でした。誰でもその美しさに惹かれ、何かしてあげたいと思わずにはいられなかった。あれほど魅力的なひとに出くわしたことはありません」

「ありがとう」と、レイドナー博士は言って、わたしに微笑みかけた。

「外部の者のご意見として、とても参考になります」と、ポアロは礼儀正しく言った。「では、話を先に進めましょう。手段と機会という観点からは、七人の名前があがりました。ミス・レザラン、ミス・ジョンソン、ミセス・マーカド、ミスター・マーカド、ミスター・ライター、ミスター・エモット、それにラヴィニー神父です」

ポアロはまた咳払いした。まえから気になっていたのだが、どうして外国人はわざとこのようなおかしな音を立てるのだろう。

「さらに踏みこんで、ここでは第三の仮説が正しいと仮定しましょう。犯人はフレデリックかウィリアム・ボスナーで、調査団のメンバーになりすましているというものです。手段と機会があって、フレデリックもしくはウィリアム・ボスナーに該当する可能性がある者は、四人に絞ることができます。ラヴィニー神父、ミスター・マーカド、ミスター・ライター、それにミスター・エモットです」

「ラヴィニー神父は除外していいと思います」と、レイドナー博士は断定的な強い口調で言った。「カルタゴのペール・ブラン修道会から来たんですから」

「顎ひげも本物ですわ」と、わたしは口をはさんだ。

ポアロは言った。「利口な殺人者は付けひげなどしませんよ、マ・スール」

「どうして利口だとわかるんですか」

「そうでなかったら、謎はすぐに解けるはずです。でも、この事件はちがいます」

なんという自惚(うぬぼ)れの強いひと、とわたしは思った。

「でも、あれだけ髭がのびるには、かなりの年数がかかるはずですわ」

「なかなか鋭い指摘です」

レイドナー博士はじれったそうに言った。「しかし、どう考えてもおかしい。馬鹿げています。ラヴィニー神父もミスター・マーカドもその道では名前の知れた、ひとかどの人物なんですよ。何年もまえからそうなんですよ」

ポアロはレイドナー博士のほうを向いた。

「それはどうですかな。あなたは重要な点を見落としている。いいですか。フレデリック・ボスナーが死んでいなかったとしたら、いままで何をしていたか。名前を変えているのは当然のことです。どのような職業についていたとしてもおかしくはありません」

「たとえば、ペール・ブラン修道会の神父とか？」ドクター・ライリーは疑わしげだった。

「たしかにやや不自然な感じはします。でも、だからといって、除外することはできません。ほかの者はどうでしょう」

「若いひとたちのことですね。わたしの意見では、それに該当する者はひとりしかいません」

「誰です」

「カール・ライターです。断定はできませんが、よく考えてみれば、これはと思える点がいくつかあります。まずは年齢。それに、ドイツ名だということ。今年はじめて調査団に加わったということ。さらには、犯行の機会に恵まれていたということ。写真室から出て、中庭を横切り、ミセス・レイドナーの部屋に入り、目的を果たすと、人影がないのを確認して写真室に駆け戻ればいいだけのことです。そのあいだに誰かが写真室に来たとしても、暗室にいたと言えばすむ。もちろん、ライターが犯人だと言っているわけじゃありませんよ。疑わしい人物をあげるなら、いちばん疑わしいと言っているだけです」

ムッシュ・ポアロは納得していないみたいだった。うなずいたとき、その顔には真剣さと懐疑の表情があった。

「ええ。たしかに条件は揃っていますな。しかしながら、ことはそう単純ではないと思いますよ。まあ、いいでしょう。このあたりで、いったん話を切りあげましょう。よろしければ、いまから犯行現場を見させていただきたいのですが」

「いいですとも」レイドナー博士は言って、ポケットをさぐった。「そうそう。鍵はメイトランド署長に渡してあった」

「いや、わたしが預かっています」と、ドクター・ライリーは言った。「署長はクルド人が起こした事件を調べなきゃならないとのことでしたので」

そして、ポケットから鍵を取りだした。

レイドナー博士はためらいがちに言った。「すみませんが、わたしはちょっと——できることならレザランさんにお願いしたいのですが」

「もちろん。もちろんです」と、ポアロは答えた。「お気持ちはよくわかります。あなたにこれ以上つらい思いをさせるつもりはありません。いっしょに行っていただけますか、マ・スール」

「いいですとも」と、わたしは答えた。

17　洗面スタンドのそばの染み

ミセス・レイドナーの遺体は検視のためにハッサニーに運ばれたが、それを除けば、部屋のなかのものはすべて事件が起きたときのままになっていた。家具調度の類は少なかったので、警察の検分にはいくらの時間もかからなかったにちがいない。

ベッドはドアのすぐ先の右側に置かれている。畑に面した奥の壁には、鉄格子のはまったふたつの窓。そのあいだに、ふたつの引出しがついた質素なオーク材のテーブル。夫人が化粧台として使っていたものだ。東側の壁にはフックが並び、数着のドレスが木綿のカバーをかけられて、ハンガーに吊るされている。パイン材の整理だんすもある。ドアのすぐ左側には、洗面スタンド。部屋の中央には、大ぶりのオーク材の机。その上に吸取り紙とインク瓶、そして匿名の手紙が入っていたアタッシェケースが置かれている。窓には、白とオレンジの縞模様のカーテンがかかっている。地元で買い求めた布でつくったものらしい。床は石造りで、山羊皮の敷物がしかれている。ふたつの窓の下と洗面スタンドの前のものは、細長くて、茶色地に白い縞。ベッドと机のあいだのものは、もう少し大きくて、質もいい。白地に茶色の縞が入っている。

クローゼットもないし、奥まったところもない。カーテンの丈は短い。隠れることができそうな場所はどこにもない。ベッドは鉄製の無骨なもので、プリント柄の木綿のキルトがかかっている。部屋のなかで贅沢な印象を与えるものは、三つの柔らかい羽毛の枕だけだ。この宿舎でこのような枕を使っている者はほかにいない。

死体はベッドの横の敷物の上にうずくまるように横たわっていた。そのことをドクター・ライリーは手短に説明し、その説明を補足するためにわたしを手招きした。

「すまないが、どんなふうに倒れていたか、やってみせてくれないかね」

わたしはそんなに気むずかしい人間ではない。すぐに床に横たわり、死体が見つかったときの状態をできるだけ忠実に再現した。

「そのとき、レイドナー博士は夫人の頭を持ちあげたそうです」と、ドクター・ライリーは言った。「そのあたりのことについては本人から詳細を聞いています。死体の位置を変えるようなことはしていないとのことでした」

「としたら、話は簡単ですな」と、ポアロは言った。「ミセス・レイドナーはベッドに横たわり、眠るか休息をとるかしていた。そのとき、誰かがドアをあけたので、それを見て、立ちあがり――」

「いきなり何かで殴られた」ドクター・ライリーが話を引きとった。「それで意識を失い、ほどなく息絶えた」

それから、ドクター・ライリーは傷の具合を専門用語を使って説明した。

「では、出血は多くなかったのですね」と、ポアロは言った。

「ええ。つまり脳内出血ということです」

「エ・ビアン。まことにもって明快です。ひとつの点を除けば。部屋に入ってきたのが見知らぬ者だったとすれば、どうしてすぐに大声で助けを求めなかったのか。大声をあげたら、誰かに聞こえたはずです。レザラン看護婦か、ミスター・エモットか、土器のかけらを洗っていた少年がその声を聞きつけたはずです」

「答えは簡単ですよ」ドクター・ライリーは乾いた口調で言った。「見知らぬ者ではなかったということです」

ポアロはうなずいた。

「そのとおりです。そこにいた者を見て、ミセス・レイドナーは驚いたかもしれない。でも、怖がることはなかった。襲われたときに、叫ぼうとしたのかもしれない。でも、そのときにはすでに遅かった」

「ミス・ジョンソンが聞いたのは、そのときの声だったのでしょうか」

「可能性はありますな。しかしながら、状況を考えれば、それはちょっと考えにくい。部屋の壁は厚く、窓は全部閉まっていたのですから」

　ポアロはベッドのほうに歩いていった。

　そして、わたしに訊いた。「あなたが部屋を出たとき、ミセス・レイドナーはベッドに横になっていたんですね」

　わたしはそのときにしたことを正確に説明した。

「ベッドに横になっていたのは、眠るつもりだったからですか。それとも本を読むためですか」

「わたしはミセス・レイドナーに二冊の本を渡しました。一冊は軽い読み物で、もう一冊は伝記です。たいていはしばらく本を読んでから、少しお眠りになっていたようです」

「普段と変わりはありませんでしたか」

　わたしは少し考えた。

「ええ。別に変わった様子はありませんでした。とてもお元気そうでした。どことなく他人行儀でしたが、それは前日にわたしにあのような打ちあけ話をしたからだと思います。そういうときには、なんとなく気まずい思いが残るものです」

ポアロの目がきらっと光った。

「そうそう。よくわかりますよ」

それから、部屋を見まわした。

「夫人が殺されたあと、この部屋に入ってきたとき、どこか変わったところはありませんでしたか」

わたしも同じように部屋を見まわした。

「そうですね。どこも変わったところはなかったと思います」

「凶器のようなものも見なかったんですね」

「ええ、見ていません」

ポアロはドクター・ライリーのほうを向いた。

「凶器はどのようなものだと思いますか」

ドクター・ライリーは即答した。

「固く、大きく、尖っていないものです。彫像の丸い台座とか。そういったものです。いいですか。念のために言っておきますが、そうだと言ってるんじゃなくて、そのようなものと言ってるだけですよ。ひじょうに大きな力が加わっています」

「腕にそれだけの力があった。つまり、それは男の腕ということになるわけですな」

「そうなります。ただ――」

「ただ、なんです」

「ミセス・レイドナーはひざまずいていたかもしれない。だとすれば、頭の上に重い凶器を振りあげる必要はないので、それほど大きな力はいりません」

「ひざまずいていた？　なるほど。そういう見方もできるでしょうな」

「単なる思いつきです」ドクター・ライリーは急いで言い添えた。「具体的な根拠は何もありません」

「でも、可能性はある」

「ええ。考えられない状況ではありません。もう叫んでもどうにもならないと思い、恐怖のあまり、ひざまずいて、命ごいをしたということもありえます」

「たしかに。ありえますな」と、ポアロは思案顔で言った。

ありえない。ミセス・レイドナーが誰かにひざまずくなんて考えられない。

ポアロはゆっくりと部屋を横切り、窓をあけて、鉄格子をチェックし、そのあいだに頭を入れ、だが肩は通らないことを確認した。

「死体が見つかったとき、窓は閉まっていました。あなたが十二時四十五分にこの部屋を出たときも閉まっていましたか」

「ええ、午後はずっと閉まっているんです」と、わたしは答えた。「居間や食事室とちがって、ここの窓には網戸がついていません。だから、虫が入ってこないよう、ずっと閉めきられていたのです」

「いずれにせよ、窓からは誰も入ってこれない。壁は日干し煉瓦でとても頑丈につくられている。天窓もないし、抜け穴もない。つまり、この部屋に入るには、ドアを通るしかないということです。ドアを通るには、中庭を横切らなければならない。そして、中庭に入るには、門をくぐらなければならない。門の前には五人の使用人がいて、誰も通らなかったと口を揃えている。それが嘘だとは思えません。そもそも嘘をつく必要などない。誰かに買収されて口をつぐんでいるとも思えません。そうなんです。犯人はこの宿舎のなかにいるんです」

わたしは何も言わなかった。先に調査団のメンバー全員がテーブルを囲んだときに感じたことを、このときもやはり感じていた。

ポアロはまたゆっくりと部屋を横切り、整理だんすの引出しから一枚の写真を取りだした。そして、目でわたしに問いかけた。その写真にうつっていたのは、白い山羊ひげをはやした年配の男性だった。

「ミセス・レイドナーのお父さまだと聞いています」と、わたしは答えた。

ポアロは写真を引出しに戻し、それから化粧台の上に置かれたものに目をやった。シンプルなつくりながら、趣味のいい鼈甲（べっこう）のドレッシング・セットだ。そして、次は本棚。そこに視線を移し、本のタイトルを声をだして読みあげはじめた。

「『ギリシア人とは何者なのか』、『相対性理論序説』、『ヘスター・スタノップの生涯』、『クリュー列車』、『思想の達しえるかぎり』、『リンダ・コンドン』……ここから何がわかるか。あなたのミセス・レイドナーは馬鹿じゃなかったということです。ひじょうに知的な女性であったということです」

「もちろんです」と、わたしは強い口調で言った。「とても聡明な方でした。多くの本を読み、いろんなことに通じていました。並みの女性じゃありませんでした」

ポアロはわたしのほうを向いて、にこりと笑った。

「ええ。それはよくわかっておりますよ」

ポアロはまた歩きはじめ、今度は洗面スタンドの前に行った。そこには、種々の瓶やクリームの容器が並べて置かれている。と、とつぜんしゃがみこんで、その下の敷物を調べはじめた。

わたしはドクター・ライリーといっしょにそこへ歩いていった。ポアロは敷物についている小さな赤黒い染みを見つめていた。敷物の茶色の部分についているものはほとんど見分けがつかないが、白いストライプの部分についているものは、よく見ればそれとわかる。

「どう思います、ドクター・ライリー」と、ポアロは言った。「血ですか」

ドクター・ライリーは床に膝をついた。

「そのようですな。調べてみましょうか」

「お願いします」

ポアロは次に水差しと洗面器を調べはじめた。水差しは洗面スタンドの縁に置かれている。洗面器は空だ。洗面スタンドのそばに、汚い水の入った石油缶がある。

ポアロはわたしのほうを向いた。

「あなたが十二時四十五分にこの部屋を出たとき、この水差しは洗面器のなかにあったか外にあったか、覚えていませんか」

「はっきりとは覚えていませんが、なかにあったような気がします」

「ほう」

「でも、そう思うのはいつもそこにあったからかもしれません。昼食後、下働きの少年がそうしていくのです。ですから、もしそうなっていなかったら、たぶんそのことに気がついていたでしょう」

　ポアロは納得してうなずいた。

「なるほど。よくわかりました。あなたは病院でそのような訓練を受けているはずです。病室で何かがいつもとちがう場所にあったら、無意識のうちに元のところに戻す習慣がついているのかもしれませんな。事件の直後はどうでしたか。いまと同じですか」

　わたしは首を振った。

「そのときは何も気がつきませんでした。わたしが気にしていたのは、どこかに隠れる場所があるんじゃないかとか、犯人は何かを残していったんじゃないかといったことでしたから」

　ドクター・ライリーが立ちあがった。「やはり血でした。そこに何か意味があるんでしょうか」

　ポアロは眉を寄せ、いらだたしげに手を振った。

「わかりません。わかるわけがないでしょ。もしかしたら、なんの意味もないかもしれない。もしかしたら、犯人が死体に手を触れ、血がついたので、ここに来て洗ったのかもしれない。どんなに少量でも、血は血ですからな。ええ。たしかに可能性はあります。でも、いまここではどのような結論をくだすことも、何かを断定することもできません。

もしかしたら取るに足りないことかもしれません」

「血はいくらも出ていません。少なくとも、噴きだすようなことはなかったはずです。傷口から滲みでていた程度です。もちろん、犯人がそこに手を触れたら——」

わたしは身震いした。おぞましい光景が頭に浮かんだのだ。醜悪な顔をした男が、美しい女性を殴り殺したあと、腰をかがめて、傷口を指でさわっている。その口もとにはぞっとするような不気味な笑みが浮かんでいる。顔つきはどこまでも凶暴で、狂気じみている。

ドクター・ライリーはわたしが震えていることに気づいたみたいだった。

「どうかしたのかね、レザランさん」

「いえ、なんでもありません。ちょっと気持ちが悪くなっただけです」

ポアロはわたしのほうを向いた。

「気持ちはよくわかりますよ。ここでしなきゃならないことはもういくらも残っていません。それがすめば、わたしはドクター・ライリーといっしょにハッサニーに戻ります。あなたも来ませんか。できることなら、ドクター、あなたのお宅でお茶をいただきたいんですが」

「もちろんかまいませんよ」

わたしは遠慮した。「いいえ、ドクター、どうかお気づかいなく」

ムッシュ・ポアロは優しくわたしの肩を叩いた。外国人でなく、まるでイギリス人のように。

「遠慮することはありませんよ、マ・スール。わたしにとっても、そのほうがいいんです。話さなければならないことはまだたくさんあります。でも、ここでは何かと気を使わなければならないので、好きなように話せない。レイドナー博士にとって、夫人はあがめたてまつられるべき完璧な女性でした。みんなもそう思っていると信じています。そうなんです。そう信じているんです。でも、わたしに言わせるなら、完璧な人間などどこにも存在しません。わたしたちはミセス・レイドナーという女性について、なんと言いますか、そう、忌憚のないところを話しあいたいのです。よろしいですね。いっしょにハッサニーに来てくれますね」

「わかりました。そのほうがいいかもしれません。ここにいると、気が滅入って仕方ないので」

「一日か二日は何もしないでのんびり過ごしたほうがいい」と、ドクター・ライリーは言った。「どっちにしても、葬式がすむまでは、この地を離れることはできないだろうしね」

「ありがたいことです。ここにいたら、わたしも無事でいられるかどうかわかりません
し」
もちろん、これは冗談であり、ドクター・ライリーもそう思っているにちがいない。
わたしとしては、どんな軽口がかえってくるだろうくらいにしか思っていなかった。
けれども、ポアロは、驚いたことに、部屋のまんなかで急に立ちどまり、両手を組み
あわせて額に当てた。
「そう。ありえないことではありません。たしかに危険です。大きな危険が迫っていま
す。どうすればいいのか。どうすれば、それを防ぐことができるのか」
「どうしたんです、ムッシュ・ポアロ」と、わたしは言った。「ただの冗談ですよ。わ
たしを殺したいと思っている者などどこにもいませんよ」
「狙われるのは、あなたとはかぎりません」
ぎょっとするような言葉だった。わたしは背筋が冷たくなるのを感じた。
「それはどういうことでしょう」
ポアロはまっすぐにわたしを見つめた。
「わたしもよく冗談を言って笑います、マドモアゼル。でも、冗談ではすまないことも
あります。わたしは仕事で多くのことを学んできました。そのなかでもっとも恐ろしい

のは、殺人は癖になるということです」

18 ドクター・ライリー宅でお茶を

出発するまえに、ポアロは調査団の宿舎と近辺の小屋を見てまわった。そのあと、ドクター・ライリーにアラビア語の通訳をしてもらって、下働きの使用人からひとりずつ話を聞いた。

話の内容はおおむね一点に絞られていた。先日、窓を覗こうとしていたところをわたしとミセス・レイドナーに見られ、翌日ラヴィニー神父と立ち話をしていた見知らぬ男についてだ。

車でハッサニーに向かう途中、ドクター・ライリーは尋ねた。「本当にその男が事件に関係しているとお考えですか」

「すべての情報を集めたいのです」というのが、ポアロの答えだった。

そう。それがポアロのやり方なのだ。これはのちにわかったことだが、どんなに他愛のない噂話でも、ポアロが興味を示さないものはない。噂話は女の専売特許とこれまでは思っていたのだけど……

　ドクター・ライリーの家に着くと、さっそくお茶をすすめられ、それで一息つくことができた。

　ポアロは紅茶に角砂糖を五つ入れて、スプーンでゆっくり掻きまわした。

「よろしい。これで遠慮なく話をすることができます。誰がもっとも疑わしいか、みんなで考えてみましょう」

「ラヴィニー神父か、マーカドか、エモットか、ライターかということですね」と、ドクター・ライリーは言った。

「それは第三の仮説にもとづくものです。過去から現われた謎の夫とその弟のことはとりあえず置いておいて、いまは第二の仮説を見ていくことにしましょう。ミセス・レイドナーを殺害する手段と機会を持っていたのは誰か。そして、犯行の動機は何なのか」

「その点については、あまり重視しておられないと思っていましたが」

「そんなことはありません。気をつかっていたんですよ。レイドナー博士の前で、夫人を殺害した動機をおおっぴらに話しあうことはできませんからね。それこそ無神経というものです。宿舎では、ミセス・レイドナーは非の打ちどころのない女性で、みんなに慕われていたということにせざるをえませんでした。でも、実際はそうじゃないはずです。ここでは、誰はばかることなく、思っていることをありのままに話すことができます。他人の感情を気にする必要はありません。幸いなことに、ここにはレザランさんもいます。心強いかぎりです」

「いいえ、わたしなんかなんのお力にもなれませんわ」

ここで、ドクター・ライリーが「これで力が出るよ」と言って、焼きたてのスコーンを出してくれた。とてもおいしかった。

「いいでしょう」ポアロは打ちとけた優しい口調で言った。「では、マ・スール、調査団のひとりひとりがミセス・レイドナーにどんな感情を持っていたか話してもらえますか」

「わたしはここに来てまだ一週間なんですよ、ムッシュ・ポアロ」

「あなたのように聡明な方なら、一週間で充分です。どんなときでも素早く反応し、判断を下し、それに従って動くのが、看護婦というものですぞ。さあ、始めましょう。まずはラヴィニー神父から」

「さあ、なんとも言えません。ミセス・レイドナーとはよく話をしていましたが、たいていフランス語だったので、内容はよくわかりませんでした。フランス語は学校でちょっと習っただけで、あまり得意じゃないんです。本のことを話していることが多かったように思います」

「つまり、ふたりの関係は良好だったということですね」

「ええ、そう言っていいでしょうね。でも、ラヴィニー神父はミセス・レイドナーに対してとまどいを感じていたようでした。というか、怒っているようにさえ見受けられました」

わたしは最初に発掘現場に行った日にラヴィニー神父があのひとは〝油断ならない〟と言ったことを伝えた。

「興味深い言葉ですね。で、ミセス・レイドナーのほうはどう思っていたのでしょう」

「それはとてもむずかしい問題です。ミセス・レイドナーが他人のことをどう思っていたかを知るのは、そんなに簡単なことじゃありません。でも、ラヴィニー神父に対してなんらかの不信感を抱いていたのは間違いないと思います。あのひとは神父らしくない、とご主人に言っていました」

「ラヴィニー神父の首にかける麻縄の用意をしなきゃ」と、ドクター・ライリーが茶々を入れた。

「わが親愛なるドクター・ライリー」と、ポアロは言った。「病院のほうはだいじょうぶなんですか。患者さんが待っているんじゃないんですか」

「ええ、総出で待ってるでしょうね」

ドクター・ライリーは立ちあがり、みなまで言うなと言い残して、笑いながら部屋から出ていった。

「このほうがいい」と、ポアロは言った。「これで一対一で話せます。でも、まだ食べ物が残っています」

ポアロはサンドイッチの皿をわたしの前に置き、紅茶のおかわりをすすめてくれた。なんて優しく、細やかな心づかい。

「では、話を続けましょう。ミセス・レイドナーを嫌っていたのは誰だと思います？」

「そうですね。これはわたしの個人的な意見にすぎません。ここだけの話にしておいていただけますか」

「もちろんです」

「ミセス・マーカドがそうだと思います」

「なるほど。ご主人のほうは？」

「憎からず思っていたようです。ミスター・マーカドは女性に関心を持たれるようなひとじゃありません。もちろん奥さんを除いて。でも、ミセス・レイドナーは誰にでも親切で、誰の話にも熱心に耳を傾けていました。なので、心を惹かれたとしてもちっとも不思議じゃありません」

「夫人はそれを快く思っていなかったのですね」

「ミセス・マーカドは嫉妬深い女性です。それは間違いありません。夫婦間には、いつだって微妙な問題があります。本当です。わたしはあなたがびっくりするようなことをいくつも知っています。夫のことに関するかぎり、女性は何をしでかすかわからないものです」

「おっしゃることはよくわかります。それで、ミセス・マーカドは嫉妬し、ミセス・レイドナーを憎んでいたのですね」

「ものすごい目つきでミセス・レイドナーを睨んでいるのを見たことがあります。それこそ殺してやりたいと思っているかのように。でも、ムッシュ・ポアロ、わたしは何も――」

「はいはい。わかっておりますよ。言葉が勝手に出てきただけですね。うまい具合に。ミセス・レイドナーはそのことを気にしていましたか」

「そうですね。まったく気にしていなかったと思います。もしかしたら、気づいてさえいなかったかもしれません。ひとこと言っておいてあげたほうがいいんじゃないかと思いましたけど、結局は何も言いませんでした。口は災いの元、といいますから」

「的確な判断です。ミセス・マーカドが感情をあらわにしたときのことを話していただけますか」

わたしは屋上で顔をあわせたときのことを話した。

「なるほど。そのときにミセス・レイドナーの最初の結婚のことを聞いたんですね。あなたがそれ以上のことを知っているのではないかと考えているような節はありませんでしたか」

「ミセス・マーカドが本当のことを知っていたかもしれないということでしょうか」

「可能性はありますな」

「わたしも同じことを考えました。だから、脅迫状を書いたり、窓を叩いたりしたんですね」

「そういうことになりますな。きつい性格だというのはたしかでしょう。でも、だからといって、冷酷で残忍な殺人をするかというと、それはどうかと――」そこで少し間をおき、それから続けた。「引っかかるのは、〝あなたがなんのためにここに来たか、わたしが知らないと思ってるの〟という言葉です。それはいったいどういう意味なんでしょう」

「さあ、わかりません」

「あなたがここにきた理由は表向きとは別のところにあると思っているということです

ね。でも、それはなぜなのか。そもそも、どうしてそんなことが気になるのか。あなたが宿舎に着いた日、お茶の席で、あなたをじっと見つめていたというのもおかしな話です」

「礼儀作法をわきまえていないというだけのことじゃありませんの」

「それは口実です。説明ではありません」

そのときはそれがどういう意味かわからなかったが、ポアロはかまわず話を先に進めた。

「ほかの者についてはどうです」

わたしは少し考えた。

「ジョンソンさんもミセス・レイドナーのことをよく思っていませんでした。自分でもそう言っていたし、理由もはっきりしています。色眼鏡で見ているかもしれないとなかば認めてもいました。ご存じのとおり、レイドナー博士とは古くからの付きあいで、ずいぶん親しい間柄だったようです。でも、結婚は多くのものを変えます。それは避けられないことです」

「たしかに。ミス・ジョンソンの立場からすれば、ふたりの結婚は間違いだったということになります。本当は自分と結婚すべきだったというわけですね」

「そうだと思います。でも、そういうものです。本当にふさわしい結婚相手を選べるひとなんて百人にひとりもいないでしょう。もちろん、レイドナー博士を責めることはできません。こんなことを言うのはなんですが、ジョンソンさんはあまり器量がいいほうじゃありません。いっぽうのミセス・レイドナーは本当に美しい方でした。そんなに若くはありませんが、そりゃもう――あなたに一度会わせたかったくらいです。そこには並みの女性にはない何かがありました。コールマンさんの言葉を借りるなら、〝松明（たいまつ）を持って湿地から姿を現わし、男を惑わす妖精〟ということになります。そのたとえが当たっているかどうかは別として、こんなことを言うと笑われるかもしれませんが、あのひとには本当にこの世のものとは思えないところがありました」

「魔法をかけることができたというわけですね。わかりますよ」

「うまくいっていないといえば、ケアリーさんともあまりうまくいっていなかったようです。いっしょにいるとき、おたがいにどことなく不自然な感じでした。食卓で何かを渡すときも、名前を呼ぶときも、どこかよそよそしかったし。ケアリーさんはレイドナー博士の古い友人です。女性のなかには、夫の古い友人を嫌うひともいます。自分よりまえに夫を知っているということが気にいらないのです。もっとはっきり言うなら――

――」

「いや、よくわかりますよ。では、ほかの三人の青年は？　あなたの話では、ミスター・コールマンはミセス・レイドナーにロマンチックな感情を抱いていたようですが」

わたしは思わず吹きだしてしまった。

「笑わせないでください、ムッシュ・ポアロ。あれほどロマンチックでないひとはいませんわ」

「では、ほかのふたりは？」

「エモットさんのことはよくわかりません。無口で、ほとんどしゃべりませんから。ミセス・レイドナーのほうは好意的でした。親しげにデイヴィッドと呼んだり、シーラとのことをからかったりしていました」

「本当に？　からかわれても、コールマンは平気だったんですか」

「さあ、どうでしょう。いつも困ったような顔をして見ていただけです。どう思っていたのかはわかりません」

「ミスター・ライターはどうでしょう」

「あまり気にいってはいなかったようです。よく皮肉を言っていました。どこかいらいらさせられるところがあったのかもしれません」

「本人はそれを気にしていたようでしたか」

「いつも顔を真っ赤にしていました。かわいそうに。でも、ミセス・レイドナーに悪意はなかったと思います」

かわいそうにと思ったところから、とつぜん別の考えが頭に浮かんだ。ライターだって例外ではない。もしかしたら、じつは冷酷な殺人者であり、普段は表面をとりつくろっているだけかもしれない。

「ああ、ムッシュ・ポアロ。あそこでいったい何が起きたんでしょう」

ポアロは思案顔でゆっくりと首を振った。

「ひとつ教えてください。あなたは今夜あそこに戻ることができますね。怖くはありませんね」

「もちろんです。あなたはあんなふうにおっしゃったけど、わたしを殺したい人間なんてどこにもいませんわ」

「ええ。そんなことができる者はいません。それもあって、わたしはあなたから話を聞きたいと思ったのです。心配することはありません。あなたの身に危険が及ぶことはないはずです」

「もしわたしがバグダッドで話を聞いていたら――」わたしは言いかけて、やめた。

「あなたは事前にレイドナー夫妻や調査団にまつわる噂話を何も聞いていなかったので

すか」

わたしはここに来るまえに聞いたことを話した。ミセス・レイドナーがみんなからなんと呼ばれているかとか、ミセス・ケルシーが何をどんなふうに言っていたかとか……

話の途中でドアが開いて、シーラが入ってきた。テニスをしていたらしく、ラケットを手に持っている。

ポアロとの顔合わせはハッサニー到着時にすんでいるみたいだった。

シーラはいつものようにそっけない挨拶をし、サンドイッチをつまんだ。

「どうなの。謎は解けたの、ムッシュ・ポアロ」

「そう簡単には解けませんよ、マドモアゼル」

「だから、看護婦さんを危険地帯から救いだしてきたのね」

「いいえ。レザランさんには調査団のメンバーについての貴重な情報を提供してもらっていたんです。おかげで、いろいろなことがわかってきました。主として被害者について。被害者は謎を解く鍵であることが多いのです、マドモアゼル」

「よくわかってるじゃない、ムッシュ・ポアロ。殺されるべき女がいるとしたら、一番に名前があがるのがルイーズ・レイドナーよ」

「まあ、なんてことを！」わたしはむかっとして、つい大きな声を出してしまった。

シーラは耳障りな声でくすっと笑った。

「なるほど。やはりあなたは本当のことを聞かされていないってことね。レザランさんはだまされていたのよ。ほかのみんなと同じように。いいこと、ムッシュ・ポアロ、わたしはあなたがこの事件を解決できなければいいと思ってる。犯人がうまく逃げおおせればいいと思ってる。本当のことを言うと、わたしが手を下したかったくらい」

わたしは気色ばんでいたにちがいない。けれども、ポアロの表情はまったく変わらなかった。ただ軽く頭をさげて、さらりとこう言っただけだった。

「あなたには昨日の午後のアリバイがおありなんでしょうな」

一瞬の沈黙があり、ラケットが音を立てて床に落ちた。シーラはそれを拾おうともしない。なんて困ったひと。

「もちろんあるわ」と、シーラはまくしたてるように言った。「クラブでテニスをしていたのよ。この際だからはっきり言わせてもらうけど、ムッシュ・ポアロ、あなたにはミセス・レイドナーがどんなひとだったか、ちっともわかってないんじゃないかしら」

ポアロはもう一度わざとらしく頭をさげた。

「だったら、お教えいただけますか、マドモアゼル」

シーラは少しためらってから、ぞっとするような冷たい口調で言った。

「死んだひとの悪口を言っちゃいけないというけど、それはちがうとわたしは思うの。事実はあくまで事実よ。言っちゃいけないのは、むしろ生きてるひとの悪口じゃないかしら。生きてるひとは傷つく。死んだひとは傷つかない。でも、死者がなした悪は死後も生きつづける。とかなんとか、シェークスピアも言ってるでしょ。レザランさんから聞いてると思うけど、テル・ヤリミアには一種異様な空気が漂っていた。みんなぴりぴりしていた。まるで仇どうしのようにいがみあっていた。それもこれもすべてルイーズのせいよ。三年前にわたしがここに来たときは、みんな陽気で、楽しそうだったわ。去年だって、いい感じだった。でも、今年はちがう。今年はあまりにも雰囲気が悪すぎる。あのひとがそうさせたのよ。他人が幸せそうにしているのが許せないんだと思うわ。そういうひとっているでしょ。あのひともそう。いつも何かをぶち壊していた。何が楽しいのか知らないけど。もしかしたら、そうやって自分の力を見せつけたかったのかも。でなきゃ、単にそういう性格だってことかもしれない。しかも、すべての男を自分のまわりにはべらせておかなきゃ気がすまなかった」

「待ってください」と、わたしは言った。「それは事実じゃありません。わたしにはわかっているんです」

シーラは意に介さず話を続けた。

「あのひとは夫に愛されるだけじゃ満足できなかった。マーカドのようなつまらない男にまで色目を使っていた。ビル・コールマンに同じようなことをしていた。ビルは分別のあるひとだけど、ちょっかいを出されたり、からかわれたりして、そのたびにおろおろしていたわ。カール・ライターは、いたぶって楽しんでいたみたい。ほんと、たまったものじゃないわ。ああ見えて、けっこう繊細なひとなのよ。デイヴィッド・エモットにも触手をのばしていた。もしかしたら、相手にとって不足なしと思っていたのかもしれない。でも、デイヴィッドは手ごわかったはずよ。好意ぐらいは持ったかもしれないけど、心を奪われるようなことは決してなかった。ルイーズが真剣じゃないってことを知っていたから。そうなの。それがあのひとのいやなところなの。身持ちが悪いのじゃない。気が多いのでもない。それはつねに冷酷なゲームでしかなかった。ただみんなの心を掻き乱して、おたがいにいがみあうのを楽しんでいるだけ。要するに、横から首を突っこんでいるだけ。誰かといさかいを起こしていたってことじゃない。でも、まわりでは、つねにいさかいが起きていた。自分がいつもいさかいの種になっていた。いわば女性版のイアーゴーといったところよ。あのひとにはドラマが必要だった。でも、自分が舞台に立つことはなかった。いつも裏で糸をひき、それを眺めて楽しんでいただけ。どういう意味かわかるかしら」

「ええ、おそらくあなた以上によくわかっていますよ、マドモアゼル」

その言葉の裏にあるものを読みとることはできなかった。少なくとも怒りではない。もしかしたら……うーん、やっぱりわからない。

でも、シーラにはわかったみたいだった。一瞬、顔が真っ赤になったからだ。

「あなたが何をどんなふうに考えようと、それはあなたの勝手よ。でも、わたしの言ったことは間違っていない。ルイーズは利口なひとだった。そして、死ぬほど退屈していた。だから、化学薬品がわりに人間で実験をしていたのよ。かわいそうなジョンソンさんは胸を掻きむしられ、いやというほどつらい思いをさせられ、どこまでお人好しなんだろうと思うくらいの自制を強いられていた。マーカドは甘い言葉をかけられて舞いあがっていた。わたしも無傷ではいられなかった。何かにつけていやな思いをさせられた。あのひとは他人の秘密を嗅ぎつけては、それを武器にしていたのよ。いいえ。脅すなんて野蛮なことはしない。秘密を知ってるってことをちらつかせて、気をもませるだけ。芸術的といっていいくらいの妙技よ。決して手荒なことはしない」

「レイドナー博士に対してはどうだったんでしょう」

「たったひとりの例外よ。ご主人にだけはとても優しかった。まあ、それだけの愛情があったのはたしかでしょうね。博士は発掘と研究に明け暮れる、浮世離れした、とてもいいひとよ。心から奥さんを愛していた。非の打ちどころのない女性だと思っていた。ひとによっては、そこまでの思いにとまどいを覚えるかもしれないけど。でも、ルイーズはそうじゃなかった。ある意味で、ご主人は幻の楽園のなかで生きていたのよ。ただ、本人は幻と思っていなかった。博士にとっては実際に非の打ちどころのない女性だったんだから。問題があるとすればただひとつ――」

ここで言葉が途切れた。

「続けてください、マドモアゼル」

シーラは急にわたしのほうを向いた。

「あなたはリチャード・ケアリーとのことをどんなふうにムッシュ・ポアロに話したの？」

「ケアリーさんとのこと？」

「そう。ふたりの仲のことよ」

「仲はあまりよくなかったと――」

驚いたことに、シーラはとつぜん笑いだした。

「仲はあまりよくなかった？　冗談じゃない。ケアリーもルイーズの魅力のとりこになっていたのよ。でも、博士は年来の友人だった。心から尊敬してもいた。だから、困りはてて、ひとり悶々としていたのよ。ルイーズはもちろん黙っていなかった。またいたずら心を起こして、ちょっかいを出そうとした。でも、このときは――」

「なんでしょう、マドモアゼル」

シーラは眉を寄せて、ひとしきり思案をめぐらせた。

「このときは思惑どおりにはいかなかった。引っかけるつもりが、逆に引っかかってしまったのよ。ケアリーはそれだけ魅力的なひとだった。有無を言わせない魅力の持ち主だった。それで、悪魔みたいな冷たさが解けてしまったのよ」

「そんないい加減なことを言わないでください」と、わたしは言った。「ふたりはほとんど口もきかなかったくらいなんですよ」

シーラはわたしのほうを向いた。

「あら、そうかしら。あなたが何を知ってるというの。宿舎ではたしかに他人行儀だったかもしれない。でも、ふたりは外でこっそり会っていたのよ。ルイーズはよく川のほうへ散歩にいっていたでしょ。そのとき、ケアリーも一時間ほど遺跡から抜けだして、果樹園で落ちあっていたってわけ。実際、わたしは密会の現場をこの目で見ている。ケアリーが足早に遺跡に戻っていくところで、ルイーズはその後ろ姿を見送っていた。悪趣味かもしれないけど、そのときわたしはたまたま双眼鏡を持っていたので、レンズごしに見ていたの。間違いない。あのひとはリチャード・ケアリーに胸を焦がしていた」

シーラは急に黙りこんで、ポアロのほうを向いた。

「ごめんなさい。さしでがましいことを言って」ここで口もとが急に歪んで、笑みが浮かんだ。「ただ内輪の話に誤解があっちゃいけないと思ったので」

そして、部屋から出ていった。

「ムッシュ・ポアロ」と、わたしは言った。「あんな話、わたしにはとても信じられません」

ポアロはわたしを見て、にっこり笑った。そして、なんとも思わせぶりに言った。

「でも、それによって、事件に新しい光が当たったことは否定できませんな」

19　新たな疑惑

話はそこで中断させられることになった。ドクター・ライリーがもっとも厄介な患者の命を見捨ててきたと与太を飛ばしながら部屋に入ってきたからだ。

そこからは、匿名の手紙を書く者の心理と精神状態についてのやや専門的な議論になった。ドクター・ライリーは自分が診てきた患者の例をあげ、ムッシュ・ポアロは自分が経験した事件をひきあいに出した。

「見かけほど単純なものではありません」と、ポアロは言った。「ひとには権力欲もあるし、劣等感もある」

ドクター・ライリーはうなずいた。

「だからなんですよ。脅迫状を書くのは、まさかと思うような人間であることが多い。表向きは愛想がよく、臆病で、思慮深く、おとなしいのに、心の底では、すさまじい怒りをたぎらせていることが往々にしてあります」

「ミセス・レイドナーはどうだったのでしょう。なんらかの劣等感を持っていたのでしょうか」

ドクター・ライリーは笑いながらパイプの灰を掻きだした。

「そんなことはまったく考えられません。鬱屈などというものとは無縁の存在でした。生きる喜び。それがすべてだったんです。それを望み、それをかなえていたんです」

「心理学的な観点からして、自分であのような手紙を書く可能性はあるとお思いでしょうか」

「あるでしょう。でも、そうだとすれば、それは自分を劇的な人間に見せたいという思いからです。実生活のなかでも、ミセス・レイドナーは映画スターのように振るまっていました。いつだって、ものごとの中心にいて、スポットライトを浴びていなければ気がすまなかったのです。結婚は似た者どうしでないほうがいいという言い習わしどおり、ご主人はとても控えめで、謙虚なひとです。夫人を心から愛していました。でも、夫人のほうはそれだけでは満足できなかった。どうしても悲劇のヒロインでなければならなかったのです」

「無意識のうちに自分で脅迫状を書いたのかもしれないとレイドナー博士は言っていましたが、あなたはそんなふうに考えていないということですね」

「ええ。あの場ではあえて否定しませんでしたがね。だって、そうでしょ。最愛の妻をなくした者の前で、あの女は恥知らずな露出狂だったとか、芝居がかった願望を満たすために亭主の不安を掻き立てたのだとか、言えるわけがないじゃありませんか。実際のところ、どんな場合でも、夫に女房の悪口を言うのはご法度です。面白いことに、その逆はまずもってなんの問題もないんですがね。女性は連れあいをどんな悪しざまに言われても、眉ひとつ動かさずに受けいれることができる。ろくでなし、詐欺師、麻薬常習者、大嘘つき、恥知らず、豚野郎……なんと言われても、愛情が損なわれることはありません。女性は素晴らしいリアリストなんです」

「正直なところ、ドクター・ライリー、あなたはミセス・レイドナーのことをどうお思いなんでしょう」

ドクター・ライリーは椅子の背にもたれかかって、ゆっくりとパイプをくゆらせた。

「正直なところ？　そう言われても、困りますな。そもそもよく知らないのです。たしかに魅力はあったと思います。それは間違いない。頭がよく、思いやりがあり……ほかには？　そう、これといった欠点はありませんでした。みだらでもなく、自堕落でもなく、見栄っぱりでもない。嘘をつくのがうまいという気はしていましたが、それはなんの根拠もないことです。わからないのは、そして知りたいのは、その嘘が自分自身に対して向けられたものなのか、他人に対して向けられたものなのかということです。わたし個人としては、むしろ嘘つきのほうが好きです。嘘をつかないのは、想像力がないからか、思いやりがないからです。それに、浮気性だったわけでもない。男たちを女の武器で射とめるのが好きだっただけです。その点については、わたしの娘にお訊きになれば――」

ポアロは小さな笑みを浮かべた。

「もうすでにたっぷりとうかがいましたよ」

「そうでしたか。シーラは黙っていることができないんです。歯に衣着せずになんでもズバズバ言ってのける。いまどきの若者は死んだ人間に対する礼儀というものを知りません。みな生意気すぎる。古い道徳を否定し、手前勝手な新しい道徳をつくろうとさえしている。ミセス・レイドナーが恋多き女性であったら、シーラはそれを賞賛していたでしょう。〝自由に生きている〟とか、〝本能に正直だ〟などと言って。シーラに理解できないのは、ミセス・レイドナーは自分に忠実に生きていただけだってことです。ネコがネズミをいたぶるのは、それが本能であるからです。それは自然なことです。大人の男は子供のように保護され、守られているわけじゃない。ときには性悪女に出くわすこともある。あちこちでいろいろな女性と出会うはずです。スパニエル犬のように忠実な女性もいれば、〝死ぬまであなたのもの〟と誓う情の深い女性や、おせっかいで口やかましい鳥のような女性もいるでしょう。人生は戦場なんです。ピクニックじゃない。シーラは虚勢を張らず、もっと自分に正直になり、ミセス・レイドナーを忌み嫌うのはまったくの個人的な理由からだと認めなきゃなりません。なにせこのあたりではただひとりの若い娘ですから、若い男たちはみな自分の意のままになると思いこんでいたにちがいない。そんなところに、もうすでに二度も結婚したことのある中年女がとつぜん現われて、大きな顔をしはじめたのです。シーラは若く、健康で、見かけも悪くない。男にとっては当然ながら魅力的な存在です。でも、ミセス・レイドナーは別格でした。驚くべき魔法の力で、まわりの者を混乱に落としいれるんです。言うならば、〝つれなき美女(ベル・ダーム・サン・メルシー)〟です」

わたしは椅子から飛びあがりかけた。まさかドクター・ライリーの口からそんな言葉が出てくるとは思わなかった。

「ぶしつけな質問かもしれませんが、お嬢さんは宿舎の誰かと親しい関係にあるのでしょうか」

「いいえ。たぶんないと思います。もちろん、エモットやコールマンとダンスくらいはします。でも、特にどうのこうのというようなことはない。いまのところ、娘の網にかかっているのは、空軍の若い士官ふたりくらいです。若さは万能ではないということが、シーラには理解できない。世間というものをまだ何もわかっちゃいないんです。女学生の肌の色や澄んだ瞳や引き締まった若い肉体の魅力は、わたしくらいの年にならないとわかりません。三十以上の女性は、親身になって相手の話を聞いてやることもできるし、当意即妙の相槌を打つこともできる。それで、たいていの若い男はころりとまいってしまう。シーラは可愛らしいが、ミセス・レイドナーは美しい。あの蠱惑的なまなざし。あの見目麗しさ。ええ。あれだけの美人はどこにもいません」

たしかにそのとおりだ。美には不思議な力がある。ミセス・レイドナーは本当に美しかった。それは嫉妬心をあおるような美しさではない。一歩後ろへさがって鑑賞し、感嘆の声を漏らすような美しさだ。はじめて会った日、このひとのためならなんでもすると思ったことはいまでもよく覚えている。

その夜、ドクター・ライリーにすすめられて早い夕食をとったあと、車でテル・ヤリミアへ戻る途中、つらつら考えているうちに、だんだん気が滅入ってきた。シーラ・ライリーから聞いた話はまったく信じていなかった。それは妬みと悪意によってつくりあげられたものとしか思えなかった。

でも、しばらくして、ふと思いだした。ミセス・レイドナーがひとりで散歩に出かけた日のことだ。わたしはついていくと言ったけど、それを頑なに拒んだのは、もしかしたらケアリーに会いにいこうとしていたからかもしれない。ケアリーとのやりとりが奇妙によそよそしかったことも気になる。ケアリー以外のひとにはファーストネームで呼びかけていたのに……

ケアリーはミセス・レイドナーを決して正面から見ようとはしなかった。それは悪感情のせいかもしれない。が、その逆ということも考えられる。

わたしは身体をぶるっと震わせた。ばかばかしい。自分はいったい何を考えているのか。それもこれも、シーラの悪意に満ちた話のせいだ。そんなものに振りまわされるのは不謹慎であり、危険だ。

ミセス・レイドナーはそんな人間ではなかった。

もちろん、シーラとの仲はよくなかった。昼食をとりながら、シーラのことでエモットをからかった言葉はずいぶん意地悪なものだった。

そのときのエモットの目には、奇妙な表情が浮かんでいた。それが何を意味するかはわからない。あのひとが何を考えているかは、おそらく誰にもわからないだろう。なにしろほとんどしゃべらないから。でも、感じはいい。とてもしっかりしていて、頼りになる。

コールマンとはえらい違い。

そんなことを考えているうちに、宿舎に着いた。時間はちょうど九時で、門は閉められ、門がかけられていた。

イブラヒムが大きな鍵を持ってきて、わたしをなかに入れてくれた。

テル・ヤリミアの就眠時間は早い。居間は真っ暗だった。明かりがついているのは作図室と事務室だけで、ほかの部屋の窓はすべて暗かった。今夜はみんないつもより早くベッドに入ったということだろう。

自分の部屋に行く途中、作図室の前を通りかかったとき、ちらっとなかを覗いてみた。ケアリーがシャツ姿で図面を描いていた。

まるで病人のようだった。思い悩み、疲れきっているように見える。痛々しくさえある。どういう事情があるのかはわからない。そもそも口数は少ないし、そのことについても何も聞いていない。とりたてて変わったことがあったわけでもないし、何かをしたわけでもない。そもそもこれといったことは何もしていない。それでも、引っかかる。周囲には、ほかの者には感じられない重苦しい空気が漂っている。うまく言えないけど、そこにはただならぬものがある。

ケアリーは振りかえって、わたしを見ると、口からパイプを離した。

「やあ、レザランさん。ハッサニーから帰ってきたんですね」

「ええ。遅くまでお仕事をなさってるんですね。ほかのひとたちは、みなおやすみになったようですけど」

「仕事がやや遅れぎみなので、ひと踏んばりしておこうと思いまして。明日はまた発掘現場へ行きます。明日から作業再開です」

「そんなに早く？」

「そのほうがいい。レイドナー博士の了解も取ってあります。博士は明日ハッサニーに用を足しにいくことになっているけど、ほかの者は通常どおり作業をします。一日中家のなかにいて、おたがいの顔を見ているよりはいい」

たしかにそのとおりだ。みんな神経を尖らせ、カリカリしている。

「そうですね。何かしていれば、気がまぎれます」

お葬式は明後日の予定だ。

ケアリーはまた図面に身を乗りだした。もしかしたら、今夜は眠らないつもりかもしれない。なぜかわからないが、わたしは心が痛むのを感じた。

「睡眠薬がいるようでしたら、おっしゃってください」

ケアリーは微笑し、首を振った。

「ご心配なく。睡眠薬は癖になりますから」

「わかりました。おやすみなさい、ミスター・ケアリー。何か必要なものがあれば――
――」

「だいじょうぶです。ありがとう、レザランさん。おやすみなさい」

「心から同情していますわ」

この言葉はいささか唐突だったかもしれない。ケアリーは驚いて顔をあげた。

「同情？」

「とても悲しい出来事です。みなさんにとって。特にあなたにとっては」

「わたしにとっては？　どういう意味でしょう」

「だって、あなたはレイドナー夫妻の古くからの友人でしょ」

「博士とは古くからの友人です。でも、奥さんと親しかったわけではありません」

実際は嫌っていたと言っているようなものだ。この言葉をシーラに聞かせてやりたい。

「わかりました。おやすみなさい」と、わたしは言って、急ぎ足で部屋に向かった。

部屋に入ると、いくつかの雑用を片づけてから、服を着替えた。それからハンカチとなめし革の手袋を洗い、日記をつけると、ベッドに入るまえに、ドアを開けてもう一度外の様子をうかがった。作図室と事務室には、まだ明かりがついている。

レイドナー博士はまだ起きていて、事務室で仕事をしているようだ。おやすみの挨拶をしにいったほうがいいのか。それとも、余計なことはすべきでないのか。もしかしたら、仕事の邪魔になるかもしれない。けれども、なんとなく気になって、結局行くことにした。そんなに迷惑にはならないはずだ。おやすみの挨拶をし、何かできることはないかと訊いて、戻ってくるだけだから。

でも、明かりのついた事務室にいたのはレイドナー博士ではなかった。そこにいたのはミス・ジョンソンだった。机に顔を伏せて、さめざめと泣いていた。

意外だった。とても冷静で、自制心の強い女性だと思っていただけに、その姿には余計に哀れを誘うものがあった。

「どうなさったんです、ジョンソンさん」わたしは言って、肩に腕をまわし、軽く叩いた。「駄目ですわ。こんなところでひとりで泣いてちゃ」

ミス・ジョンソンは答えなかった。身体の震えが伝わってくる。

「さあ、もう泣くのはやめて。しっかりしてください。熱いお茶をおいれしますわ」

ミス・ジョンソンはようやく顔をあげた。

「いいえ、いいのよ。もうだいじょうぶ。わたしって、ほんとに馬鹿ね」

「何かあったんですか」

ひとしきり間があった。

「あまりにも恐ろしすぎて……」

「そんなに深く考えないほうがいいんじゃないかしら。すんだことはすんだことです。いまさら取りかえしはつきません。悔やんでも仕方ありません」

ミス・ジョンソンは身体を起こし、髪の乱れをなおした。

それからしわがれた声で言った。「われながら情けないわ。ついさっきまで、部屋の片づけをしていたのよ。何かしていたほうが気がまぎれると思って。そうしたら、急にいろいろなことを思いだしてしまって……」

「ええ、気持ちはよくわかります。あなたに必要なのは濃いお茶と湯たんぽです」

わたしは有無を言わせなかった。ミス・ジョンソンは受けいれざるをえなかった。

ミス・ジョンソンはベッドに入り、お茶を飲み、湯たんぽで暖をとりながら言った。

「ありがとう、レザランさん。あなたって、ほんとに優しいひとね。ごめんなさい。取り乱しちゃって」

「無理もありませんわ。あんなことがあったんですから。そりゃ、ショックだったと思います。精神的にまいっちゃいます。警察のひともいっぱい来ていたし。わたしだって、怖くてびくびくしていました」

「あなたの言ったとおりよ。すんだことはすんだこと。いまさら取りかえしはつかないわね」含むところがあるような、ゆっくりした口調だった。そこで少し沈黙の時間があり、奇妙な言葉を付け加えた。「悪いのはあのひとよ」

わたしはあえて何も言わなかった。ふたりの仲がよくなかったのは、当然といえば当然のことなのだ。

もしかしたら、ミス・ジョンソンはミセス・レイドナーが殺されたことを心ひそかに喜びつつ、一方では、そんな自分を恥じているのかもしれない。

「あれこれ考えるのはやめて、おやすみになったほうがいいですわ」

わたしは部屋のなかの散らかったものを片づけはじめた。ストッキングを椅子の背にかけたり、コートやスカートをハンガーに吊るしたり。そのとき、床に小さく丸めた紙きれが落ちていることに気づいた。ミス・ジョンソンの服のポケットから落ちたのだろう。

捨てていいものかどうかたしかめるために、紙きれを広げようとしたとき、ぎょっとするような声が聞こえた。

「駄目よ！　かえしてちょうだい！」

わたしはうろたえながら紙きれをさしだした。それだけ強い口調だった。ミス・ジョンソンはわたしの手から紙きれをひったくり――文字どおりひったくり、蠟燭の火で燃やしてしまった。

繰りかえしになるが、わたしはうろたえていた。だから、ただそれを見ているしかなかった。

その紙に何が書かれていたのかはわからない。見るまえに、ひったくられてしまったからだ。でも、皮肉なことに、火がついた紙がめくれ、そのときにインクで書かれた字がちらっと見えた。

なんとなく見覚えがある。そう思ったわけがわかったのは、ベッドに入ってからだった。

そこに記されていたのは匿名の手紙と同じ字だったのだ。

それであんなふうに悔やんでいたのか。脅迫状を書いたのはミス・ジョンソンだったのか。

20 ミス・ジョンソン、ミセス・マーカド、ミスター・ライター

正直いって、その考えはショックだった。ミス・ジョンソンと脅迫状を結びつけて考えたことはそれまで一度もなかった。ミセス・マーカドなら、まだわかる。でも、ミス・ジョンソンは本物のレディと呼ぶにふさわしい、自制心の強い、分別のある女性なのだ。

でも、先刻ムッシュ・ポアロとドクター・ライリーのあいだで交わされた会話を思いだすと、そういったことも考えられなくはないと思えるようになってきた。

脅迫状を書いたのがミス・ジョンソンだとすれば、それで多くのことが説明できるようになる。ミス・ジョンソンが殺人事件にかかわっているとは思えない。けれども、ミセス・レイドナーへの反感から、品の悪い言い方をするなら、ビビらせてやろうと思うようになった可能性はある。

うまくいけば、ミセス・レイドナーをテル・ヤリミアから追いだすことができるかも

しれない。

でも、ミセス・レイドナーは殺害された。それで、良心の呵責に耐えきれなくなった。あんな小細工をしなければよかったと思って。結果的にではあるが、脅迫状は殺人犯にうまく利用されることになったのだ。いたたまれなくなるのは当然だろう。根っこは心の優しい女性なのだから。〝すんだことはすんだことです。いまさら取りかえしはつきません〟というわたしの言葉に、あのような反応を示したのも納得がいく。

そして、あの謎めいた言葉。〝悪いのはあのひとよ〟。それは自己弁護のための言葉だったのかもしれない。

問題は、ならばどうすればいいかということだ。

ベッドのなかで何度も寝がえりを打ちながら考えた末、この次ポアロに会ったときに話をしようという結論に達した。

ポアロは翌日やってきたが、ふたりだけで内々に話せる機会はなかった。

いや、ごく短い時間ふたりきりになったことはあった。どう切りだしたらいいかと考えていたとき、ポアロはわたしに身体を近づけて耳打ちした。

「これから居間でミス・ジョンソンと話をします。ほかにも何人かと話をしなければならないかもしれません。あなたはミセス・レイドナーの部屋の鍵をまだ持っていますね」

「はい」と、わたしは答えた。

「トレ・ビアン。そこへ行って、ドアを閉め、悲鳴をあげてみてもらえませんか。そんなに大声を張りあげる必要はありません。恐怖の絶叫ではなく、びっくりしたときに出す声です。誰かにどうしたのかと尋ねられたら、ツメずいたとかなんとか言えばいい」

そのとき、ミス・ジョンソンが中庭に出てきたので、話はそれで終わった。

ポアロが何を考えているかは、訊かなくてもわかる。ふたりが居間に入ると、わたしはミセス・レイドナーの部屋に行き、鍵をあけて、なかに入り、ドアを閉めた。

誰もいない部屋で、何もないのに悲鳴をあげるのは、間抜けな感じがする。どの程度の声を出せばいいのかもわからない。それで、最初はやや大きめの声、次にもっと大きな声、最後は少し声を落として叫んだ。

それから部屋を出た。つまずいたという言い訳——ポアロに言わせるなら、ツメずいたという言い訳をするために。

でも、そんな必要がないことはすぐにわかった。ポアロとミス・ジョンソンは普通に話をしていて、悲鳴が聞こえた様子はまったくなかった。

これでこの問題は片づいた。ミス・ジョンソンが悲鳴を聞いたというのは単なる錯覚か、でなければ、それは事件とはまったく関係のない声だったということになる。

　ふたりの話の邪魔をするつもりはなかったので、わたしはベランダのデッキチェアに腰をおろした。そこにいると、居間の声は筒抜けだった。

「それぞれに立場というものがあります」と、ポアロは言った。「レイドナー博士は奥さまを愛していました」

「ええ、心から」これはミス・ジョンソンの声だ。

「そして、みんなからも好かれていたと博士は言っています。でも、本当にそうなのか。そりゃ、みんな同意するでしょう。それが礼儀というものです。それは本心かもしれないし、上べだけのものかもしれない。わたしの確信するところによれば、マドモアゼル、この事件の謎を解くためには、ミセス・レイドナーの人となりを正確に把握する必要があります。ここにいる者全員から率直な意見を聞き、それを集約すれば、見えてくるものがかならずあるはずです。今日、わたしがここに来たのはそのためです。なんでも、博士は今日ハッサニーに出かけているようですな。みんなから話を聞くには、そのほうが好都合です」

「それはよくわかりますが――」ミス・ジョンソンは言いかけて、やめた。

「イギリス流の決まり文句は抜きにしましょう。故人のことを悪しざまに言うのはフェアじゃないとか、忠誠心を忘れてはならないとか。殺人事件の解明に忠義だては無用です。それは真実を覆い隠すものでしかありません」

「ミセス・レイドナーに忠義だてしなければならない理由はありません」ミス・ジョンソンは棘のある冷たい声で答えた。「でも、博士は別です。そして、ミセス・レイドナーは博士の奥さまですす」

「ごもっともです。上司の奥方のことを悪く言いたくないという気持ちはよくわかります。でも、これは敬意の問題ではありません。謎の殺人事件の問題なんです。殺されたのが偉大な聖人であると信じこむことが、真相の究明につながるとは思えません」

「聖人などとはこれっぽちも思っていませんわ」と、ミス・ジョンソンは言った。その声はより辛辣になっている。

「では、普通の女性ということで、あなたの率直な意見を聞かせてください」

「わかりました。でも、ムッシュ・ポアロ、そのまえにひとつお断わりしておかなければなりません。わたしは偏見を持っています。わたしは——わたしだけでなく、ほかのみんなもレイドナー博士を心から尊敬していました。ですから、奥さまがここに来たときには、あまりいい気分じゃありませんでした。仕事の時間をとられたり、注意をそらされたりするからです。博士が奥さまを心から愛していることも、いらだちの種でした。

正直に言いますが、ムッシュ・ポアロ、不愉快でならなかったのです。あのひとが憎くてなりませんでした。もちろん、できるだけ表に出さないようにしてはいました。でも、わたしたちはそのことに大きな違和感を覚えていました」

「わたしたち？　わたしたちと言いましたね」

「わたしとミスター・ケアリーです。古くからのメンバーなので、新しい秩序にはどうしてもなじめなかったんです。心が狭いと言われるかもしれませんが、どうしようもありませんでした。違和感が大きすぎたのです」

「何がどんなふうに変わったのです」

「すべてです。以前は和気あいあいとしていて、楽しいことばかりでした。仲間うちでいつも馬鹿な冗談を言いあっていました。レイドナー博士は無邪気にはしゃいでいました。まるで少年のように」

「ミセス・レイドナーが来て、何もかも変わってしまったというのですね」

「そうです。でも、それはあのひとの責任ではありません。去年はそれほど悪い雰囲気じゃなかったんです。そうなんです、ムッシュ・ポアロ。あのひとが何かおかしなことをしたからじゃないんです。いつだって、とてもいいひとでした。とても素敵なひとでした。自分が恥ずかしくなることがあったくらいです。あのひとが言ったり、したりしたことに、ときにいらいらさせられたり、神経を逆撫でされたりすることはありましたが、それは本人のせいじゃありません」

「でも、今年になってすべてが一変したんですね。雰囲気が急に悪くなったんですね」

「ええ、すっかり変わってしまいました。どうしてなのかはわかりません。何もかもが悪いほう悪いほうへと向かっているようでした。仕事ではなく、わたしたち自身が。わたしたちの感情と神経が。みんなピリピリするようになりました。まるで嵐が来るまえのような異様な雰囲気でした」

「ミセス・レイドナーがここに来なかったら、そんなふうにはなっていなかったというのですね」

「ええ、以前はそうじゃなかったのですから。でも、わたしは単に愚痴っぽいだけかもしれません。ひねくれていて、保守的で、変化を好まないというだけのことかもしれません。わたしの言うことなんか気にしないでください、ムッシュ・ポアロ」

「ミセス・レイドナーの性格や気質についてはどう思われますか」

ミス・ジョンソンは少しためらい、それからゆっくりと答えた。「ちょっとむらっけなところがあったのはたしかです。感情の起伏が激しかったんです。今日はやけにご機嫌だなと思っていると、翌日はまったく口をきかないこともありました。人柄はいいし、他人への思いやりを忘れることもない。でも、結局は蝶よ花よと甘やかされて育ったお嬢さまなんです。夫につくされるのを当然のことのように思っていた。自分が結婚した相手がどんなに素晴らしいひとなのか、どんなに偉大なひとなのか、少しもわかっていなかった。そんなところが我慢ならなかったんです。それに、あのひとはひじょうに臆病で、神経質でした。おかしな妄想にとりつかれ、取り乱したことも何度かあります。奥さまの身を案じつつ仕事に精を出すのは、そう簡単なことではありません」

だから、レイドナー博士が看護婦さんを連れてきたときにはほっとしました。

「匿名の手紙については、どう思いますか」

もうじっとしていられなかった。わたしは椅子から身を乗りだして、ポアロの質問に答えようとしているミス・ジョンソンの表情をうかがった。

とても冷静で、落ち着いている。

「故国（おくに）のアメリカで、誰かの恨みを買っていたということじゃないでしょうか。それで、脅そうとした。単なるいやがらせだったのかもしれません」

「それだけのことでしょうか（パ・プリュ・セリユー・ク・サ）」

「そう思います。美しい女性だっただけに、敵も多かったのでしょう。わたしは同性の仕業だと思っています。女性が腹いせのために書いたんです。ミセス・レイドナーはとても神経質なひとだったので、それを真に受けてしまったのです」

「真に受けていたのはたしかなようです。でも、忘れないでください。最後の手紙は直接ここに持ってこられたのですよ」

「その程度のことは、やろうと思えば簡単にできます。女は恨みを晴らすためならどんなことでもするものですよ、ムッシュ・ポアロ」

たしかに、とわたしは心のなかで同意した。

「そうかもしれませんな。おっしゃったとおり、ミセス・レイドナーはとても美しいひとでした。ところで、あなたはドクター・ライリーの娘のシーラさんをご存じですか」

「ええ、もちろん」

ポアロはゴシップ好きが秘密を打ちあけるような口調で言った。

「調査団のメンバーのひとりと付きあっているという話を耳にしました。でも、もちろんそんなことをお父上に問いただすわけにはいきません。あなたはどう思います？」

ミス・ジョンソンは興味を引かれたみたいだった。

「そうですね。ビル・コールマンとデイヴィッド・エモットは、ダンスのパートナーです。クラブのパーティーでは、誰がシーラと踊るかで揉めることがあるそうです。ふたりとも土曜日の夜はたいていクラブに行っています。でも、シーラがどう思っているかはわかりません、なんといっても、このあたりでは唯一の若い娘さんですからね。みんなからちやほやされるのは当然でしょう。ダンスのパートナーといえば、若い空軍の士官もそうです」

「でも、深い関係ではないのですね」

「さあ、わたしにはわかりません」ミス・ジョンソンは思案顔になった。「シーラがよくここに来るのは事実です。発掘現場にもよく行っています。先日もエモットはミセス・レイドナーにからかわれていました。シーラに追いかけまわされていると言って。あまりに意地悪な言い方だったので、エモットは気を悪くしたみたいでした。とにかく、シーラがよくここに来ていたことはたしかです。事件があった日の午後も、馬に乗って発掘現場のほうに向かっているのを見ました。もっとも、あの日はエモットもコールマンも発掘現場にいませんでした。そこで作業の指揮をとっていたのはリチャード・ケアリーです。ええ、シーラがふたりの若者のどちらかに心を惹かれているという可能性はあります。でも、なにしろ若い現代っ子なので。何を考えているのか、わたしにはさっぱりわかりません。どちらが本命かと訊かれても困ります。コールマンは陽気で、見かけほど馬鹿じゃありません。エモットは好青年です。物静かで、思慮深く……長所をあげたらきりがないくらいです」ここでミス・ジョンソンは訝しげな目をポアロに向けた。

「でも、それが事件とどんなふうに関係しているんです、ムッシュ・ポアロ」

ポアロはフランス人がよくやるように両手をあげた。

「いや、お恥ずかしい。小生のゴシップ好きがばれてしまいましたな。じつを言うと、わたしは若いひとたちの色恋沙汰に興味しんしんでしてね」

ミス・ジョンソンは小さなため息をついた。

「ええ。若いひとたちが愛をはぐくむのは素敵なことですわ」

ポアロも同じようにため息をついた。ミス・ジョンソンは自分の若いころの恋愛のことを思いだしているのだろうか。ポアロに奥さんはいるのだろうか。外国人にありがちなことと聞いているが、愛人を囲っていたりするのだろうか。外見が外見だけに、そういったことは考えにくいのだけど。

「シーラという人格には、いろいろな側面があります」と、ミス・ジョンソンは言った。「若くて、聞かん気ですが、根は真面目な女性です」

ポアロは立ちあがった。

「覚えておきましょう。いまここには、あなたのほかに誰がいます」

「さっきミセス・マーカドの姿を見かけました。男のひとはみな発掘現場に行っています。家のなかにいたくないんだと思います。当然でしょうね。発掘現場へ行ってみたいということでしたら……」

　ミス・ジョンソンはベランダに出てきて、わたしに微笑みかけた。

「レザランさんが連れていってくれると思いますけど」

「ええ、もちろん」と、わたしは答えた。

「昼食には戻っていらっしゃいますね、ムッシュ・ポアロ」

「そのつもりです」

　ミス・ジョンソンは目録の作成の仕事をするために居間に戻った。

「ミセス・マーカドは屋上にいます」と、わたしは言った。「お話しになりますか」

「そうします。行きましょう」

　階段をあがりながら、わたしは尋ねた。「言われたとおりにしました。聞こえましたか」

「いいえ、何も」

「だとすると、これでミス・ジョンソンも気が楽になると思います。あのとき何かできたかもしれないと言って、ひどく落ちこんでいましたから」

　ミセス・マーカドは手すり壁に腰をかけていた。思案にふけっているらしく、うなだれていて、ポアロがその前に行って挨拶をするまで、何も気がつかなかった。

気がつくと、びっくりして顔をあげた。

今朝は気分がすぐれない様子で、頬はこけ、表情は暗く、目の下には黒い隈ができている。

「またお会いしましたね（アンコール・モア）」と、ポアロは言った。「今朝はあらためてお話をうかがいにきたのです」

そして、さっきミス・ジョンソンにしたのと同じ話を繰りかえし、ミセス・レイドナーが本当はどんな人間だったのかを知る必要があると言った。

けれども、ミセス・マーカドはミス・ジョンソンとちがって正直ではなかった。本心とは裏腹の、歯の浮くような誉め言葉を並べはじめた。

「ああ。かわいそうなルイーズ。どんなふうに説明したらいいのか、わたしにはわかりません。とにかく、魅力的な女性でした。ほかの誰ともちがっていました。あなたもそう思ったでしょ、看護婦さん。ちょっと神経質で、妄想にとらわれたりしていたみたいだけど、誰もそんなことは気にしていませんでした。誰にでも本当に優しくてね。そうでしょ、看護婦さん。それに、とても真面目で。考古学のこととかも、何も知らないのでと言って一所懸命学ぼうとしていた。わたしの夫をつかまえて、金物の化学的処理法を尋ねたり、ミス・ジョンソンのところへ行って、土器修復を手伝ったりして。そうなんです。あのひとはみんなに心から愛されていました」

「では、わたしが聞いたことは、本当じゃなかったということでしょうか。みんなピリピリしていたとか、妙に気まずい空気が流れていたとか……」

ミセス・マーカドは黒い淀んだ目を大きく開いた。

「まあ！　誰がそんなことを言ったんです。あなたなの、看護婦さん？　それとも、レイドナー博士？　だとしたら、あのひとにはなんにもわかってないんです」

そして、ミセス・マーカドは憎々しげな目をわたしに向けた。

ポアロはくすっと微笑んだ。

「わたしにはスパイがいるんですよ、マダム」

ミセス・マーカドはまぶたをひくつかせ、それから何度かまばたきをした。

そして、目いっぱいの甘ったるい声で言った。「あのような事件が起きると、ありもしなかったことをまことしやかに言う者がかならず出てくるものです。みんなピリピリしていたとか、何か起こりそうな気がしたとか。人間って、あとでぐずぐず言うものです」

「そうかもしれませんな、マダム」

「とにかく、それは事実じゃありません。わたしたちは幸せな家族みたいなものでした」

ポアロといっしょに宿舎を出て、遺跡に向かう途中、わたしはぷりぷり怒っていた。

「よくあんな嘘がつけるものだわ。ほんとうはミセス・レイドナーをひどく憎んでいたんですよ」

ポアロは同意した。「あのひとに真実を期待してはいませんよ」

「あのひとから話を聞くのは時間の無駄です」

「いや、かならずしもそうとはかぎりません。口は嘘を言っても、目が真実を告げるということもあります。ミセス・マーカドは何かを恐れています。それが目に現われていました。間違いありません。何かを恐れているんです。ひじょうに興味深い」

「じつは、どうしてもお話ししておきたいことがあるんです、ムッシュ・ポアロ」

わたしは昨夜宿舎に帰ってきたときのことを話し、脅迫状を書いたのはミス・ジョンソンかもしれないと思っていることを伝えた。

「あのひともやはり嘘をついています。さっき、あなたからそのことを訊かれたときには、まったく素知らぬ顔をしていました」

「そこなんです。そこがおもしろいところなんです。ミス・ジョンソンは手紙のことを知っているという事実を前提にして話をしていました。そのことはそれまで調査団の面々には知らされていなかったことなのに。もちろん、レイドナー博士から聞いていたとすれば、話は別です。なんといっても、ふたりは古くからの友人です。でも、そうでなかったとすれば、ひじょうにおかしなことになります。そうじゃありませんか」

さすがだ、とわたしは思った。ポアロは巧みにカマをかけたのだ。

「その点を問いつめてみようと思ってらっしゃるのですか」

ムッシュ・ポアロは驚いたような顔をした。

「いいえ、そんなつもりはありません。どんな場合でも、手のうちをあかすのは利口じゃない。最後の瞬間まで、ここにしまっておいたほうがいい」ポアロは言って、自分の頭を叩いた。「そして、しかるべきときに取りだし、豹のように襲いかかるのです。そうなんです、モン・デュー、そうやって虚をつくのです」

ムッシュ・ポアロが小さな身体で豹の役を演じているところを想像すると、笑わずにはいられなかった。

発掘現場に着いたとき、そこで最初に目にとまったのは、壁の写真を撮っていたミスター・ライターだった。

作業員は手当たり次第に土を掘ったり崩したりしていた。少なくともわたしの目には、そのようにしか見えなかった。ミスター・ケアリーが説明してくれたところによると、遺跡かどうかはつるはしの一振りですぐにわかるとのことで、実際にやってみせてくれた。それでもわたしには、日干し煉瓦(リブン)と呼ばれるものと泥や土とはまったく同じにしか見えなかった。

ライターは写真撮影を終えると、カメラと感光板を下働きの少年に渡し、宿舎に持っていくよう指示した。

ポアロは露出やフィルムについていくつか質問し、ライターは丁寧にそれに答えた。仕事のことを訊かれるのを喜んでいるようだった。

話が一段落して、ライターが立ち去ろうとしたとき、型どおりの質問が始まった。いや、厳密にいうと、型どおりではない。ポアロは相手によって訊き方を少しずつ変える。だとしても、そのすべてをここに書きとめる必要はないと思う。ミス・ジョンソンのような聡明な者が相手だと、単刀直入に切りだすし、相手によっては、遠まわしにゆっくり話を進めるときもある。でも、内容は基本的に同じだ。

「ええ。おっしゃることはよくわかります」と、ライターは言った。「でも、お役には立てないと思いますよ。ここには今年はじめてきたばかりだし、ミセス・レイドナーと話したこともほとんどありません。残念ですが、お話しできるようなことは何もないんです」

その話し方には、どことなくぎこちなく、ぎすぎすしたところがあった。もちろん言葉に訛りがあったわけではない――アメリカ訛り以外には。

ポアロは微笑んだ。「少なくとも、好きだったか嫌いだったかくらいは答えられるでしょう」

ライターは顔を真っ赤にして、口ごもりながら答えた。「魅力的でした。とても魅力的でした。知的で、ええ、すごく頭のいいひとでした」

「ビアン。好意を持っていたんですね。向こうはどうだったのです」

ライターの顔はますます赤くなった。

「さあ、どうでしょう。あまりよくは思ってなかったでしょうね。ぼくはドジばかり踏んでいますから。よかれと思ってすることが、いつも裏目に出るんです。わざとじゃない。こっちはそんなつもりじゃないのに――」

かわいそうなくらいの困惑ぶりだ。

「よくわかりました。話題を変えましょう。宿舎の雰囲気はどうでした」

「というと？」

「和気あいあいとしていましたか。いつも笑いが絶えないといった感じでしたか」

「いいえ。そうは言えないと思います。どこか気づまりな雰囲気でした」

少し間があった。ライターは何かを思い悩んでいるみたいだった。

「ぼくはあまり人付きあいがいいほうじゃないんです。不器用だし、引っこみ思案だし。レイドナー博士はいつも親切にしてくれています。でも、どうしても駄目なんです。てんで意気地がない。いつも場違いなことを言ったり、水差しをひっくりかえしたり。何をやってもうまくいかない」

なんだか出来の悪い大きな子供みたい。

「若いころは、誰でも同じですよ」ポアロは笑いながら言った。「年をとれば、自然に落ち着いてくるし、機転（サヴォワール・フェール）もきくようになります」

別れの挨拶をしたあと、わたしたちはその場を離れた。

ポアロは言った。「よほど単純な人間か、でなければ希代の名優か、どっちかでしょうな」

わたしは答えなかった。それにしても、凶悪で、危険きわまりない殺人犯がこのなかにいるなんて。こんなに美しく、静かで明るい朝、それはありえないことのように思えてならない。

21　ミスター・マーカド、リチャード・ケアリー

「二カ所に分かれて作業をしているようですな」と、ポアロは途中で足をとめて言った。

ミスター・ライターが写真を撮っていたところは発掘現場のはずれだった。大勢の作業員がもっこに土を入れて運んでいるところまでは、まだ少し距離がある。

「あそこはずいぶん深いところまで掘られています」と、わたしは言った。「たいしたものは出てきていません。見つかるのは土器のかけらくらいです。でも、レイドナー博士の話だと、とても大きな意味を持つ場所だそうです。だから、きっとそうなんでしょうね」

「行ってみましょう」

照りつける強い日ざしの下を、わたしたちはゆっくりと歩いていった。

発掘現場の作業の指揮をとっているのはミスター・マーカドだ。このときは、掘削地の少し下のほうで、現地の作業員のまとめ役をしている男と話をしていた。縞柄の木綿

の長衣にツイードの上っぱりを着た、亀のような顔の老人だ。

通路や階段は狭く、もっこをかついだ作業員がたえず上り下りし、しかも蝙蝠なみの視力しかないのではないかと思うくらいまわりに目を配らず、絶対に道を譲ろうとしないので、下におりていくにはずいぶん時間がかかった。

途中で、ポアロが前を向いたままとつぜん話しかけてきた。「ミスター・マーカドは右ききですか。それとも左ききですか」

なんという突飛な質問だろう。

わたしは少し考えてから確信を持って答えた。「右ききです」

ポアロは質問をした理由を説明しなかった。そのまま歩きつづけ、わたしはそのあとを追った。

ミスター・マーカドはわたしたちの訪問を歓迎してくれているみたいだった。陰気な暗い顔が急に明るくなった。

ムッシュ・ポアロが考古学にいかにも興味があるようなふりをして、いくつかの質問をすると、マーカドは楽しそうに説明をしはじめた。

それによると、もうすでに十二の異なる時代の住居あとの層が見つかっているという。

「いま掘りだしているのは五千年まえのものです」

いま思うと、これまでわたしは千年という時間を、すべてが浄化される未来のこととしてしか考えていなかった。

マーカドは土の層を指さしながら（なぜか指がぶるぶる震えている。マラリアか何かにかかっているのかも）、土器の特徴の変化や埋葬法についての説明を続けた。なかには、赤ん坊の遺体ばかりが葬られた層もあるという。骨の並び具合から埋葬時の遺体の姿勢や向きがわかるらしい。

しばらくして腰をかがめ、片隅に並べられた壺のあいだから石の斧のようなものを取ろうとしたとき、マーカドはとつぜん悲鳴をあげて飛びあがった。

右手で左の腕を押さえて振りかえったとき、わたしとポアロはきょとんとした顔でその様子を見つめていた。

「何かに刺されたようです。焼けた針みたいなものに」

ポアロは間髪を入れなかった。

「見せてください、モン・シェール。さあ、レザランさん」

わたしはあわてて前に進みでた。

ポアロはマーカドの腕をとって、カーキ色のシャツの袖をすばやくめくりあげた。

「ここです」と、マーカドは言って、指さした。

肩から三インチほど下に、小さな刺し傷ができ、血が滲んでいる。

ポアロはまくりあげた袖の下を覗きこみながら言った。「どうしたんでしょうかね。どっちにしても、たいしたことはありません。蟻（アリ）か何かに嚙まれたのでしょう」

「ヨードチンキを塗っておきましょう」と、わたしは言った。

わたしはいつもヨードチンキの小瓶を持ち歩いている。それを取りだして腕に塗ってあげたが、そのときには別のものに気をとられて、傷あとはろくに見てもいなかった。手首から肘にかけて多くの小さな傷がついていたからだ。それが何かはすぐにわかった。皮下注射のあとだ。

マーカドはシャツの袖を元に戻して、また出土品の説明を始めた。ポアロは黙って話を聞いていた。レイドナー夫妻のことを尋ねようとはしなかった。実際のところ、なんの質問もしなかった。

しばらくしてマーカドに別れを告げると、わたしたちは狭い通路をのぼりはじめた。

「どうです、見事なものでしょ」と、ポアロは言った。

「えっ？」

ポアロは上着の折り襟の下から何かを取りだして、愛（いと）しいものを見るような目で見つめた。驚いたことに、それは長く鋭い縫い針だった。尖っていないほうの端に封蠟がついていて、ピンのようになっている。

「まあ！　あなたがやったんですか」

「そうです。わたしが毒虫だったんです。われながら見事なものです。どうです。気がつかなかったでしょ」

たしかに。まったく気づかなかった。ミスター・マーカドも露ほども疑っていないだろう。まさに電光石火の早わざだ。

「でも、ムッシュ・ポアロ、どうしてそんなことを？」

質問には質問がかえってきた。

「何か気づきませんでしたか」

わたしはゆっくりとうなずいた。

「皮下注射のあとがありました」

「これではっきりしました。いままでは疑ってはいましたが、確信はありませんでした。どんな場合でも、事実を知るのは重要なことです」

そのためには手段を選ばないということか。と、わたしは思ったが、口には出さなかった。

ポアロはとつぜんポケットに手をやった。

「しまった。どうやらハンカチを落としてきてしまったようです。そのなかにピンを隠して持ってきていたんです」

「取ってきますわ」

　わたしは急ぎ足で引きかえしはじめた。そのときにふと思ったのだが、自分とポアロの関係は、患者に対する看護師と医師の関係と同じかもしれない。事件は手術で、ポアロは執刀医だ。こんなことを言うのはどうかと思うが、わたしは奇妙なことに自分の役どころを楽しみはじめていた。

　看護師の研修期間が終わった直後、自宅療養中の患者の看護をしていたとき、急に手術をしなければならなくなったことがある。けれども、患者の夫は大の病院嫌いで、妻を入院させることを拒み、自宅で手術をしてくれと言い張った。

　望むところだった。わたし以外に付き添える者はいない。つまり何もかも自分の手に委ねられているということだ。もちろん、緊張はしていた。医師が必要としているものは全部わかっているつもりだったが、何か忘れているような気がしてならなかった。医師はとつぜん何を言いだすかわからない。ときにはとんでもないことを要求する。けれども、そのときはなんの問題も起きなかった。求められたことにはすべて応じることができた。手術が終わったときには、完璧だったというお褒めの言葉をいただくこともできた。医師はめったに褒めないものだ。手術の手際は見事のひとことにつきた。そして、わたしはひとりでやるべきことをきちんとやってのけた。

患者も回復した。誰もが幸せだった。

そう。いまわたしはそのときと同じような気がしている。ムッシュ・ポアロにはどこかあの医師を思わせるところがある。やはり小柄で、おサルさんみたいな顔をしていたが、外科医としての腕はたしかだった。何をどうすればいいか本能的に知っていた。わたしはこれまでに多くの外科医を見てきたが、その腕前はピンキリだ。ムッシュ・ポアロへの信頼感は徐々に増しつつある。ポアロもやはり何をどうすればいいいか知っている。そして、わたしは彼を助けるのが自分の役割だと思うようになりはじめている。看護師が鉗子や脱脂綿といった必要なものを医師にさしだすように。医師が床の上にタオルを落としたら、看護師はそれを拾う。だから、ポアロがハンカチを忘れたら、それを取りにいくのは当然のことだ。

ハンカチを見つけて戻ってきたとき、ポアロはどこかに行っていなくなっていた。しばらくして、ようやく見つかった。遺丘から少し離れたところにすわって、ミスター・ケアリーと話をしていた。その横には、定規がわりの長い棒を持った少年が立っていたが、ケアリーが何か言うと、すぐに歩き去った。寸法を測る仕事は、ひとまず終わったようだ。

ここからのことはひとことお断わりしておいたほうがいいと思う。このときには、ポアロがわたしに何をしてもらいたいか、あるいは何をしてもらいたくないか、あまりよくわかっていなかった。もしかしたら、ハンカチを取りにいかせたのは、わたしを追い払いたかったからかもしれない。

これも手術とよく似ている。看護師は医師が必要とするものを渡し、必要でないものは渡さないようにしなければならない。止血鉗子はしかるべきときに遅れないようさしださなければならない。もちろん、手術室での仕事のことなら十全に心得ている。そこで間違いをおかすようなことはない。けれども、この分野ではずぶの素人なのだ。馬鹿げた失敗をしないよう細心の注意を払わなければならない。

もちろん、ケアリーとのやりとりをわたしに聞かせたくないということではないだろう。ただ、わたしがそばにいないほうが、話を聞きだしやすいと考えている可能性はある。

どうかわたしのことを他人の私的な会話を盗み聞きするような女だと思わないでほしい。そんなことはしません。絶対に。どんなに関心があったとしても。

それが私的な会話だったとしたら……でも、これはちがう。

それに、わたしは言うならば免責特権を有している。麻酔をかけられた患者は、いろいろなうわごとを言い、看護師はそれを聞いている。もちろん、患者は聞かれることを望んでいない。聞かれているとも思っていない。でも、実際は聞かれている。わたしにとって、ケアリーは患者のようなものだ。話を聞かれているということを本人が知らなければ、なんの問題も起きない。結局は好奇心が強いってことよねと言われたら、それは否定できないだろう。でも、何かの役に立つかもしれないことを聞き逃すつもりはない。

そう思って、わたしは脇にそれ、ゴミ捨て場の後ろに行った。そこはふたりがいるところから一フィートほどしか離れていないけど、わたしの姿はゴミの山の陰に隠れていて見えない。それを恥ずべき行為だと言う者がいたとしたら、同意はしかねる。何をすべきか指示を与えるのは医師だが、それでも看護師は患者のことをすべて知っておく必要がある。

ポアロがどんなふうに話を切りだしたのかはわからないが、わたしがそこに行ったときには、ふたりのやりとりはすでに核心部分にさしかかりつつあった。

「レイドナー博士が奥さまをどれだけ深く愛していたかは充分に理解しているつもりです」と、ポアロは言っていた。「しかしながら、友人からより敵から多くを知ることができる場合も少なくありません」

「人間の長所より欠点のほうが大事だということでしょうか」と、ケアリーは乾いた口調で皮肉たっぷりに言った。

「そのとおりです。とりわけ殺人事件の場合には。わたしの知るかぎり、完璧な人格者だったために殺されたという例はひとつもありません。それに、完璧な人格というのはいかにも胡散臭い感じがします」

「残念ながら、わたしはお役に立てないようです。正直に言いますが、ミセス・レイドナーとはあまり親しい間柄じゃなかったのです。敵というわけじゃないが、友人でもなかった。ミセス・レイドナーはわたしと博士が古くからの友人であることに嫉妬していたんじゃないでしょうか。とても魅力的で、称賛に値する女性だったのはたしかです。でも、博士にかならずしもいい影響を与えているわけではなかった。そんな思いがあったので、いつもおたがいに他人行儀で、最後まで打ち解けられなかったのです」

「なるほど。うまい説明ですね」

ケアリーが首を鋭く回すのが見えた。ポアロのつっけんどんな口調が気にさわったのかもしれない。

ポアロは続けた。「レイドナー博士はあなたたちの折りあいが悪いことを気にしていたのではありませんか」

一瞬の間のあと、ケアリーは答えた。「さあ。よくわかりません。少なくとも、そういった話は聞いていません。博士は何も気づいていなかったんじゃないでしょうか。仕事に没頭していましたから」

「いずれにせよ、あなたはミセス・レイドナーが好きじゃなかったということですね」

ケアリーは肩をすくめた。

「博士の妻でなかったら、好きになっていたかもしれません」

ケアリーは自分の言葉を面白がっているように笑った。

ポアロは小さな土器のかけらを積みあげながら、夢を見ているような遠い目で言った。

「今朝、ミス・ジョンソンから話を聞きました。なんでも、ミセス・レイドナーに偏見を持っていて、どうしても好意を持てなかったとのことでした。そのあと、あわてて魅力的なひとだったと付け加えました」

「べつにおかしいことじゃないと思いますよ」

「そうでしょうな。そのあと、わたしはミセス・マーカドから話を聞きました。彼女はミセス・レイドナーを褒めたたえ、心から愛していたと言いました」

ケアリーは黙っていた。

少し待ってから、ポアロは話を続けた。「わたしはその話を信じていません。そのあと話したのがあなたです。あなたの話もやはり信じていません」

ケアリーの顔がこわばった。次に発した言葉には、押し殺した怒りが混じっていた。

「信じてもらえないなら仕方ありません、ムッシュ・ポアロ。わたしは本当のことを言っただけです。それを信じるかどうかはあなたの勝手です」

ポアロが気を悪くした様子はなかった。その口調は穏やかで、暗く沈んでいた。

「結局、わたしの思いちがいだったということでしょうかね。これでも、わたしは耳ざといほうでしてな。ここでは、もろもろの話を聞くことができます。流言飛語の類です。それに耳を傾けていれば、たいていのことはわかるものです。そうなんです。噂では——」

ケアリーはすっくと立ちあがった。こめかみに血管が浮きだしている。わたしは思わず見とれてしまった。引き締まった身体、褐色に日焼けした肌。頑丈そうな角張った顎。これを見て、心を奪われない女性はいないだろう。

「いったいどんな噂なんです」と、ケアリーは語気鋭く言った。

ポアロは横目でケアリーを見た。

「お察しのとおりですよ。ありふれたゴシップです。あなたとミセス・レイドナーについての」

「下劣です！」

「たしかに（ネ・ス・パ）。犬と同じです。どんなに深いところに埋めても、かならず嗅ぎつけて、掘りかえす」

「あなたはそれを信じているんですか」

「事実であれば信じます」ポアロはしかつめらしい口調で言った。

　ケアリーははばかりのない大きな声で笑った。

「事実か事実でないか、どうしてわかるんです」

「わかるかどうか、とりあえずおっしゃってみてください」

「では、言いましょう。事実をお話ししましょう。わたしはミセス・レイドナーを憎んでいました。これが事実です。わたしは心の底からミセス・レイドナーを憎んでいたのです」

22　デイヴィッド・エモット、ラヴィニー神父、そして見つけたもの

ケアリーはくるりと振り向いて、つかつかと歩き去った。

ポアロはその後ろ姿を見ながら、小さな声でつぶやいた。「なるほど、そうだったのか」

それから、わたしのほうを見ずに、少し大きな声でこう言った。

「まだ出てこないほうがいいですぞ、看護婦さん。ミスター・ケアリーが振りかえるかもしれないから……うん、もういいでしょう。ハンカチを持ってきてくれましたか。ありがとう。あなたは本当に親切なおひとですな」

わたしが盗み聞きしていたことには、ひとことも触れなかった。そのことをどうして知ったのかはわからない。わたしのほうには一度も目をくれなかったのに。いずれにせよ、ポアロが黙っていてくれたのは、ありがたいことだった。やましさがあるわけではないが、わけを説明するのはちょっと面倒だ。訊かれなければそれに越したことはない。

「ミスター・ケアリーは本当にミセス・レイドナーを憎んでいたと思いますか、ムッシュ・ポアロ」と、わたしは尋ねた。

ポアロはゆっくりとうなずいた。その顔には奇妙な表情がある。

「ええ。そう思いますよ」

それから、すばやく立ちあがり、大勢の作業員が働いている丘のいただきのほうへ歩きはじめた。わたしはそのあとを追った。最初はアラブ人の姿しか見えなかったが、しばらくしてミスター・エモットの姿をとらえることができた。下を向いて、掘りだされたばかりの骨についた土ぼこりを吹き飛ばしている。

わたしたちを見ると、嬉しそうに笑いかけた。

「見物にいらしたのですか。ちょっと待ってください。すぐに手があきますから」

エモットは上体を起こすと、ナイフを取って、丸っこい骨から土を器用にこそげ落としはじめた。ときおり鞴（ふいご）を使っているが、たまに自分の息を吹きかけることもある。これは衛生上いかがなものか。

「口から黴菌が入ったらどうするんです、ミスター・エモット」と、わたしは口をとがらせた。

エモットは真面目な顔で答えた。「黴菌はぼくの毎日の食事ですよ。考古学者に勝てる黴菌はありません。考古学者に勝負を挑もうってほうが間違っている」

エモットはまた少し土をこそげ落としてから、作業頭を呼んで、てきぱきと指示を与えた。

「これでいい。あとは昼食後にライターに写真を撮ってもらうだけです。ここからはいいものがいくつも出ているんですよ」

エモットは立ちあがって、出土品を指さした。緑青に覆われた小さな銅の鉢、髪飾り、首飾りの一部であったと思われる金や青のビーズ。

人骨や遺品の数々はナイフで土を落とされ、写真を撮るために並べて置かれている。

「どういうひとだったんでしょうね」と、ポアロが尋ねた。

「二千年前の女性です。ずいぶん高い身分のひとだったんでしょう。頭蓋骨が変形している。あとでマーカドに見てもらおうと思っているんですが、もしかしたら殺されたのかもしれません」

「二千年前のミセス・レイドナーというわけですな」

「ええ、まあ」

ビル・コールマンはつるはしで土壁の表面を削っていた。

エモットはそこへ行って、わたしには意味のわからない話をし、それからポアロに出土品を見せてまわりはじめた。

　それがすむと、エモットは腕時計に目をやった。

「あと十分ほどで作業が終わります。いっしょに宿舎に帰りませんか、ムッシュ・ポアロ」

「ええ、そうしましょう」

　わたしたちは踏みならされた小道をゆっくりと歩きはじめた。

「作業が再開されて、みんなほっとしているでしょうな」と、ポアロは言った。

　エモットはしかつめらしく答えた。「ええ、こうやって身体を動かしているのがいちばんです。家のなかに閉じこもって話をしているのは、あまり愉快なことじゃありませんし」

「そのなかの誰かが殺人犯だとわかっているわけですしね」

　エモットは答えなかった。異議を唱えるようなそぶりもなかった。もしかしたらそうではないかという思いは、事件直後に下働きの少年から話を聞いたとき以来、ずっと胸のなかにあったのかもしれない。

　しばらくしてから穏やかな口調で尋ねた。「何か進展はありましたか、ムッシュ・ポアロ」

「そのためにお力添えをいただけるでしょうか」

「もちろんです」

ポアロはじっとエモットを見つめた。「事件の中心にいるのはミセス・レイドナーです。そこのところをもう少し詳しく知りたいのです」

「おっしゃっていることの意味がよくわかりません」

「出生地とか旧姓とかは、どうでもよろしい。顔のかたちとか目の色とかも同様です。問題はミセス・レイドナーの人となりです」

「それが謎を解く鍵になるかもしれないとお考えなんですね」

「そう確信しています」

少し間をおいてから、エモットは言った。「たしかにそうかもしれません」

「それで、あなたの力をお借りしたいのです。ミセス・レイドナーがどんな女性だったか教えていただきたい」

「お力になれるかどうか。その点についてはぼくもあれこれ考えました」

「それで、なんらかの結論に行きつきましたか」

「ええ、たぶん」

「それで？」

また少し間があり、それからエモットは言った。「あなたはどう思っていますか、レザランさん。女性が女性を見る目は鋭いと言われています。あなたは看護婦としてさまざまなタイプの女性を見てきているはずです」

答えたくても、答える暇はなかった。ポアロがすかさずこう言ったからだ。

「わたしが知りたいのは、男性がどう思っているかです」

エモットは微笑んだ。

「おおかたの意見は一致すると思います。そんなに若くはないが、これまで一度も出くわしたことがないような美人です」

「それじゃ答えになっておりませんよ。ミスター・エモット」

「そうでもないと思いますがね、ムッシュ・ポアロ」それからまた少し間があった。

「子供のころ読んだ北欧の童話で、雪の女王とカイ少年が出てくる話があります。ミセス・レイドナーはその雪の女王です。いつもカイ少年を連れて歩いていました」

「ええ。ハンス・アンデルセンの童話ですな。たしか少女も出てきたはずです。ゲルダでしたっけ」

「そうだったかな。よく覚えていません」

「話を続けてください、ミスター・エモット」

エモットは首を振った。

「ぼくの見方が正しいかどうかはわかりません。ミセス・レイドナーはわかりにくい人物です。ある日とんでもなく意地悪だったかと思うと、翌日にはとても親切になっている。あのひとが事件の中心にいるというのは、じつにうがった見方だと思います。そうなんです。つねにみんなの中心にいないと、気がすまないんです。しかも、その上で他人をもてあそぶ。トーストやピーナツ・バターをまわしてもらうだけじゃ満足できない。狙いをつけた相手の心と魂の奥までさらけださせようとする」

「思いのままにならなかったら？」

「ただじゃすまないでしょうね」

エモットは唇を固く引き結び、顎をこわばらせた。

「ここだけの話ということで、ミスター・エモット、今回の件で怪しいと思っている者がいれば、教えていただけないでしょうか」

「さあ、どうでしょう。そんなことは考えたこともありません。強いてあげるとすれば、カール・ライターかな。あの男なら、殺意を抱いてもおかしくない。ミセス・レイドナーにけっこういじめられていましたから。とても気の小さい男なんです。もしかしたら、それがいじめの原因なのかもしれない。だから、いたぶってやりたいという気になるのかもしれません」

「ミセス・レイドナーはミスター・ライターをいたぶっていたんですか」

エモットはくすっと笑った。

「ええ。刺繡針で突っつくように。そういう女性だったのです。ライターにはひとをいらつかせるようなところがありました。大声で泣きわめく弱虫の子供のような。刺繡針は強力な武器です」

わたしはポアロにちらっと目をやった。唇がかすかに震えているように見える。

「でも、殺すようなところまでいくでしょうか」

「いいえ。食事のときに馬鹿にされたからといって、いきなり殺す者はいません」

ポアロは思案顔でうなずいた。

エモットの話からすると、ミセス・レイドナーはひどく冷酷な女性だったということになる。でも、ものごとにはかならず逆の側からの見方がある。

カール・ライターの態度には、ひとの神経を逆撫でするようなところがたしかにあった。話しかけられただけで、ぎょっとしたような顔をしたり、好きではないとわかっているマーマレードを何度も渡そうとしたり。そんなときには、わたしだって、一発お見舞いしてやりたくなる。

殿方には、ひっぱたいてやりたくなるくらい無神経な、でもそのことに気がついていない者がけっこういる。

そのこともあとでポアロに話してあげなきゃ。

宿舎に着くと、エモットは手を洗うためにポアロといっしょに自分の部屋に入った。わたしも中庭を横切り、自分の部屋に戻った。

部屋から出たとき、ふたりも同じように部屋から出てきた。みんなで食事室に向かいかけたとき、ラヴィニー神父が自分の部屋から出てきて、ポアロを呼び寄せた。

それで、わたしはエモットといっしょに食事室に入った。ミス・ジョンソンとミセス・マーカドがすでにテーブルについていて、数分後にミスター・マーカドとライターとコールマンの三人がそこに加わった。

全員が食卓につき、ミスター・マーカドがラヴィニー神父を呼んできてくれと下働きの少年に頼んだとき、くぐもった小さな悲鳴が聞こえた。

みんなびっくりして、飛びあがりそうになった。それだけ神経質になっていたということだ。

ミス・ジョンソンは顔面蒼白になっていた。「何かしら。何が起きたのかしら」

ミセス・マーカドは彼女を睨みつけた。「大騒ぎすることはないわ。裏の畑で、誰かがおかしな声を出しただけよ」

　そのとき、ポアロとラヴィニー神父が部屋に入ってきた。

「誰かの身に何かあったんじゃないかという話をしていたところなんです」と、ミス・ジョンソンは言った。

「ひらにご容赦を」と、ポアロは言った。「それはわたしのせいなんです。ラヴィニー神父に銘板の説明をしてもらっていたんですがね。もっとよく見えるところにと思って、窓ぎわに持っていこうとしたとき、足もとに気をつけていなかったので、なにかにツメずいてしまいましてな。いやはや（マ・フォア）。あまりにも痛すぎて、つい大きな声を出してしまったんですよ」

「また殺人事件が起きたのかと思ったわ」と、ミセス・マーカドは笑いながら言った。

「マリー！」

　夫にたしなめられて、ミセス・マーカドは顔を赤らめ、唇を嚙んだ。

　ミス・ジョンソンは気をきかせて話題を変え、この日の午前中に発掘された興味深い品々についての話を始めた。それから昼食が終わるまで、一同の会話は考古学に関するものに限定されることになった。

　ここは無難に、とみんな思ってるってことね。

コーヒーを飲みおえると、わたしたちは居間に移動した。しばらくしてから、ラヴィニー神父以外の男性陣はまた発掘現場に出かけていった。

ラヴィニー神父はポアロを保管室に案内し、わたしもついていった。そのころには、わたしにもいろいろなことがわかるようになっていて、まるでそこにあるものが自分の所有物であるかのような誇りを抱きはじめていた。ラヴィニー神父が黄金の杯を棚からおろすと、ポアロは感嘆と賛美の声をあげた。

「なんという美しさ。見事な芸術作品ですな」

ラヴィニー神父は大きくうなずき、杯の素晴らしさを熱っぽく語りはじめた。

「今日は蠟がついていませんね」と、わたしは口をはさんだ。

「蠟？」ポアロは言って、わたしを見つめた。

「蠟？」ラヴィニー神父も同じようにわたしを見つめた。

わたしはそう言ったわけを説明した。

「なるほど」と、ラヴィニー神父は言った。「蠟燭の蠟が垂れたってことですね」

そこから夜中の侵入者の話になった。しばらくして、ポアロとラヴィニー神父はフランス語で話しはじめたので、わたしは手持ちぶさたになり、ひとりで居間に戻った。

居間で、ミセス・マーカドは夫の靴下を繕い、ミス・ジョンソンは本を読んでいた。

珍しいこともあるものね、とわたしは思った。ミス・ジョンソンはいつも何やかやと忙しげに立ち働いている。

しばらくして、ポアロはラヴィニー神父といっしょに戻ってきた。ラヴィニー神父は仕事があるからと言って、そのまま立ち去った。ポアロは椅子にすわった。

「じつに興味深い人物ですな」と、ポアロは言い、ここにラヴィニー神父の仕事はどれくらいあるのかと尋ねた。

ミス・ジョンソンが答えた。文字が記された日干し煉瓦や円筒印章が見つかるのはまれで、解読の仕事はいくらもない。それで、ラヴィニー神父は発掘作業を手伝っていて、そのおかげでアラビア語の会話は短期間でずいぶんうまくなったという。

話題はそこから円筒印章の話に移り、ミス・ジョンソンは工作用粘土で型をとってつくった拓本を整理棚から取りだした。

わたしたちは身を乗りだして、力強い古代の文様を見つめた。ミセス・レイドナーが殺されたとき、ミス・ジョンソンがつくっていたのはこの拓本だったのだろう。

そのあいだ、ポアロは小さな工作用粘土をこねたり丸めたりしていた。

そして、尋ねた。「この粘土は大量に使うのでしょうか」

「ええ、かなり使います。なぜか今年は減る量が少し早いようです。どうしてかわかりません。すでに用意しておいた分の半分くらい使っています」

「どこにしまってあるのですか」

「その整理棚のなかです」

ミス・ジョンソンは拓本を元のところに戻し、粘土や写真の定着剤や糊などが置かれた棚を見せた。

ポアロは腰をかがめた。

「これは？　これはなんでしょうかな」

ポアロは棚の奥に手をのばして、そこから何かを取りだした。くしゃくしゃになっていたが、広げると、それは墨で目と口が描かれた仮面であることがわかった。顔全体に黄色い工作用粘土がこすりつけられている。

ミス・ジョンソンは驚きの声をあげた。「信じられない！　ここにこんなものが入っているなんて。これはいったい何なんでしょう」

「これがここに入っている理由は、隠し場所として打ってつけだったからですよ。シーズンの終わりまで、整理棚の奥のものが外に出されることはないでしょうから。でも、これはいったい何なのか。答えは簡単です。これはミセス・レイドナーが見た顔です。窓の外の暗がりのなかに浮かんでいた幽霊のような顔です。もちろん胴体はありません」

ミセス・マーカドは小さな悲鳴を漏らした。

ミス・ジョンソンは唇まで青ざめていた。「では、妄想じゃなかったんですね。いたずらだったんですね。悪質ないたずらだったんですね。でも、誰がそんなことを――」

「ほんとに。いったい誰があんなひどいいたずらをしたのかしら」と、ミセス・マーカドは繰りかえした。

ポアロは答えなかった。しかつめらしい顔で保管室に行き、空の段ボール箱を持って戻ってきて、仮面をそのなかに入れた。

「警察に届けなければなりません」

「恐ろしいことです」と、ミス・ジョンソンは低い声で言った。「本当に恐ろしいことです」

「ほかにもまだいろんなものが隠されているんじゃないかしら」と、ミセス・マーカドが甲高い声で言った。「殺害に使った凶器とか。たとえば血のついた棍棒とか……ああ。考えただけでも、ぞっとするわ。もう無理……」

その肩をミス・ジョンソンがつかんだ。

「しっかりしなさい。博士が戻ってきたわ。博士が動揺するようなことをしちゃいけません」

ちょうどそのとき、車が中庭に入ってきた。レイドナー博士は車から降りると、中庭を横切って、まっすぐ居間にやってきた。その顔には心労のために深い皺が刻みこまれ、三日前に比べると、倍も年老いて見えた。

「葬儀は明日十一時からの予定です」と、レイドナー博士は静かに言った。「ディーン少佐が弔辞を読んでくれることになりました」

ミセス・マーカドは何か言おうとしたがやめて、部屋から出ていった。

レイドナー博士はミス・ジョンソンに言った。「きみも出席してくれるね、アン」

「もちろんです。全員出席しますわ。当然のことです」

言ったのはそれだけだったが、ミス・ジョンソンの顔には言葉に尽くせないものがあったにちがいない。レイドナー博士はそれを見てとり、表情を和らげた。そこには、深い愛情と束の間の心の安らぎを感じさせるものがあった。

「ありがとう、アン。きみはわたしの大事な友人だ。きみがいてくれて本当に助かるよ」

レイドナー博士はミス・ジョンソンの肩に手をかけた。ミス・ジョンソンはいつものようにそっけない口調で「お気になさらず」と言ったが、その頬にはほんのり赤みがさしていた。

それを見て、わたしは思った。いまこの瞬間、ミス・ジョンソンは幸せでいっぱいにちがいない。

ひょっとしたら、古い友情から新しい幸せな関係が生まれるかもしれない。

もちろん、ふたりの仲を取りもつつもりはないし、まだお葬式もすんでいないのに、そんなことを考えるのは不謹慎だということもよくわかっている。けれども、もしそうなったら、それはそれで悪いことではない。おたがいに気持ちは通じあっている。ミス・ジョンソンは喜んで生涯を博士に捧げるだろう。ひとつだけ気がかりなことがあるとすれば、何かにつけてルイーズの思い出話を聞かされることになるだろうということだ。けれども、女は自分のほしいものを手に入れることができたら、たいていのことに耐えられる。

レイドナー博士はポアロに挨拶をし、新たにわかったことはあるかと尋ねた。

その後ろで、ミス・ジョンソンはポアロが持っている箱に目をやって、首を振った。仮面のことを博士に言わないでくれと訴えているのだろう。博士にこれ以上余計な負担をかけたくないということだ。

ポアロは訴えを理解し受けいれた。

「いいえ、残念ながら。こういうことは時間がかかるものです、ムッシュ」

そして、少し世間話をし、さっさと部屋から出ていった。

わたしは車がとめてあるところまでいっしょに歩いていった。

尋ねたいことはいくつもあったが、ポアロが振りかえって、わたしを見たときには、何も訊かなかった。医師に質問するのは、手術が成功したとわかってからだ。なので、黙ってポアロの指示を待つことにした。

驚いたことに、ポアロはこう言った。「気をつけたほうがいいですよ、レザランさん。あなたがこれ以上ここにとどまりつづけるのは考えものです」

「ええ、そのことで一度レイドナー博士にお話ししてみようと思っていたんです。でも、それもお葬式をすませてからのことです」

ポアロはうなずいた。

「いずれにせよ、この一件にはあまり深く首を突っこみすぎないほうがいい。わかりましたね。頭のいいところを見せようと思っちゃいけませんぞ」そして、にっこり笑って、こう付け加えた。「あなたは脱脂綿を持って、わたしの手術が終わるのを待っていればいいんです」

もう笑うしかない。ポアロの口からこんな言葉が出てくるなんて。

それから、急に話題が変わった。「それにしても、興味深い人物ですな。ラヴィニー神父というのは」

「修道士で考古学者というのは、ちょっとおかしいんじゃないかという気がします」

「なるほど。あなたはプロテスタントでしたね。わたしは良きカトリック教徒ですから。司祭や修道士について、ある程度のことは知っているつもりです」ポアロは眉を寄せ、ためらい、それから言った。「いいですか、ラヴィニー神父は利口な男です。その気になれば、あなたを手玉にとることくらいわけもありません」

余計な口出しをするなということなら、言われなくてもわかっている。

わたしは少し不愉快になり、むっとした顔をしていた。知りたいことを尋ねるつもりはないけど、どうしても言っておかなきゃならないことはある。

「失礼ですけど、ムッシュ・ポアロ、正確には〝つまずく〟です。〝ツメずく〟じゃなくて」

「なーるほど。ありがとう、マ・スール」

「どういたしまして。でも、言葉は大切にしなきゃ」

「覚えておきましょう」

意外なくらい殊勝な返事。

ポアロは車に乗って、走り去った。わたしはゆっくりと中庭を後戻りしはじめた。考えなければならないことはいくつもある。

ミスター・マーカドの腕にあった注射のあと。それはなんの注射なのか。黄色い仮面のこともある。そして、今朝、居間にいたポアロとミス・ジョンソンに、わたしの悲鳴が聞こえなかったのは、なぜなのか。ポアロの悲鳴は昼食時に食事室にいた者全員に聞こえたのに。距離としては、どちらも同じくらいなのに。

そのあと、なんとなく嬉しい気分になった。ポアロは英語を間違えていた。

どんなに偉大な探偵でも、すべてを知っているわけではないということが、これでわかったはず！

23　神がかったこと

お葬式ほど悲しい儀式はない。それには関係者だけでなく、ハッサニーに住むイギリス人全員が参列した。シーラ・ライリーも黒い上着に黒いスカート姿でやってきて、慎み深く弔意を示した。これまでのぶしつけな言動を少しは悔いているということだろう。

宿舎に戻ると、わたしはレイドナー博士といっしょに事務室に行って、今日でお暇をいただきたいと申しでた。レイドナー博士は快く応じ、丁寧に感謝の言葉を述べ（感謝されるようなことは何もしていないのに）、一週間分のお給料を余分に払いたいと言ってくれた。

わたしはとんでもないと言って辞退した。

「本当に、博士、報酬など受けとれません。旅費さえいただければ、それで充分です」

けれども、レイドナー博士は聞く耳を持たなかった。

「困りましたわ、レイドナー博士。わたしは奥さまを助けるためにここに来たのです。

でも、なんのお役にも立てませんでした」

「いや、そんなことを気にする必要はありません。身辺警護のために来ていただいたわけじゃないんだから。妻の命が危険にさらされているなどとは思ってもいませんでした。気がたっているんだろうくらいにしか考えていなかったのです。あなたは精一杯のことをしてくださった。妻はあなたに好意を持ち、あなたを信頼していました。あなたがそばにいてくれて安心したのでしょう。最後の数日はそれまでよりずっと落ち着いていました。自分を責めることなんかまったくありませんよ」

レイドナー博士の声は少し震えていた。その胸中は察するに余りある。妻の訴えに耳を貸さなかった自分に責任があると考えているのだ。

「例の匿名の手紙について、何かおわかりになったことはありませんか、レイドナー博士」と、わたしは訊いた。

レイドナー博士はため息をついた。

「いいえ、これといったことは何も。ムッシュ・ポアロはどうなんでしょう」

「同じです。昨日そのようなことを言っていました」と、わたしは曖昧に答えた。それは嘘でもなければ、本当でもなく、玉虫色といったところだろう。実際のところ、わたしがミス・ジョンソンに関する話をするまでは、何もわかっていなかったのだ。

そのことを話して、反応を見てみたいという気持ちはある。昨日は博士がミス・ジョンソンに寄せる親愛と信頼の念を目のあたりにして、なんとなくほのぼのとした気持ちになり、匿名の手紙のことはすっかり忘れていた。いまでも、その話を持ちだすのは憚られる。たとえそれを書いたのがミス・ジョンソンであったとしても、ミセス・レイドナーが亡くなってからは、そのことを心から悔やんでいるにちがいない。それでも、レイドナー博士がそのあたりのことをどう思っているのかを知りたいという気持ちは強い。

「匿名の手紙を書くのは、たいていは女性です」と、わたしはそれとなく水を向けた。

レイドナー博士はまたため息をついた。

「そうかもしれない。でも、あの手紙は単なる脅しじゃなかったということを忘れちゃいけません。あれはフレデリック・ボスナーが書いたものかもしれないのです」

「もちろん忘れちゃいませんわ。でも、どうしてもそんなふうには思えないんです」

「いいですか。フレデリック・ボスナーが調査団のメンバーになりすましているなんてことはありえません。ムッシュ・ポアロはそのようなことを言っていましたが、それはちがうと思います。事実はもっと単純なんじゃないでしょうか。犯人は変装して、このあたりをうろついていた。そして、あの日の午後、建物のなかに忍びこんだ。たぶん使用人は嘘をついているのでしょう。もしかしたら、買収されたのかもしれません」

「たしかにその可能性はあると思いますけど……」

レイドナー博士はややいらだたしげに話を続けた。

「ムッシュ・ポアロが調査団のメンバーに疑いをかけるのは当然でしょう。でも、わたしは確信しています。あんなことをする者はここにはいない。わたしは彼らのことをよく知っています。ずっといっしょに仕事をしてきたんです」ここで急に黙りこみ、少し間をおいてから付け加えた。「さっきの言葉は実体験にもとづくものでしょうか。匿名の手紙を書くのはたいていは女性だと言いましたね」

「つねにそうだというわけじゃありません。でも、そのようなかたちで恨みを晴らす女性は少なくないと思います」

「ミセス・マーカドのことを言っているのでしょうか」レイドナー博士は言い、それから首を振った。「だとしたら、ちがうと思いますよ。いやがらせをしたいという気持ちがあったとしても、あのような手紙を書くために必要な予備知識は持っていなかったはずです」

でも、わたしは知っている。古い匿名の手紙はアタッシェケースのなかに入っていた。そのアタッシェケースには鍵がかかっていなかったときもあるだろう。ミセス・マーカドが宿舎にひとりでいたとき、たまたまそれを見つけて読んだ可能性は誰にも否定できない。どうしてこんなに簡単なことがわからないのか。

「ミセス・マーカド以外の女性というと、ミス・ジョンソンしかいません」わたしは言って、博士の表情をうかがった。

「そんな馬鹿げた話はありませんよ」

レイドナー博士の口もとにはかすかな笑みが浮かんでいた。これではっきりした。レイドナー博士はミス・ジョンソンが手紙を書いたなどとは微塵も思っていない。わたしはひとしきり思案し、結局何も言わないことにした。告げ口をするのはもとより本意ではない。ミス・ジョンソンが良心の呵責にさいなまれている姿をこの目で見てもいる。すでにすんだことだ。レイドナー博士はもう充分に苦しんでいる。これ以上つらい思いをさせる必要はない。

結局、翌日には宿舎を出て、それから一日か二日ドクター・ライリーの病院の看護婦長の部屋に泊めてもらうことになった。バグダッド経由でイギリスに帰るか、自動車と汽車を使ってニシビンに出るかは、そのあいだに決めればいい。

レイドナー博士は妻の形見の品をひとつ持っていってもらいたいと申しでた。

「困りますわ、レイドナー博士」と、わたしは言った。「そんなものはいただけません。お気持ちだけで充分です」

レイドナー博士は譲らなかった。

「ぜひ受けとってもらいたいのです。ルイーズもそれを望んでいるはずです」

そして、鼈甲のドレッシング・セットをすすめてくれた。

「いいえ、駄目です。そんな高価なものを。よしてください」

「ルイーズには姉も妹もいません。あなたしかいないのです。あなたに受けとってもらうのがいちばんです」

貪欲なミセス・マーカドには渡したくないし、ミス・ジョンソンにもらってもらうわけにはいかないということだろう。

レイドナー博士は優しい口調で続けた。「ゆっくり考えればいい。それから、これはルイーズの宝石箱の鍵です。気にいったものがあれば、このなかから選んでもいい。あとは服のことなんですが、ひとまとめにして、ハッサニーに持っていってもらえないでしょうか。ドクター・ライリーに頼めば、貧しいひとたちのために有効に利用してくれるでしょう」

わたしは同意し、喜んで引きうけると答えた。

そして、すぐに作業に取りかかった。

衣服はそんなに多くなく、ふたつのスーツケースに詰めこむことができた。書類はすべてアタッシェケースのなかにまとめて保管されていた。宝石箱のなかのアクセサリーもそんなに多くはなかった。真珠の指輪、ダイヤモンドのブローチ、真珠のネックレス、金の延べ棒のようなかたちをした安全ピン式のブローチ、それに琥珀のネックレス。

もちろん、真珠やダイヤモンドなどはもらえない。もらうとすれば、琥珀のネックレスかドレッシング・セットのどちらかだ。少し迷って、結局ドレッシング・セットをもらっていくことにした。レイドナー博士の申し出は好意からであり、決して恩着せがましいものではない。片意地を張って、せっかくの好意を無下にするのはどうかと思う。故人に対する哀惜の念もある。

しばらくして、すべて終わった。スーツケースは満杯になり、宝石箱にはふたたび鍵がかけられた。ミセス・レイドナーの父親の写真やいくつかの私物を含めて、博士に渡すものの選別もすんだ。

片づけがすむと、部屋はむきだしで、ひどく殺風景に見えるようになった。もう何もすることはない。なのに、なぜか部屋を出る気にはなれなかった。まだ何かすることが残っているのではないか。ほかにも見ておかねばならないものや、知っておかねばならないものがあるのではないか。わたしは迷信深いほうではない。でも、この部屋には、ミセス・レイドナーの亡霊がいて、わたしに何かを訴えようとしているのではないかという気がしてならない。

病院に勤めていたときに、看護婦のひとりがこっくりさん占いをし、手がひとりでに動いて字を書いているところを見たことがある。

これまでは夢にも思わなかったことだが、わたしには霊媒の資質があるのかもしれない。まえにも言ったように、人間は誰だって馬鹿げた妄想にとりつかれることがある。

わたしは部屋のなかのあちこちに手を触れながらそわそわと歩きまわった。もちろん、そこにあるのはからっぽの家具だけだ。引出しの後ろに、何かが落ちていたり、隠されていたりするようなことはなかった。その種のことは期待するほうが間違いだった。

最後に、わたしは奇妙なことをした。繰りかえしになるが、ひとはときとして訳のわからないことをする。

ベッドに横たわり、目をつむったのだ。

自分が誰であるかを忘れ、事件が起きた日に戻り、ここでなんの疑いもなくのんびりくつろいでいたミセス・レイドナーになりきるために。

それは驚くほど簡単なことだった。

わたしは合理主義を旨とする、ごく普通の凡庸な人間であり、霊能者の要素などかけらもない。けれども、五分ほど横になっているうちに、なんとなく神がかった気分になってきた。

抗いはしなかった。むしろみずからのめりこんでいった。

そして、自分に言い聞かせた——わたしはミセス・レイドナー。わたしはミセス・レイドナー。わたしはここで横になって、うとうとしている。もうすぐ……あとわずかの時間でドアが開く。

わたしは自分にそう言い聞かせつづけた。まるで自分に催眠術をかけるように。

いまは一時半。まさにいまだ。ドアが開き……ドアが開き……誰かが入ってくる。

わたしはじっとドアを見つめていた。次の瞬間にはドアが開く。それを見ていなければならない。誰がそれをあけるのかを見ていなければならない。

そんなふうにして謎が解けると思ったのは、疲れすぎていたからにちがいない。

でも、そのときはそう信じていた。冷たいものが背筋から足に這いおりていく。全身が痺れ、感覚がなくなっていく。

神がかりになれば、見えないものが見える。

わたしは何度も繰りかえした。

ドアが開く……ドアが開く……

痺れたような感覚がいっそう強くなってくる。

そして、ドアがゆっくりと開きはじめるのが見えた。

怖い。

これほど恐ろしい思いをしたことは、それまでも、それからもない。

全身が麻痺し、凍りつく。身体がまったく動かない。どうしても動けない。

怖い。吐き気がする。恐怖のあまり声も出ない。

ドアがゆっくりと開いていく。

音もなく。

もうすぐわかる。

ドアがゆっくり、ゆっくり開いていく。

部屋にビル・コールマンが静かに入ってきた。

ぎょっとしたような顔をしている。

わたしは悲鳴をあげてベッドから飛びおり、部屋の隅に走っていった。

コールマンはぽかんと口をあけ、血色のいい顔をより赤らめてその場にじっと立ちつくしていた。

「やあ。いったいどうしたんです、レザランさん」

わたしはようやく我にかえった。

「びっくりしたのはこっちのほうよ、ミスター・コールマン」

コールマンは苦笑した。

「すみません」

このとき、わたしはコールマンが赤いラナンキュラスの小さな花束を持っていることに気づいた。遺跡のまわりに咲いている、かわいらしい野の花だ。ミセス・レイドナーはこの花が大好きだと言っていた。

コールマンの顔は真っ赤になっている。「ハッサニーの町に花はありません。お墓にたむける花がないのは悲しいことです。それで、摘んできたんです。ここの花瓶にいけようと思って。ミセス・レイドナーはいつもテーブルに花を飾っていました。これで故人を偲ぶことができます。くだらない感傷かもしれませんが、ええ、そういうことなんですよ」

なんて優しいひとだろう、とわたしは思った。顔を赤らめるのは、感傷的なことをしたときのイギリス人の癖のようなものだ。でも、気持ちはよくわかる。

「とてもいい考えだと思いますわ、ミスター・コールマン」

わたしは小さな花瓶に水を入れて、コールマンが摘んできた花をいけた。

このことで、わたしのコールマンに対する評価は一変した。本当はとても優しい心と繊細な神経の持ち主なのだ。

ありがたいことに、わたしが悲鳴をあげた理由をあらためて訊かれることはなかった。訊かれても、まともな説明はできなかっただろう。

わたしは服に付け袖をつけ、エプロンの皺をのばしながら、自分に言い聞かせた。もう少し常識をわきまえなきゃ。霊能者なんて柄でもない。

そのあとは、自分の荷づくりに取りかかり、忙しく一日を過ごした。

ラヴィニー神父は名残りを惜しみ、わたしの快活さと良識にみんな大いに助けられたと言ってくれた。良識！ ミセス・レイドナーの部屋でのわたしの愚かな行為を知られていなくて、本当によかった。

「今日はムッシュ・ポアロの姿をまだ見ていませんが」と、ラヴィニー神父は言った。

今日はあちこちに電報を打たなければならないので忙しいとポアロは言っていた。

そのことを伝えると、ラヴィニー神父は眉を吊りあげた。

「電報？ アメリカへですか？」

「たぶん。ムッシュ・ポアロは〝世界中に〟と言っていましたが、それは外国人特有の大袈裟な言いまわしでしょうね」

そう言ってから、ラヴィニー神父も外国人だったことを思いだし、わたしは顔を赤らめた。

けれども、ラヴィニー神父は気にする様子もなく、陽気に笑っただけだった。それから、このまま窓を覗こうとしていた男について新たにわかったことはないかと尋ねた。

わたしは何も知らないし、聞いてもいないと答えた。

ラヴィニー神父はわたしとミセス・レイドナーがその男を見た時間を訊き、窓からなかを覗こうとしていたときの様子をもう一度話してくれと頼んだ。

「その男はミセス・レイドナーになんらかの興味を抱いていたのかもしれませんね」と、ラヴィニー神父は思案顔で言った。「これは前々から思っていたことですが、もしかしたら、アラブ人のように見せかけたヨーロッパ人かもしれません」

思いもよらないことだった。いままではアラブ人だと決めてかかっていたが、よくよく考えると、そう思ったのは浅黒い肌の色のためだけで、それ以外の理由は何もない。

ラヴィニー神父は外へ出て、その男が立っていたところに行ってみるつもりだと言った。

「ひょっとしたら、そこに何かを落としていったかもしれません。推理小説では、よくあることです」

「本物の犯罪者はもっと慎重だと思いますけど」

それから、わたしは靴下の繕いをし、それがすむと、みんなが宿舎に戻ってきたときに持っていけるよう居間のテーブルの上に並べた。そのあとは、何もすることがなくなったので、屋上にあがることにした。

そこには、ミス・ジョンソンがいた。わたしの足音が聞こえなかったらしく、すぐ近くへ行くまで気がつかなかった。

わたしのほうはそのまえからミス・ジョンソンの様子がおかしいことに気づいていた。屋上のまんなかに立って、じっと前方を凝視している。その顔には、激しい動揺の色がある。信じがたいものを見てしまったときに浮かべる表情だ。

それを見て、わたしはショックを受けた。

このあいだの夜もどこか変だったけど、そのときとはまったくちがう。

わたしは駆け寄って訊いた。「どうしたんです。何かあったんですか」

ミス・ジョンソンは首をまわして、わたしのほうを向いたが、その目には何も映っていないみたいだった。

「どうしたんですか」と、わたしはもう一度訊いた。

顔が歪み、飲みこもうとしたものが喉につかえているような表情になった。

しばらくして、かすれた声で言った。「いまわかったの」

「何がわかったんです。教えてください。いったいどういうことなんです。顔色がとても悪いようですけど」

ミス・ジョンソンは気持ちを落ち着けようとしているようだったが、動揺の色は消えなかった。

「誰にも気づかれずに宿舎に忍びこむ方法がわかったの。まさかと思うような方法よ」

わたしはミス・ジョンソンの視線の先を追ったが、そこには何もなかった。

ライターが写真室のドアの前に立っていて、ラヴィニー神父が中庭を横切っているだけだ。ほかには何も見えない。

とまどいながら視線を戻したとき、ミス・ジョンソンの目にはとても奇妙な表情が宿っていた。

「どういうことかまったくわかりません。教えてください」

ミス・ジョンソンは首を振った。

「いいえ、いまは駄目。ちょっと待ってちょうだい。それにしても、どうしてかしら。どうしていままで誰も気がつかなかったのかしら」

「お願いですから、どういうことか――」

ミス・ジョンソンはまた首を振った。

「そのまえに考えなきゃならないことがあるの」

ミス・ジョンソンはわたしを押しのけ、おぼつかない足どりで階段をおりていった。わたしについてきてもらいたくないことははっきりしていたので、あえてあとを追いはしなかった。そのかわり、手すり壁に腰をおろして、思案をめぐらした。けれども、答えを見つけだすことはできなかった。外から中庭に入るには、大きなアーチ型の門を通るしかない。門の向こうには、アラブ人の少年が馬を連れて立っていて、インド人の料理人と話をしている。彼らに見られずになかに入ることはできない。

わたしは首を振りながら下におりていった。

24　殺人は癖になる

この日の夜はみな早めにそれぞれの部屋に引きあげた。夕食の席には、ミス・ジョンソンの姿もあったが、このときにはもういつもの冷静さを取り戻していた。それでも、心ここにあらずといった感じは残っていて、話しかけられても気がつかないことが一度ならずあった。

食卓は重苦しい空気に覆われていた。葬儀の日の夕食だから当然だとおっしゃる向きもあるだろう。でも、わたしにはわかっていた。

ここ数日の食卓はいつも暗く、みな黙りこみがちだった。ただ、みんなのあいだには一種の連帯感のようなものがあった。それはレイドナー博士に対する同情心かもしれないし、同じ船に乗りあわせた者どうしの仲間意識かもしれない。

けれども、今夜はちがっていた。そこには、わたしがはじめてここでお茶をしたときのことを思いださせるものがあった。あのときは、ミセス・マーカドがじっとわたしを見つめていた。いまにも何かよからぬことが起きそうな張りつめた空気が漂っていた。

みんなでポアロを囲んで席についたときも、そうだった。やはり張りつめた空気が漂っていた。

今夜はそれ以上だった。全員が極度に神経を尖らせ、ぴりぴりしていた。誰かが何かを床に落としたら、悲鳴があがっていただろう。

さっき言ったとおり、わたしたちは早めにそれぞれの部屋に引きあげた。わたしはそのあとすぐにベッドに入った。眠りに落ちるまえに、わたしの部屋の前でミセス・マーカドがミス・ジョンソンにおやすみの挨拶をする声が聞こえたのを覚えている。

この日は一日中忙しかったし、ミセス・レイドナーの部屋で馬鹿げたことをしたせいもあり、心身ともに疲れていたので、寝つきはよかった。数時間、夢も見ずにぐっすり眠った。

それから、不吉な思いが脳裏をよぎり、はっとして目を覚ました。何か聞こえたような気がしたのだ。ベッドの上で身体を起こして、耳をすましたとき、また聞こえた。

苦しそうなうめき声だった。

わたしは急いで蠟燭に火をつけ、ベッドからおりた。蠟燭が消えるといけないので、懐中電灯も持っていくことにした。音が聞こえたのは、そんなに遠いところからではない。そのとき、また聞こえた。隣りのミス・ジョンソンの部屋からだ。

そこに駆けこんだとき、ミス・ジョンソンはベッドに横たわったまま、身悶えしていた。わたしが蠟燭を置いて、腰をかがめたとき、唇が動き、何か言おうとしたが、小さな声でうめくだけで言葉にはならなかった。口の端と顎の皮膚は焼けただれ、黒っぽくなっている。

目が動いたので、その視線の先を見ると、床の上に、手から落としたと思われるグラスが転がっていた。淡い色の敷物には、真っ赤な染みがついている。わたしはグラスを拾って、そのなかに指を入れた。けれども、次の瞬間にはアッといって、手を引いていた。

それからミス・ジョンソンの口のなかを覗きこんだ。

何があったのかはあきらかだった。故意にかどうかはわからないが、腐食性の酸を飲んだのだ。おそらく蓚酸（しゅうさん）か塩酸だろう。

わたしはすぐに部屋から飛びだして、レイドナー博士を呼びにいった。レイドナー博士はみんなを起こしてまわった。それから、みんなでできるかぎりのことをした。炭酸ソーダやオリーブ油を飲ませたり、痛みをやわらげるためにモルヒネを注射しようとしたり。けれども、それが一時の気休めでしかないことは最初からわかっていた。

エモットはハッサニーまで車を走らせたが、ドクター・ライリーがやってきたときには、すべてが終わっていた。

あえて詳細を語るつもりはない。高濃度の塩酸の嚥下による死（のちにそうであったことが確認された）ほど痛々しいものはない。

死の直前、わたしがモルヒネを注射するために身をかがめたとき、ミス・ジョンソンは必死に何かを言おうとしていた。喉から絞りだしたような、かすれた声が聞こえた。

「窓……窓……」

それだけだった。その先を続けることはできなかった。それで息絶えた。

わたしはその夜のことを一生忘れないだろう。ドクター・ライリーに続いて、メイトランド署長がやってきた。エルキュール・ポアロは夜があける少しまえにやってきた。

ポアロは優しくわたしの腕を取って食事室に入った。そして、わたしを椅子にすわらせ、濃いお茶をいれてくれた。

「さあモン・アンファン、どうぞ……うん、それでいい。少しは落ち着きましたか」

わたしは思わず泣きだしてしまった。

「怖ろしいことです。まるで悪夢です。ひどい苦しみようでした。あのひとの目には……

……ああ、ムッシュ・ポアロ。あのひとの目には……」

ポアロはわたしの肩を軽く叩いた。女性でもこれほど優しくなれないだろう。

「わかっています。わかっていますとも。もう考えないほうがいい。あなたはできるだけのことをしたんです」

「あれは腐食性の酸にちがいありません」

「ええ。高濃度の塩酸のようです」

「土器の洗浄に使っているものですね」

「そうです。眠っているうちに飲まされたか、自分で飲んだかのどちらかです」

「まさか、ムッシュ・ポアロ。自分で飲んだなんて……」

「単なる可能性の問題です。あなたはどう思いますか」

わたしは少し考えて、それから大きく首を振った。

「そうは思いません。自殺なんてことは絶対にありません」わたしは少しためらい、それから思いきって言った。「ミス・ジョンソンは昨日の午後何かを見つけたようです」

「なんです。何を見つけたんです」

わたしはミス・ジョンソンと交わした会話を説明した。

ポアロは低く口笛を吹いた。

「もう少し考えてみると言ったのですね。かわいそうに（ラ・ポーブル・ファム）。そのためらいが命とりになった。そのときあなたに話していれば、死ななくてすんだかもしれないのに。ミス・ジョンソンがなんと言ったかをもう一度正確におっしゃってみてもらえますか」

　わたしはもう一度話した。

「誰にも気づかれずに宿舎に忍びこむ方法がわかったと言ったのですね。では、マ・スール、これからいっしょに屋上にあがって、ミス・ジョンソンが立っていたところへ行ってみましょう」

　わたしはポアロといっしょに屋上にあがり、ミス・ジョンソンが立っていた正確な場所を教えた。

「ここにこうして立っていたのですね」と、ポアロは言った。「としたら、ここからは何が見えるか。中庭の半分、門、作図室と写真室と作業室のドア……中庭には誰かいましたか」

「ラヴィニー神父がちょうど門のほうに歩いていくところでした。写真室のドアの前にはミスター・ライターが立っていました」

「どうもよくわかりませんな。どうすれば誰にも気づかれずに中庭にはいることができたのか。ミス・ジョンソンはいったい何を……」

　ポアロは諦めて首を振った。

「駄目だ（ヴァ）。まったくわからない（サクレ・ノン・ダン・シアン）。ミス・ジョンソンはいったい何を見たんでしょう」

日がのぼりはじめた。東の空がバラとオレンジと真珠の色に染まっていく。

「なんという美しさでしょう」と、ポアロはぽつりとつぶやいた。

わたしたちの左側にはチグリス川が大きな弧を描き、テル・ヤリミアの遺丘が黄金色に浮かびあがっていた。南には、無数の花をつけた木々と畑地がひろがっている。遠くのほうから、水車のまわる小さな音が聞こえてくる。北には、細長い塔とハッサニーの白い町なみが見える。

信じがたいほど美しい光景だ。

このとき、わたしの横で、ポアロが低く長いため息をつくのがわかった。

「馬鹿だった。どうして気がつかなかったのだろう。こんな簡単なことなのに」

25　自殺か他殺か

どういうことなのかポアロに問いただすことはできなかった。メイトランド署長が下から声をかけ、おりてきてくれと言ったからだ。

わたしたちは急いで下におりた。

「すみません、ムッシュ・ポアロ。またおかしなことが起きたんです。修道士がいなくなったんです」

「ラヴィニー神父のことですね」

「ええ。いままで誰も気づかなかったんです。姿が見えないので、部屋に行ってみると、もぬけのからでした。ベッドに寝た形跡もありませんでした」

まるで悪夢のようだった。さっきはミス・ジョンソンの死。そして今度はラヴィニー神父の失踪。

使用人たちを集めて話を聞いたが、何があったかを知る手がかりは得られなかった。

ラヴィニー神父の姿が最後に目撃されたのは、昨日の午後八時ごろだった。そのときの話だと、寝るまえに散歩してくるとのことだったらしい。

けれども、散歩から帰ってきたのを見た者はいない。

いつものように、門は九時に閉められ、門をかけられた。翌朝、門をはずした記憶のある者はいない。ふたりの下働きの少年はおたがいにもうひとりがはずしたのだろうと思いこんでいたらしい。

昨夜、ラヴィニー神父は宿舎に帰ってきたのだろうか。それ以前の散歩の際に何か怪しいものを見つけ、あとでそれを調べにいって、三人目の被害者になったのかもしれない。

ドクター・ライリーがミスター・マーカドといっしょにやってくると、メイトランド署長は振り向いて声をかけた。

「やあ、ドクター・ライリー。何かわかりましたか」

「ええ。あれは塩酸でした。ここの作業室から持ちだされたものです。ミスター・マーカドといっしょに残量をチェックして、わかったのです」

「作業室から？　ドアに鍵をかけていなかったのですか」

ミスター・マーカドは首を振った。手は震え、顔は引きつっている。ずいぶんな取り乱しようだ。

「かけていませんでした。あの部屋は出入りが激しいので。まさかこんなことになるとは――」

「でも、夜はかけていたんでしょ」

「ええ。全部の部屋にかけていました。でも、鍵はいつも居間の入口のそばに置かれています」

「その鍵を使えば、誰でも作業室にあるものを持ちだせるのですね」

「そうです」

「それは普通の鍵ですか」

「ええ」

「ミス・ジョンソンが作業室から塩酸を持ちだしたことを示すものはありませんか」

わたしは声を大にして言った。「あのひとがそんなことをするはずはありません」

誰かの手がわたしの腕に触れたので、振り向くと、ポアロがすぐ後ろに立っていた。

このとき、奇妙なことが起きた。

それ自体はどうということでもない。奇妙な、と思ったのは、それがこの場にまったくそぐわない出来事だったからだ。

一台の車が中庭に入ってきて、小柄な男が飛びおりた。探検用の帽子に丈の短い厚手のトレンチコートという格好だ。

男はドクター・ライリーの横に立っていたレイドナー博士に近づき、親しげに握手した。

「お久しぶりです、博士。お会いできてよかった。土曜日の午後、フジマに向かう途中、ここを通ったので、発掘現場に行ってみたんですがね。そこには現地の作業員しかいなかった。残念ながら、ぼくはアラビア語がまったくしゃべれないんです。でも、宿舎へ寄っている時間はありませんでした。それで、今朝の五時にフジマを出て、通りかかったトラックに乗せてもらい、二時間かけて、ここにやってきたんです。今年の発掘の成果はいかがです」

ありえない。

陽気な声、ざっくばらんな話し方、明るく健康的で、浮世の塵にまったくまみれていないように見える。何も知らず、何も気づいていない。どこまでも陽気だ。

レイドナー博士はため息をつき、ドクター・ライリーに目で助けを求めた。

ドクター・ライリーは意をくんで、来訪者を少し離れたところに連れていき、手短かに事情を説明した。あとで聞いたところによると、ヴェリエという名前のフランスの考古学者で、いまはギリシアの島の遺跡を発掘中であるとのことだった。

ヴェリエは話を聞いて震えあがった。数日前からイタリアの調査団の発掘現場に滞在しているので、最近のニュースは何も聞いていないらしい。

お悔やみの言葉を長々と述べると、レイドナー博士のところへ歩いていって、その手を両手で握りしめた。

「なんという悲劇。ああ。なんという悲劇。おかけする言葉もありません。ご愁傷さまです」

そして、いかにも悲しげに首を振ると、そそくさと車に戻り、走り去った。

あらためて言うが、悲劇のなかに割りこんできた喜劇ほど困ったものはない。

「そろそろ朝食にしましょう」と、ドクター・ライリーは言った。「さあ、レイドナー博士。あなたに必要なのは食事をとることです」

レイドナー博士は憔悴しきっていた。みんなといっしょに食事室に入ると、すぐに葬儀明けの朝食が供された。誰も食欲はないみたいだったが、それでも熱いコーヒーとフライドエッグでやっと人心地つくことができた。レイドナー博士はコーヒーを少し飲んだだけで、パンは手に持ったまま口をつけなかった。顔は土気色になり、心痛と困惑に歪んでいる。

食事のあと、メイトランド署長はふたたび質問を始めた。

わたしは昨夜うめき声を聞いて、ミス・ジョンソンの部屋に駆けていったときのことを説明した。

「グラスは床の上に落ちていたのですね」

「はい。飲んだあと、落としたんだと思います」

「グラスは割れていましたか」

「いいえ。敷物の上に転がっていました。わたしはそれを拾って、テーブルの上に置きました」

「それで納得がいきます。あのグラスには、二種類の指紋しかついておらず、ひとつはミス・ジョンソンのものでした。としたら、もうひとつはあなたのものということになります。話を続けてください」

わたしはそのときどのような応急処置を講じたかを詳しく説明した。それから、そういう処置でよかったのか不安になって、ちらっとドクター・ライリーのほうを見ると、こくりとうなずいてくれた。

「上出来だ。それでよかったんだよ」

たぶんだいじょうぶだとは思っていたけど、それを聞いてほっとした。

「そのとき、ミス・ジョンソンが何を飲んだかわかりましたか」

「いいえ。腐食性の酸だろうってことは想像できましたけど……」

「自殺するつもりで飲んだと思いますか」

「いいえ。そんなことは絶対に考えられません」

どうしてそんなふうに断言できたのかはわからない。もしかしたら、それはポアロの言葉のせいかもしれない。わたしの胸には〝殺人は癖になるという〟という言葉が深く刻みこまれている。かりに自殺だとしても、あのような激痛をともなう方法を選ぶようなことはないはずだ。

そう言うと、メイトランド署長は思案顔でうなずいた。

「たしかに考えにくい。でも、その人間が精神に異常をきたしていて、かつそのような薬品が簡単に手に入るとしたら？」

「ミス・ジョンソンが精神に異常をきたしていたとおっしゃるのですか」

「ミセス・マーカドはそのようなことを言っていました。昨日の夕食時には、いつもとずいぶん様子がちがっていたそうです。話しかけられても、気がつかなかったことが何度もあったとか。精神的にとても不安定な状態にあったので、みずから命を断つことを思いついたのかもしれないとのことでした」

「そんなことはないと思います。絶対に」

まったくもう。なんてことを言うひとなの。

「だったら、どう思っているんです」

「殺されたんだと思います」

「理由は？」

たたみかけるような口調だった。まるで兵営で尋問を受けているみたい。

「普通に考えたら、そうなるんじゃないでしょうか」

「それはあなたの個人的な意見にすぎません。そんなふうに考える根拠はあるんですか」

「あります。ミス・ジョンソンは何かを見つけたんです」

「何かを見つけた？　何を見つけたんです」

わたしは屋上でミス・ジョンソンと交わした会話を正確に話してきかせた。

「でも、何を見つけたのかは言わなかったんですね」

「ええ。もう一度考えてみたいと言っていました」

「でも、そのことでずいぶん動揺していたのですね」

「ええ」

「どうすれば誰にも気づかれずに宿舎に忍びこむことができるのか」と、メイトランド署長はひとりごちた。額には深い皺ができている。「何か思いあたることはありませんか」

「ありません。いろいろ考えているんですが、まったく見当もつきません」

「ムッシュ・ポアロ、あなたはどう思いますか」

「そこに動機があるのはたぶん間違いないでしょうな」

「殺害の動機ですか」

「そうです」

メイトランド署長は眉を寄せた。

「死ぬ間際に、何か言っていませんでしたか」

「ええ。たったひとことだけ」

「なんと言ったのです」

「窓、と」

「窓？　どういう意味かわかりますか」

わたしは首を振った。

「ミス・ジョンソンの部屋に、窓はいくつありましたか」

「ひとつだけです」

「中庭に面しているのですね」

「はい」

「その窓はあいていましたか、それとも閉まっていましたか。わたしが見たときにはあいていたが、そのときは閉まっていて、あとで誰かがあけたのかもしれません」

「いいえ。窓はいつもあいています。もしかしたら――」

わたしは言いかけて、口をつぐんだ。

「続けてください、レザランさん」

「窓にはなんの異常も見あたりませんでした。もしかしたら、窓ごしにグラスを取りかえたのかもしれません」

「窓ごしにグラスを取りかえた？」

「そうです。ミス・ジョンソンはいつもグラスに水を入れて、ベッドの横に置いていました。それを誰かが塩酸の入ったグラスと取りかえたのではないでしょうか」

「あなたはどう思われますか、ドクター・ライリー」

「これが自殺じゃなく、他殺だとすれば、そういったことも考えられるでしょうね。普通の状態なら、水と間違えて塩酸を飲んだりするようなことはないでしょう。でも、夜中に水を飲む習慣があったとすれば、夢うつつの状態で、ベッドから手をのばして、いつものところにあるグラスを取り、致死量以上の塩酸を一気に飲んでしまうことはあるかもしれない」

メイトランド署長はひとしきり思案をめぐらせた。

「もう一度ミス・ジョンソンの部屋の窓を見てみることにします。その窓からベッドの端までの距離は？」

「腕をいっぱいにのばせば、ベッドの脇のテーブルに手が届くくらいです」

「グラスが置いてあったテーブルですね」

「そうです」

「ドアに鍵はかかっていましたか」

「いいえ」

「では、そこからなかに入って、グラスを取りかえることも可能だったわけですね」

「ええ、そうです」

「でも、見つかる可能性はそのほうが高い」と、ドクター・ライリーは言った。「熟睡していたとしても、足音で目を覚ますことはよくあります。窓からテーブルに手が届くとすれば、そのほうが危険は少ない」

「グラスだけじゃない。考えなきゃならないことはほかにもある」と、メイトランド署長はなかば上の空で言い、だがすぐに我にかえって、元どおりの口調で質問を続けた。「そのとき、ミス・ジョンソンは誰かが窓ごしにグラスをすりかえたということを伝えようとしていたのでしょうか。だったら、犯人の名前を告げるほうが簡単だったはずです」

「犯人が誰かわからなかったのかもしれません」

「あるいは、前日、見つけたことをあなたに知らせるべきだと考えたのかもしれない」

ドクター・ライリーがここでまた口をはさんだ。「死ぬ間際の人間が適切な判断を下せなくなるというのは、珍しいことじゃありません。ひとつのことで頭がいっぱいになっていて、ほかに何も考えられなくなるというのはよくあることです。その瞬間、ミス・ジョンソンの頭は、窓からのびた手でいっぱいになっていたのかもしれない。だから、それを知らせるのが何よりも重要だと考えた。実際のところ、そう考えるのは間違ったことじゃない。それはとても重要なことです。ミス・ジョンソンは口がきけたら、こう言ったかもしれません。〝自殺じゃない。自分で塩酸を飲んだのじゃない。誰かが窓から手をのばして、ベッドのそばのテーブルにグラスを置いたのだ〟」

メイトランド署長はそれには答えず、しばらく指でテーブルを叩いていた。

それから、こう言った。「要するに、ふたつのうちどちらかです。自殺か、他殺か。あなたはどちらだと思います、レイドナー博士」

レイドナー博士は少し考えてから、静かに、だがきっぱりと答えた。「他殺だと思います」

「たしかに。アン・ジョンソンは自殺するような人間ではありません」

「普通の精神状態ならそうでしょう。でも、みずから命を断たざるをえない状況だったのかもしれません」

「というと？」

メイトランド署長は腰をかがめて、椅子の横に置いてあった包みを苦労して持ちあげ、テーブルの上に置いた。

「まだ誰も知らないことですが、こういうものがミス・ジョンソンのベッドの下から見つかっています」

結び目をほどいて包みを剝ぎとると、それは大きな石臼であることがわかった。

それ自体は珍しいものでもなんでもない。似たようなものは、ここでいくつも発掘されている。

わたしたちの目を引いたのは、そこについていた黒ずんだ染みと毛髪のようなものだった。

「見ていただけますか、ドクター・ライリー」と、メイトランド署長は言った。「でも、この石臼がミセス・レイドナーを殺害した凶器であることは間違いないと思います」

26　次はわたしだ

身の毛がよだつとはこのことだ。レイドナー博士はいまにも気絶しそうに見えた。わたしは吐き気をもよおしていた。

ドクター・ライリーは脇目もふらずに石臼を調べている。

「指紋はついていなかったんですね」

「ええ、ついていませんでした」

ドクター・ライリーは鉗子でつまんだものに目を凝らした。

「間違いない。皮膚の一部と髪――ブロンドの髪です。これはあくまで暫定的な所見です。血液型などきちんとした検査をしなきゃならないが、疑いの余地はまずないでしょう。この石臼がミス・ジョンソンのベッドの下から見つかったのですね。としたら、それは何を意味しているのか。ミス・ジョンソンは人殺しをして、良心の呵責に耐えきれずに自殺したということです。そう考えたら、筋は通ります」

レイドナー博士は力なく首をふった。

「まさか。そんな——そんなことはありえない」

「でも、この石臼は最初からそこにあったわけじゃありません」と、メイトランド署長は言った。「ミセス・レイドナーが殺害されたとき、どの部屋も念入りに調べられています」

そのとき、わたしはふと思いついた。例の整理棚だ。けれども、あえて何も言いはしなかった。

「おそらく、どこかほかの場所に隠しておいたが、そこはかならずしも安全じゃないと思ったので、調べがすでにおわっている自分の部屋に移したということでしょう。あるいは、自殺する意思を固めたあと持ってきたのかもしれない」

「まさか。信じられません」と、わたしは声を大にして言った。

ミス・ジョンソンがミセス・レイドナーの頭に石臼を振りおろすなんてとても考えられない。想像もできない。でも、そんなふうに仮定したら、説明のつくことがいくつかある。たとえば、先おとといの夜ひとりで泣いていたこととか。わたしはそれを見て、悔やんでいるのだろうと思っていた。でも、もっと大きな、もっと重い犯罪をおかしたことを悔やんでいるとは思わなかった。

「どうもよくわかりませんな」と、メイトランド署長は言った。「ラヴィニー神父の失踪の件もあります。部下がいま近辺を調べているところですが、頭を叩き割られた死体が灌漑用の水路に浮かんでいる可能性もなくはありません」

「そうそう。いま思いだしたんですが――」

全員の視線がわたしに注がれた。

「昨日の午後のことです。ここの窓を覗こうとしていた男について、ラヴィニー神父からあれこれ訊かれたんです。どのあたりに立っていたのかとか。答えると、そこを見にいってみると言いました。推理小説では、犯人が何かを落としていくことがよくあるとのことで……」

「実際にそんな犯人がいたら苦労しませんよ」と、メイトランド署長は言った。「とにかく、ラヴィニー神父はそこへ行ったわけですね。でも、そこで何かを見つけたとは思えません。事件の謎を解く手がかりを、ミス・ジョンソンと同じときに見つけたとしたら、それは驚くべき偶然の一致ということになります。問題はここの窓を覗こうとしていた男です。その男が何かに関係しているのは間違いありません。でも、どこをどう捜しても、なぜか見つからないんです」

「それはその男が斜視ではないからでしょう」ポアロはさらりと言った。

「斜視のふりをしていたということですか。そんなことができるんでしょうか」

「斜視というのはとても使い勝手のいいものです」

「まあいい。斜視にせよ、斜視でないにせよ、なんとかしてその男の所在を突きとめなければなりません」

「これはわたしの推測ですが、すでに国境を越えてシリアに入っているかもしれません」

「国境の検問所にはすべて連絡ずみです。テル・コチェックにもアブ・ケマルにも」

「山岳地帯を抜けていこうとしている可能性もあります。密輸品を積んだトラックがよく使うルートです」

「では、デア・エ・ゾールに電報を打っておくことにします」

「電報なら、昨日のうちにわたしが打っておきました。ふたりの男が精巧な偽造パスポートを使って車で国境を越えようとしているので、注意するようにと伝えてあります」

メイトランド署長は目を丸くした。

「本当に？　ふたりの男？」

ポアロはうなずいた。

「この一件には、ふたりの男がかかわっているのです」

「ムッシュ・ポアロ、どうやらあなたはいろいろなことをお隠しになっているようですね」

ポアロは首を振った。

「いいえ。そんなことはありませんよ。真相がわかったのは、今朝、日の出を見ていたときのことです。とても美しい日の出でした」

このときミセス・マーカドが部屋にいたことに気づいていた者は誰もいないと思う。わたしたちが血のついた恐ろしい石臼を見て呆然としていたとき、こっそり部屋に入ってきたのだろう。

そのミセス・マーカドがとつぜん喉を掻き切られたブタのような金切り声をあげた。

「ああ、なんてことなの！　これでわかったわ。何もかも。ラヴィニー神父だったのね。あいつは狂っている。狂った宗教家なのよ。それで、女は罪深いものだと考え、皆殺しにしようとした。そうに決まってるわ。まずミセス・レイドナー、そしてミス・ジョンソン。その次はわたし……」

ミセス・マーカドは狂ったように叫びながら部屋を横切り、ドクター・ライリーの上着にすがりついた。

「もうここにはいたくない。たとえ一日でも。ここは危険だわ。危険すぎる。あいつはどこかに隠れているのよ。隙を狙っているのよ。わたしに襲いかかるために」

ミセス・マーカドは口を大きくあけて、また叫びはじめた。

わたしはそこへ行って、両頬をぴしゃりぴしゃりと叩き、それからドクター・ライリーの手を借りて椅子にすわらせた。

「あなたを殺そうとするひとはいません」と、わたしは言った。「だいじょうぶ。何も心配することはありません。だから、おとなしくすわっていてください」

それでもう叫ばなくなった。口を閉じ、呆けたように目をぱちくりさせているだけだった。

ここで、また中断があった。ドアが開いて、シーラ・ライリーが入ってきたのだ。顔は青ざめ、厳しい表情をしている。シーラはまっすぐポアロに歩み寄った。

「今朝、郵便局に行ったら、ムッシュ・ポアロ、あなた宛ての電報が届いていたの。だから、持ってきてあげたのよ」

「ありがとう、マドモアゼル」

ポアロが電報を受けとって、封を切り、それを読んでいるあいだ、シーラはじっとその顔を見つめていた。

ポアロの表情はまったく変わらなかった。電報を読みおえると、丁寧に折りたたんで、ポケットにしまった。

ミセス・マーカドもポアロの顔をじっと見つめていた。そして、震える声で尋ねた。

「それはアメリカから来たものですか」

「いいえ、マダム。チュニスからです」

ミセス・マーカドはきょとんとした顔をして深いため息をつき、椅子の背にもたれかかった。

「犯人はラヴィニー神父よ。間違いない。まえから怪しいと思っていたのよ。一度なんかはわたしに向かって——間違いない。あの男は狂ってる」ここで少し間があった。「もういい。とにかく、もうこんなところにはいられないわ。夫といっしょにいますぐここを出ていきます」

「待ってください、マダム」と、ポアロは言った。「これからすべてを説明するつもりです」

メイトランド署長は怪訝そうな顔をしていた。

「事件の謎が解けたということでしょうか」

ポアロはお辞儀をしてみせた。

その芝居がかった仕草に、メイトランド署長は少しむっとしたようだった。

「いいでしょう。だったら、聞かせていただきましょう」

けれども、相手はエルキュール・ポアロだ。ことはそんなにすんなりとは運ばない。わたしにはよくわかっている。ポアロは大向こうをうならせたいのだ。ただし、真実を知っているかどうかはまだわからない。ただ単に一席ぶとうとしているだけかもしれない。

ポアロはドクター・ライリーのほうを向いた。

「お手数ですが、ドクター・ライリー、みなさんをここに集めていただけないでしょうか」

ドクター・ライリーは立ちあがって、部屋から出ていった。しばらくして、調査団のメンバーが部屋にわらわらと集まりはじめた。最初はカール・ライターとデイヴィッド・エモット。続いてビル・コールマン。そして、リチャード・ケアリー。最後にミスター・マーカド。

ミスター・マーカドは死人のような顔をしていた。危険な化学薬品の管理がずさんだったことの責任を問われるのではないかと考えているのかもしれない。

ポアロがはじめてここにやってきた日と同じように、わたしたちはテーブルを囲んだ。けれども、コールマンとエモットはシーラの姿を見て、椅子にすわるのをためらった。

シーラはふたりに背を向けて、窓べに立っている。

「どうしたんだい、シーラ」と、コールマンが訊く。

「椅子にすわったらどうだい」と、エモットが言う。

シーラは振りかえり、ふたりを見つめた。コールマンとエモットはそれぞれ自分の前の椅子をすすめた。どちらの椅子を選ぶか、ちょっとした見ものだった。

結局、どちらの椅子も選ばなかった。

「ここにすわらせてもらうわ」シーラはそっけなく言って、窓のそばの椅子に腰をおろした。「ここにいてもかまわないとメイトランド署長がおっしゃってくれるのなら」

メイトランド署長がどう答えるつもりだったかはわからない。そのまえに、ポアロがこう言ったからだ。

「ぜひいてください、マドモアゼル。いてもらわなきゃならないのです」

シーラは眉を吊りあげた。

「いてもらわなきゃならない？」

「そう申しあげたのですよ、マドモアゼル。あなたにいくつかうかがいたいことがあるのです」

シーラはまた眉を吊りあげたが、何も言わず、そこでこれから何が話されようと自分の知ったことではないというように窓のほうを向いた。

「いいでしょう」と、メイトランド署長は言った。「いよいよ事件の真相があきらかになるわけですね」

その声にはいらだちの色があった。メイトランド署長は基本的に行動派なのだ。ラヴィニー神父が犯人であれ犠牲者であれ、一刻も早く部屋から飛びだしていき、部下に必要な指示を与えて、逮捕するなり死体を捜すなりしたいにちがいない。

その目には反感に近い表情がある。

〝言いたいことがあるのなら、早く言え〟そんな言葉が舌の先まで出かかっているように思える。

ポアロはゆっくり一同を見まわしてから、おもむろに立ちあがった。

芝居がかったセリフが出てくる予感はあった。ポアロはそんなタイプの人間なのだ。

けれども、アラビア語が出てくるとは夢にも思わなかった。

その夢にも思わなかったことが実際に起きた。ポアロはゆっくり、厳かに、うやうやしい口調で言った。

「ビスミラーヒ・アル・ラーマン・アル・ラヒーム」

それから、それを英語に訳した。

「慈悲深く、恵み多きアラーの御名において」

27　旅のはじまり

「ビスミラーヒ・アル・ラーマン・アル・ラヒーム――これはアラブ人が旅立つときの祈りの言葉です。エ・ビアン。われわれもいままさに旅立とうとしているのです。過去への旅に。人間の魂という不思議な場所への旅に」

そのときまで、わたしは〝東洋の魅惑〟などというものを感じたことはなかった。これまでこの地で目についたものといえば、町や村の汚らしさだけだった。けれども、ムッシュ・ポアロの言葉を聞いたとき、奇妙な幻影がわたしの頭のなかに浮かびあがってきた。サマルカンドやイスファハンなどというエキゾチックな地名。長い顎ひげをはやした行商人。地面にうずくまるラクダ。額にまわした紐で支えた荷物を背にして歩く人足。チグリス川のほとりで洗濯をしている女たち。ヘンナで染めた髪や、刺青（いれずみ）を入れた顔。不思議に物悲しい歌。遠くから聞こえてくる水車の音。

これまではなんの気なしに見たり聞いたりしていたものばかりで、深く考えたことは一度もなかった。いまはそれがまったくちがうもののように思える。ぼろっちく、薄汚いだけと思っていたものが、光を当てると、古い刺繍のような鮮やかな色彩を帯びていたことに気づくように……

わたしは部屋のなかを見まわした。たしかにポアロの言葉は真実をうがっているような気がする。わたしたちはいままさに旅立とうとしている。いまは同じところにいるが、これからはそれぞれ別の場所へ赴こうとしているのだ。

わたしはひとりひとりの顔をゆっくり見ていった。初対面のときのように。と同時に、別れのときのように。おかしな言い方かもしれないが、本当にどちらともいえるのだから仕方がない。

ミスター・マーカドはいらだたしげに指を絡みあわせて、瞳孔の開いた目でじっとポアロを見つめている。ミセス・マーカドは夫から目を離そうとしない。そこからは、身構えている虎のような警戒心が伝わってくる。レイドナー博士は身体がしなびて小さくなったように見える。今回のことで急に気持ちが萎えてしまったのだろう。どこか遠いところをさまよっていて、部屋のなかにいないのではないかと思うくらいだ。コールマンは口を半開きにし、目を大きくあけ、間の抜けた顔でポアロを見つめている。エモットは自分の足もとに目を向けているので、顔はよく見えない。ライターは困惑の表情だ。

唇をすぼめているので、いつも以上に可愛らしいブタさんのように見える。シーラはじっと窓の外を見つめている。何を感じ、何を考えているかは、まったくわからない。ケアリーの顔は見ていられないくらいにやつれている。

たしかにいまはみなひとつところに集まっている。でも、ポアロの話が終わると、すぐにばらばらになってしまいそうな気がしてならない。

なんだか不思議な感覚。

ポアロは静かに話しはじめた。川が岸のあいだを滔々と流れていき、やがて海に注ぐように。

「わたしは最初からこんなふうに考えていました。この事件の謎を解くためには、具体的な痕跡や手がかりではなく、個々人の感情のもつれや心の秘密をあきらかにしなければならないのではないか。

いまはついに真相をとらえたと確信しています。しかしながら、それを裏づける物的な証拠は何もありません。そう確信するにいたったのは、それが当然の帰結であり、そうでなかったら、筋が通らず、種々の事実がおさまるべきところへおさまらなくなるからです。わたしにとっては、それがもっとも納得のいく解決法なのです」

ここで少し間があり、それからポアロはふたたび話しはじめた。

「わたしは自分がこの事件にかかわったときから——それが自分の前に既成事実として立ち現われたときから話を始めたいと思っています。さて、そこでなんですが、わたしの考えでは、どの事件にもかならず特定のパターンがあります。今回の事件のパターンは、ミセス・レイドナーの人柄を知ることによって見えてくるように思われました。逆にいうと、ミセス・レイドナーがどのような人物だったかを知らなければ、殺害の動機も犯人もわからないということです。

ミセス・レイドナーの人となり。それがわたしの出発点でした。

さらにもうひとつ興味深い心理学的な問題がありました。調査団のメンバーのあいだに漂っていたとされる奇妙な緊張感です。外部の人間も含めて、多くの者がそう言っていました。最初からというわけではありませんが、それはこの事件を調べている間じゅうずっと頭のなかに入れておかなければならないことでした。

普通に考えたら、そうなったのはミセス・レイドナーが調査団のメンバーに与えている影響のせいです。理由はあとで説明しますが、この点に関して、わたしは違和感を覚えずにはいられませんでした。

先ほど申しあげたように、わたしは被害者の人となりを知ることを第一義としていました。それを知る方法はいくつかあります。ひとつは、まわりの者に対してどのように振るまっていたかです。それは個々人の性格や気質によって大きく異なっていました。そのなかには、わたしが自分で見つけだしたこともあります。もちろん多くはありません。それでも、おおよそのことはわかりました。

ミセス・レイドナーは質素で、飾らないひとでした。贅沢とは無縁でした。その一方で、趣味にしていた刺繍は、とても繊細で、美しいものでした。それは選り好みの強い芸術家かたぎを示すものといっていいでしょう。また、部屋にあった本からも、わかることはいくつかありました。優れた頭脳の持ち主であり、同時にきわめて自我の強い人間だったということです。

ミセス・レイドナーは異性の注意を引きつけることばかり考えていたという見方があります。要するに多情な女性だったというわけです。でも、わたしはそうは思いません。

それは本棚に並んでいた本のタイトルを見てもあきらかです。

『ギリシア人とは何者なのか』、『相対性理論序説』、『へスター・スタノップの生涯』、『クリュー列車』、『思想の達しえるかぎり』、『リンダ・コンドン』等々。

そこからわかるのは、第一にミセス・レイドナーが現代科学と文化に大きな関心を持っていたということ。つまり、それだけ知的な女性であったということです。『リンダ・コンドン』や『クリュー列車』という小説を読んでいたということは、男に束縛されない、自立した女性に共感を寄せていたということでしょう。レディ・ヘスター・スタノップにはその人間性に魅せられていたにちがいありません。『リンダ・コンドン』は女性による女性の賛美の書であり、『クリュー列車』の主人公は情熱的な個人主義者です。『思想の達しえるかぎり』は、感情的にではなく知的に生きよと説いています。

こんなふうに見ていくことによって、ミセス・レイドナーの人物像は徐々にあきらかになっていきました。

周囲にいた者の反応を考えあわせると、それはより完全なものになります。ドクター・ライリーを含む何人かの話によると、美貌だけでなく、悲劇をもたらす魔性のようなものも生まれながらに持っていたにちがいありません。それには美貌が伴っていることもあれば、伴っていないこともある。そのような女性は行く先々で騒動を起こすものです。ときには他人に、ときには自分自身に禍（わざわい）をもたらすのです。

ミセス・レイドナーは本質的には自分を愛し、何よりも力の感覚を好む女性だったと思います。どこにいても、つねに人々の中心にいなければ気がすまないのです。まわりにいる者は、そして、男女を問わず、みなその支配下に入らなければなりません。ひとによっては、それはそんなにむずかしいことではないでしょう。たとえば、ミス・レザラン。ロマンチックな想像力に富んだ心優しい女性で、たちまちのうちに魅了され、心酔するようになりました。けれども、ミセス・レイドナーが力を行使する方法はもうひとつありました。恐怖によるものです。他人を簡単に征服できたときには、残酷さがあらわになることもあったようです。ただ、念のために言っておきますが、それは意識的な残酷さではありません。ネズミに対するネコの行動のような、ごく自然で無意識的なものです。そうでないかぎりは、とても親切で、思いやり深い女性でした。

さて、この事件でもっとも重要な問題は、匿名の手紙の謎を解くことです。誰が、どうしてあのような手紙を書いたのか。わたしは自分に問いかけました。それはミセス・レイドナーが自分で書いたものなのか。

この問いに答えるためには、遠い昔にさかのぼらなければなりません。ルイーズ・レイドナーが最初に結婚したときです。わたしたちの旅はそこから始まるのです。それはルイーズ・レイドナーの命の旅でもあります。

ここではまず、その本性はいまも昔も基本的には変わっていないということを押さえておく必要があります。

若いころも、もちろん美しかったでしょう。外見だけではなく、いまと同じように、男の心を惑わせ虜（とりこ）にする不思議な力の持ち主だったにちがいありません。当時も本質的にはエゴイストだったはずです。

この種の女性には、結婚を疎んじる傾向があります。男を惹きつけるが、男のものになることは望んでいない。まさしく〝つれなき美女（ベル・ダーム・サン・メルシー）〟です。それでも結婚したのは、その男が並みの人間ではなかったからにちがいありません。

そして、その後、夫の国家的な反逆行為があきらかになったときには何をしたか。これはミス・レザランが本人から直接聞いた話です。政府に通報したのです。

この行動には、きわめて重要な意味が含まれていると思います。ミス・レザランが聞いたところによると、当時は熱烈な愛国主義者で、だからあんなことをしたとのことでした。しかしながら、みずからの行動の動機について自分を欺こうとするのは、珍しいことではありません。われわれは他人によく思われるような言いわけを本能的にするものです。愛国心というのは表向きの理由で、本当は夫を排除したいという無意識的な願望の結果だったのかもしれません。支配されることを嫌い、他人のものになるという感覚に耐えられなかったのです。もっと言うなら、脇役に甘んじることができなかった。それで、自由を取り戻すために愛国主義を盾に取ったのです。

とはいえ、意識の底には強い罪の意識が根づき、それがその後の運命に大きな影響を与えることになります。

では、次に脅迫状の問題に移りましょう。ミセス・レイドナーは男性にとってはきわめて魅力的な女性でした。求婚されたことも何度かありました。だが、そのたびに脅迫状が送られてきて、結局のところ実を結ぶことはなかった。

誰がいったいそのようなものを書いたのか。フレデリック・ボスナーか。弟のウィリアムか。それとも、ミセス・レイドナー自身か。

いずれの場合にも、そう考える根拠はあります。ミセス・レイドナーは男を惑わせ、虜にするような魔性の持ち主でした。フレデリック・ボスナーにとって、世にふたりといない、かけがえのない女性だったことは容易に想像できます。それで、裏切られたあとも未練は断ちがたく、よりを戻すために表だって何かをするということはなかったものの、彼女はあくまで自分のものであり、絶対にほかの男に渡すわけにはいかないと心に決めた。ほかの男のものになるなら、いっそ殺してしまったほうがいいというわけです。

ミセス・レイドナーは結婚というかたちの束縛を心の底から嫌悪していた。とすれば、そこから逃れるために脅迫状という手段を取ったということになります。いったん捕らえた獲物には、もうなんの興味もなくなるハンターと同じです。もしかしたら、自分の人生をドラマ化することを望んでいたのかもしれません。それで、お気にいりのドラマをつくりあげた。死んだ男がよみがえり、結婚の邪魔をするというドラマです。本人はその結果に大いに満足していたはずです。ロマンチックな悲劇のヒロインになることができ、しかも結婚せずにすむのですから。

　こういった状態が何年も続きました。結婚の話が持ちあがるたびに脅迫状が送られてきたのです。

　ここでとても興味深いことが起きました。レイドナー博士の登場です。このときは何も送られてこなかった。結婚の邪魔をするようなことは何も起こらなかった。脅迫状が送られてきたのは、結婚したあとのことです。

　当然ながら、ここでひとつ疑問が生じます。いったいどうしてなのか。

　では、それぞれの仮説について、ひとつひとつ検討していきましょう。

　ミセス・レイドナーが自分で脅迫状を書いたとすれば、答えは簡単です。レイドナー博士とどうしても結婚したかったからです。それで実際に結婚した。でも、だったらなぜ結婚後にまた脅迫状を書いたのか。それほどドラマをつくるのが大事なのか。さらには、どうして二通の脅迫状しか書かなかったのか。その後の一年半は一通の脅迫状も送られてきていないのです。

　が、とりあえず、次の仮説に移りましょう。脅迫状を書いたのは最初の夫フレデリック・ボスナー、あるいはその弟のウィリアム・ボスナーだったとしましょう。とすれば、脅迫状はどうして結婚後に送られてきたのか。レイドナー博士との結婚をフレデリックあるいはウィリアムが望んだとは思えません。だったら、どうして結婚を阻止しようとしなかったのか。それ以前の結婚はすべて阻止しているのに。どうして、ふたりが結婚するまで待って、そのあと脅迫しはじめたのか。

あまりいい答えではありませんが、なんらかの理由で結婚前には行動できなかったのかもしれません。たとえば、刑務所に入っていたとか、外国に旅行していたとか。

ガス漏れ騒動の件もあります。それが外部の人間の仕業であるとは思えません。考えられるのは、レイドナー夫妻のどちらかです。でも、レイドナー博士がそんなことをしなければならない理由は見あたりません。としたら、やはりそれはミセス・レイドナーが仕組んで、実行したことなのか。

でも、どうして？　これもドラマのためか。

その後、夫妻は海外に出て、一年半のあいだ、幸福で平和な生活を送っています。その間、どんな脅迫も受けることはありませんでした。それはふたりがうまく行方をくらますことができたからだという理屈は、たぶん成り立たないでしょう。いまの時代、外国へ行ったからといって、そう簡単に姿をくらませることはできません。このふたりの場合はなおさらです。レイドナー博士は博物館から派遣された遺跡調査団の団長なんです。博物館に問いあわせたら、居場所はすぐにわかります。あとを追うことまではできなかったとしても、脅迫状を送るくらいのことは容易にできたはずです。その程度の執念深さはあって当然でしょう。

なのに、ふたたび脅迫状が送られてくるようになるまで、二年近くの空白期間があった。

逆にいうと、なぜそのあとまた脅迫状が送られてくるようになったのか。

それはひじょうにむずかしい問題です。もっともわかりやすい答えは、ミセス・レイドナーが退屈しのぎにまたドラマづくりを始めたというものです。ですが、わたしはこの答えに満足していません。ミセス・レイドナーの性格からして、あと先の考えもなく、そのような軽率なことをするとは考えにくいからです。

この問題には、どこまでも虚心坦懐を旨としてかかる必要があります。

可能性としては三つほど考えられます。その一、脅迫状はミセス・レイドナー自身が書いた。その二、フレデリック・ボスナーあるいは弟のウィリアム・ボスナーが書いた。その三、最初のころのものは、先の三人の誰かが書き、ここに来てからのものは、それとは別の人間が書いた。つまり、以前の脅迫状のことを知っていた者がそれを真似たということです。

ここからはミセス・レイドナーのまわりにいた者たちについて考えていきたいと思います。

まずは殺人の機会があったかどうか。

おおざっぱにいって、殺人の機会は全員にありました。表面的になさそうに見えるのは三人だけです。

まずはレイドナー博士。屋上から一度もおりていないという複数の供述があります。ミスター・ケアリーは発掘現場にいました。ミスター・コールマンはハッサニーに行っていました。

しかしながら、それぞれのアリバイは見かけほど確としたものではありません。例外はレイドナー博士だけです。レイドナー博士がずっと屋上にいて、事件発生の一時間十五分後までそこから一度もおりていないことは疑問の余地がありません。

ミスター・ケアリーはちがいます。ずっと発掘現場にいたかどうかはわかりません。

ミスター・コールマンも同様で、事件が起きたときにハッサニーにいたかどうかははっきりしません」

コールマンは顔を真っ赤にして、口をあけ、そして閉じ、不安げにまわりを見まわしている。

ケアリーの表情はまったく変わらない。

ポアロは淀みなく話を続けた。

「その気になれば殺人をおかすことができると思える者は、ほかにもいます。ミス・シーラ・ライリーは頭もいいし、度胸もある。さらには、ある種の冷酷さも持っています。ミセス・レイドナーのことを話していたとき、わたしはアリバイはあるのかと冗談めかして尋ねました。おそらく心のどこか殺意のようなものがあったのでしょう。とっさに馬鹿げた嘘をつきました。その日の午後はテニスをしていたと言ったのです。翌日、ミス・ジョンソンから話を聞いて、じつはテニスなどしていなかったことがわかりました。事件の起きた時刻には、宿舎の近くにいたそうです。でも、この点については、ミス・ライリーが犯罪と無関係であるとすれば、本人の口から直接話を聞いたほうがいいかもしれません」

ポアロはここでいったん話を中断し、シーラのほうを向いた。

「事件当日、どこで何をしていたか話していただけますか、ミス・ライリー」

すぐには答えなかった。シーラは振りかえりもせず、じっと窓の外を見つめていた。しばらくして、ようやく吹っ切れたような口調で言った。

「昼食後、馬で発掘現場へ行ったのよ。着いたのは一時四十五分ごろだったかしら」

「そこには誰がいました」

「誰も。現地の作業員だけよ」

「ミスター・ケアリーの姿もなかったのですね」

「ええ」

「なるほど。同じころ、ムッシュ・ヴェリエがそこへ行ったときも、作業員しかいなかったと言っていました」

ポアロはうながすような目をケアリーに向けた。けれども、ケアリーは黙りこくったままで、眉ひとつ動かそうとはしない。

「説明していただけませんか、ミスター・ケアリー」

「散歩にいっていたんです。その日はたいした成果が得られなかったので」

「どちらの方向に歩いていったんです」

「川のほうです」

「宿舎に戻ったんじゃないんですね」

「ちがいます」

「わかってるわ」と、シーラは言った。「誰かを待ってたんでしょ。でも、そのひとは来なかった」

ケアリーはシーラを見つめたが、何も言いかえさなかった。

ポアロはそれ以上深追いせず、ふたたびシーラのほうを向いた。

「ほかに何か見たものはありませんか、マドモアゼル」

「あるわ。宿舎の近くまで来たとき、調査団の車が小川のほとりにとまっていたの。どうしたんだろうと思って目をこらすと、そこにミスター・コールマンがいたのよ。何かを捜しているみたいに下を向いて歩きまわっていた」

「困ったな」コールマンが言った。「ぼくはあのとき……」

ポアロは威厳に満ちた身ぶりで制した。

「ちょっと待ってください。ミス・ライリー、あなたはそのときミスター・コールマンに声をかけましたか」

「いいえ」

「どうしてです」

「だって、人目をはばかるようにして、きょろきょろまわりを見まわしているんだもの。どう考えたって、普通じゃない。だから、わたしは何も言わずに馬の首をめぐらして、すぐにそこから離れたのよ。彼はたぶん何も気づかなかったと思うわ。夢中になって何か捜しているようだったから」

「待ってください」コールマンはもう黙っていられなくなったようだった。「変に思われるのも無理はないでしょうが、これはちゃんと説明できることなんです。そのまえの日に、出土品の円筒印章を保管室にしまわずに、上着のポケットに突っこんでいたんだけど、そのことをすっかり忘れてしまっていたんです。あとで思いだして、ポケットを調べたら、なくなってるじゃありませんか。どこかに落としたにちがいありません。面倒なことになるのがいやだったので、ぼくはそれをひとりで捜すことにしました。宿舎と発掘現場のあいだのどこかに落としたのは間違いありません。それで、ハッサニーで現地の子供に買い物を頼み、大急ぎで用事をすませて、早めに帰路についたんです。その途中、車を人目につかないところにとめて、一時間ほどあちこち捜しまわったんですがね。結局は見つからなかった。だから、諦めて車に乗り、宿舎に帰ったんです。みんなは普通に帰ってきたと思っていたはずです」

「途中で何をしていたか誰にも話さなかったんですね」

「ええ。あのような場合、それは当然のことでしょ」

「そうでしょうか」

「そうですとも。トラブルはすべからく避けて通るべし。これがぼくのモットーなんです。でも、だからといって、ぼくが嫌疑をかけられる理由はないはずですよ。中庭に入ってもいないし、それを見たという者もいないんだから」

「そう。そこが問題なんです。使用人はたしかになかに入ってきた者はひとりもいなかったと言っています。でも、よく考えたら、それはかならずしもそうではないのではないか。彼らが言ったのは、外部の者は——いいですか、外部の者はなかに入ってきていないということかもしれません。内部の人間について訊かれたわけではないのですから」

「だったら、そう訊いてみたらどうです。ぼくやケアリーの姿を見たと言ったら、帽子を食べてみせますよ」

「わかりました。ただ、その場合にでも、もうひとつの問題が残ります。外部の人間なら、間違いなく気がついていたでしょう。でも、それが内部の人間だったらどうか。調査団のメンバーはひっきりなしに宿舎を出たり入ったりしています。そんなことには誰も気をとめないでしょう。あなたやミスター・ケアリーが宿舎に入ってきたとしても、誰も何も覚えていないはずです」

「やれやれ。まいりましたね」

「でも、誰にも気づかれずに宿舎に出入りできた可能性は、どちらかというとミスター・ケアリーのほうが高い。あなたは車でハッサニーに出かけたのだから、当然、車で帰ってくると思われていたはずです。なのに、歩いてかえってきたら、使用人は不思議に思うでしょう」

「もちろんです」と、コールマンは言った。

ケアリーが顔をあげた。青い目がまっすぐにポアロを見据えている。

「わたしが犯人だと言おうとしているのですか、ムッシュ・ポアロ」

その物腰は落ち着いているが、声には危険なトーンがあった。

ポアロはお辞儀をしてみせた。

「いまのところ、わたしはあなたたち全員を旅にお連れしようとしているのです。真実への旅へ。現時点ではっきりしていることはひとつだけです。つまり、調査団のメンバー全員に、そしてミス・レザランにも、一様に殺人をおかす可能性があったということです。可能性の高い低いは、副次的な問題にすぎません。

さて、犯行の方法と機会については、このくらいにしておきましょう。次は動機です。これまでにわかったかぎりでは、犯行の動機はあなたがた全員にあります」

「まあ、ムッシュ・ポアロ」と、わたしは叫んだ。「どうしてわたしに？　わたしは部外者なんですよ。ここに来たばかりなんですよ」

「エ・ビアン、マ・スール。でも、ミセス・レイドナーが恐れていたのは、まさしくそのような人物だったのではありませんか。外部の見知らぬ人間だったのではありません か」

「でも――でも、ドクター・ライリーはわたしがどんな人間かよくご存じです。だから、お仕事の口ききをしてくれたんです」

「ドクター・ライリーがどれだけあなたのことを知っているというんです。そのほとんどはあなたの口から聞いたことじゃありませんか。詐欺師が看護婦になりすましていたことはこれまでにもありましたよ」

「聖クリストファー病院に問いあわせてください。そうしたら、すぐにわかります」

「お願いですから、しばらく黙って話を聞いていてくれませんか。こんなふうに議論をしていると、話が前に進みません。わたしはあなたが怪しいと言っているわけじゃないんです。客観的に考えれば、何者かがあなたになりすましている可能性は否定できないと言っているだけなんです。世のなかには、女性に変装するのが上手な男もいますからね。ウィリアム・ボスナーもそういった人間のひとりかもしれません」

わたしはむっとして、やりかえそうとした。女性に変装した男だなんて！　けれども、ポアロがこれまでより大きな声で朗々と話しはじめたので、結局は何も言わずにおくことにした。

「酷かもしれませんが、率直に申しあげなければなりません。それはどうしても必要なことなのです。いまわたしがしなければならないのは、この状況の基本的な構造をあきらかにすることです。

わたしはここにいる者全員を検討の対象にしました。まずレイドナー博士についてですが、奥さまに対する愛情が生きる力の源泉になっていたのはあきらかです。いまは悲しみに打ちひしがれ、憔悴しきっています。ミス・レザランについては、すでに言ったとおりです。男が変装しているとすれば、見事な化けっぷりとしか言いようがありませんか。でも、たぶんそんなことはないと思います。ミス・レザランが有能な看護婦であるのはまず間違いないでしょう」

「褒めていただかなくてもけっこうです」と、わたしは言った。

「最初に不審に思ったのは、マーカド夫妻でした。ふたりともひどく興奮して、落ち着かない様子だったからです。まずはミセス・マーカドからですが、物理的に殺人は可能だったのかどうか。可能だった場合、その動機はなんだったのか。

ミセス・マーカドは華奢な身体つきをしています。あのような重い石臼を頭の上に持ちあげることができるとは思えません。でも、相手が膝をついていたとしたら、少なくとも物理的には可能です。相手をひざまずかせる方法はいくらでもあります。何も謝らせたり、すがりつかせたりする必要はありません。たとえば、スカートの裾をあげて、ピンでとめてくれと頼むだけでいい。そうすれば、相手はなんの疑いもなく膝をつくはずです。

でも、動機は？　ミス・レザランの話だと、しばしばミセス・レイドナーを憎々しげに睨んでいたそうです。夫がミセス・レイドナーに熱をあげていたからです。でも、そのような嫉妬が謎を解く鍵になるとは考えにくい。それは単なる片思いにすぎなかったようですし、ミセス・マーカドもそのことはよく知っていたはずです。一時的な怒りに駆られることはあったかもしれないが、殺人にはもっと強く、激しい怒りが必要です。ミセス・マーカドは基本的には母性本能の強い女性です。夫を見るときの目からして、それはあきらかです。夫を愛しているというだけではありません。夫のためなら、どんなことでもするにちがいない。実際にそうしなければならないときがくると思っていた。それで、たえず用心し、警戒を怠らなかった。自分のためにではなく、夫のために。何が問題なのかは、ミスター・マーカドの挙動を見れば、すぐにわかりました。簡単な小細工をして、それをたしかめもしました。ミスター・マーカドは麻薬の常習者であり、重度の中毒者だったのです。

長期間にわたって麻薬を使用しつづけると、道徳観念が失われてしまうことは、あらためて指摘するまでもないでしょう。

麻薬の支配下にあると、普通なら夢にも思わないことをしてしまうものです。殺人もそのひとつですが、麻薬中毒者に犯行の責任を問えるかどうかはむずかしい問題です。この点についての法的解釈は国によって少しずつちがっています。そういった麻薬中毒の犯罪者のもっとも顕著な特徴は、みずからの頭脳に過剰な自信を持っているという点にあります。

もしかしたら、ミスター・マーカドは過去になんらかの不祥事、もしくは犯罪を起こし、夫人がそれをなんとか揉み消すということがあったのかもしれません。でも、だからといって、それで安泰というわけにはいきません。過去のあやまちが明るみに出て、ひとの口の端にかかるようになったら、身の破滅という事態になりかねない。よほど注意してかからなければなりません。そこにミセス・レイドナーという女性が現われた。高い知性をもち、力の感覚を好む女性です。もしかしたら、片思いの哀れな男から秘密を言葉巧みに聞きだしたのかもしれない。他人のいまわしい秘密を握り、それをいつでも好きなときに暴露し、破滅的な事態を生じさせることができるというのは、あのような性格の持ち主にとってはなかなか魅力的なことではないでしょうか。

こんなふうに考えると、マーカド夫妻にも殺人の動機があったことになります。ミセス・マーカドは夫を守るためならどんなことでもする。犯行の機会もあった。あの十分間には、中庭に誰もいなかったのですから」

ミセス・マーカドは叫んだ。「いい加減なことを言わないでちょうだい！」

ポアロはとりあわなかった。

「次はミス・ジョンソンです。はたして殺人犯である可能性はあるのか。わたしはあると考えています。ミス・ジョンソンは強固な意志と鋼のような自制心の持ち主です。そのような人間はいつも自分をおさえつけているものです。だから、いつか折れるときが来る。もしミス・ジョンソンが犯人だとしたら、その理由はレイドナー博士と関係のあることにちがいありません。レイドナー博士の人生が夫人のせいで損なわれているという思いが確信に変われば、心の奥に眠っていた嫉妬心に火がつき、燃えあがるということも充分にありえます。

そうです。ミス・ジョンソンも除外することはできません。

次は三人の青年です。

まずカール・ライターから。もしウィリアム・ボスナーが調査団のメンバーであるとしたら、その可能性がもっとも高いのはミスター・ライターです。でも、そうだとしたら、ミスター・ライターは希代の名優ということになります。

では、なりすましではないとしたら？　ミスター・ライターに殺人をおかす理由はあったのか。

ミセス・レイドナーから見れば、ミスター・ライターは簡単に手玉に取れる相手でした。一も二もなく術中にはまり、すっかりのぼせあがってしまった。でも、弱みを見せたら、つけこまれるのは世の習いです。ミセス・レイドナーはわざと冷たくあたりました。皮肉ったり、嘲ったり。ミスター・ライターにすればたまったものじゃなかったでしょう」

ポアロはとつぜん口を閉ざし、それから内々の話をするような親しげな口調でライターに言った。

「これはとてもいい教訓になると思いますよ、モナミ。きみは男です。男なら、男らしく振るまうべきです。男が卑屈な態度をとるのはよくありません。女性に見つめられて、毛虫みたいに身をくねらせるより、近くにあるいちばん大きな皿をつかんで、その女性の頭に投げつけたほうがいい場合もあるということを覚えておくべきです」

私的な打ちとけた物言いは、ふたたび演説口調に戻った。

「ミスター・ライターはそのようなむごい仕打ちに耐えられなくなって、ミセス・レイドナーに敵意を抱き、犯行に及んだのか。女性からそのような扱いを受けたとき、男はどんな行動に出るかわからないものです。今回もそのことを否定することはできません。次はビル・コールマンです。先にミス・ライリーが言ったように、その行動にはたしかに疑わしいところがありました。彼が犯人であるとしたら、その陽気な性格はウィリアム・ボスナーの人格を隠すためのものということになります。ビル・コールマンという表向きの顔に殺人者の相を見てとることはできません。ミスをおかすとすれば別のところでということになります。どうやらミス・レザランはそのことに気がついたようですな」

どうしてわかるのだろう。何かを思いついたようなそぶりは見せなかったはずなのに。

「ごく些細なことです」と、わたしはためらいがちに言った。「本当かどうかわかりませんが、ミスター・コールマンは筆跡の模倣が得意だという話をしていました」

「なるほど。つまり、古い脅迫状を見ることができたら、それを巧みに偽造することができるというわけですね」

コールマンが叫んだ。「よしてください。冗談じゃない。でっちあげとはこのことですよ」

ポアロはかまわず話を続けた。

「ミスター・コールマンがウィリアム・ボスナーなのかどうか。それはそう簡単に決められることではありません。後見人の話はしていたが、父親の話はしていないということもあります。ミスター・コールマンがウィリアム・ボスナーでないと断定できる根拠は何もありません」

「ばかばかしい。どうしてみんなこんな戯言を黙って聞いているんです」

「三人の青年のうちの最後はミスター・エモットです」ポアロは話を続けた。「ウィリアム・ボスナーのなりすましであるという可能性は、同様に否定できません。ミセス・レイドナーを殺害する個人的な理由については、たとえあったとしても、それを知るすべはありません。ミスター・エモットは自分の内面を巧みに隠すことができる人物です。挑発したり、うまく言いくるめて、それを聞きだすことはむずかしいでしょう。わたしが思うに、調査団のなかでは、ミセス・レイドナーの人格をもっとも客観的に、そして正確に判断できる人物でもあります。ミセス・レイドナーがどのような女性であるかよく知っていた。でも、それをどのように受けとめていたかをうかがい知ることはできません。ただミセス・レイドナーはそのことを快く思っていなかったはずです。もしかしたら、怒っていたかもしれません。

　性格と能力という点に限っていえば、ミスター・エモットほど巧妙かつ迅速に犯行をなしとげられる者はいません」

エモットはそれまでずっと自分の靴を見つめていたが、ここでようやく顔をあげた。

「お褒めいただいたことに感謝します」

その声には、どことなく楽しそうな響きが混じっていた。

「最後に残ったのは、リチャード・ケアリーとラヴィニー神父です。ミス・レザランらの話だと、ミスター・ケアリーとミセス・レイドナーは反りがあわなかったとのことでした。だから、無理に礼儀正しくしていたというのです。しかしながら、ふたりの他人行儀なよそよそしさについて、ミス・ライリーはそれとはまったくちがう考えを持っていました。

わたしはなるほどと思いました。それで、ミスター・ケアリーを挑発して、不用意な発言を引きだし、その確証を得たのです。それはそんなにむずかしいことではありませんでした。ミスター・ケアリーが神経を極度に擦り減らしていることは最初からわかっていました。実際のところ、精神に破綻をきたす一歩手前まで行っていました。そこまで追いつめられた人間はもろいものです。

壁はすぐに崩れました。ミスター・ケアリーはミセス・レイドナーを憎んでいたと言ったのです。そのときの思いつめたような表情は、間違いなく作りものではありませんでした。

そして、その言葉にも嘘はなかった。ミスター・ケアリーはたしかにミセス・レイドナーを憎んでいました。でも、それはなぜなのか。

わたしは先ほど悲劇をもたらす魔性の女の話をしました。ですが、男のなかにも、そのような力を持つ者はいます。何もしなくても女性の心を強烈に引きつけることができるのです。最近では〝セックス・アピール〟と呼ばれているようですがね。ミスター・ケアリーもそういった資質を持つ者のひとりでした。ミスター・ケアリーはレイドナー博士の友人であると同時に部下でもあります。最初のうちは、夫人になんの関心も示していませんでした。これがミセス・レイドナーの癇にさわったのです。自分は支配者でなくてはならなかったからです。そこで、ミスター・ケアリーの気をひきにかかりました。ところが、ここで予期していなかったことが起きた。おそらく生まれてはじめてのことでしょう。自分自身が狂おしい情熱の虜になってしまったのです。恋をしてしまったのです。リチャード・ケアリーを心から愛してしまったのです。

ミスター・ケアリーのほうも抗うことはできませんでした。神経を極度に擦り減らすことになったのはそのためです。それは当然のことでしょう。その感情はふたつに引き裂かれていました。片方で愛し、もういっぽうで憎んでいたのです。友人を裏切ることになったからです。意志に反して愛してしまった者への憎しみは、なまじっかなものではなかったはずです。

それで動機はあきらかになりました。しかるべき機会があれば、リチャード・ケアリーは渾身の力をこめて、男心を惑わす美しい顔に凶器を振りおろしたにちがいありません。

これは情痴殺人だろうと、わたしは最初から考えていました。だとしたら、ミスター・ケアリーほど犯人にふさわしい人物はいません。

候補者はもうひとりいます。ラヴィニー神父です。最初に不審に思ったのは、窓を覗こうとしていた男についての描写が、ミス・レザランのものと大きく食いちがっていたからです。どのような目撃者の話であっても、ある程度の食いちがいはいたしかたありません。でも、この場合は違いがあまりにも大きすぎました。ラヴィニー神父の言い分だと、その男は斜視だったそうです。それは一目でわかる、ひじょうに見分けやすい特徴です。

ミス・レザランの記憶が正確であり、ラヴィニー神父の記憶が出鱈目であることは、ふたりの話を聞いたときすぐにわかりました。まるでラヴィニー神父はわれわれの目をわざと欺こうとしているみたいでした。その男を警察に見つけられないようにするために。

としたら、ラヴィニー神父はその男について何か知っているにちがいありません。そのとき、ふたりは何やら話をしていたそうですが、その内容については、ラヴィニー神父から聞いた言葉以上のことを知るすべはありません。

ミス・レザランとミセス・レイドナーが見たとき、その男は何をしていたのか。ミセス・レイドナーの部屋の窓を覗こうとしていたとふたりは思っていたようですが、わたしがそこに行って調べてみたところ、どうもそうではないみたいだった。その男が覗こうとしていたのは保管室の窓だったのかもしれないのです。

騒ぎが起きたのは、その翌日の夜のことです。何者かが保管室にいたようなのです。けれども、盗まれたものは何もなかった。興味深いことに、レイドナー博士がその部屋に駆けつけたとき、ラヴィニー神父もそこにいました。なんでも、部屋のなかに光が見えたそうです。でも、それが事実であることを裏づけるものは何もない。

そんなふうにして、疑惑は少しずつ膨らみはじめました。もしかしたら、ラヴィニー神父はフレデリック・ボスナーかもしれない。先日、レイドナー博士にそう言ったら、言下に否定されてしまいました。ラヴィニー神父は著名な人物だからというわけです。それに対して、わたしはこんなふうに反論しました。フレデリック・ボスナーが名前を変えてキャリアを重ねたとしたら、それからもう二十年近くたっているのだから、有名人になっていたとしても不思議ではない。とはいえ、それだけの長い年月をずっと宗教界で過ごしたというのもちょっと考えにくいところではあります。もっとわかりやすい答えがどこかにあるはずです。

このなかに、元々ラヴィニー神父と面識のあった者がいるでしょうか。いないはずです。だとしたら、ラヴィニー神父が偽者であったとしても何もおかしくはありません。これはあとで聞いた話ですが、当初来ることになっていたバード博士が急病で来られなくなったとき、かわりの者をよこしてくれという電報をカルタゴに打ったそうですね。電報をかすめとるのは、そんなにむずかしいことではありません。言語学者としての仕事について言うなら、ここに古代文字の解読ができる者はいません。断片的な知識があって、機転のきく者なら、たいていのことはなんとかなるものです。これまでのところ、銘板や碑文はほんのわずかしか発掘されていません。それでも、ラヴィニー神父の学者としての能力に対する疑問の声はあちこちからあがっていました。

やはりラヴィニー神父は何者かのなりすましではないのか。

それはフレデリック・ボスナーなのか。

でも、それでは筋の通らないことがいくつも出てくる。真実はそれとはまったく別のところにあるのではないか。

わたしはラヴィニー神父といろいろな話をしました。わたしはカトリック教徒で、大勢の司祭や信徒を知っています。だからわかるのですが、ラヴィニー神父はどうしても本物の神父のように見えなかった。それとはまったく別の分野での能力を持つ人間のように思えてならなかった。わたしはそういった者たちのこともよく知っています。宗教関係の人間ではありません。宗教とは縁もゆかりもありません。

それで、わたしは問いあわせの電報を打ったのです。

事実を知るための重要な手がかりになったのは、ミス・レザランがなにげなく口にしたひとことでした。保管室で出土品を見ていたとき、黄金の杯に蠟がついていたと言ったのです。わたしは『蠟？』と言い、ラヴィニー神父も『蠟？』と繰りかえしました。そのときの口調から、ラヴィニー神父がそこで何をしていたかはっきりとわかったのです」

ポアロは少し間をおき、それからレイドナー博士のほうを向いた。

「残念ながら、ムッシュ、保管室にある黄金の杯や短剣や髪飾りなどは、いずれも遺跡からの出土品ではありません。精巧な模造品です。わたしが打った最後の電報への返事によってわかったのですが、ラヴィニー神父というのは、じつはフランスの警察が〝もっとも狡猾な泥棒のひとり〟と呼んでいるラウル・ムニエという人物です。アリ・ユースフというトルコ系の腕のいい宝石職人と組んで、博物館の美術品を盗んでいたそうです。その名が広く知られるようになったのは、ルーヴル美術館の展示品のいくつかが偽物だとわかったときのことです。いずれの場合にも、館長とは面識のない著名な考古学者がやってきて、問題の展示品に手を触れていたそうです。そこで、後日その考古学者から話を聞くと、その日ルーヴルには行っていないという答えがかえってきたとのことでした。

わたしが調べたところによると、あなたの電報がチュニスの修道院に届いたとき、ムニエはそこの宝物を盗む計画を立てていました。本物のラヴィニー神父は健康を害していたので、お断わりの返事をするしかありませんでした。ムニエはその返信を手に入れ、受諾したという電報を打ったのです。問題は何もありません。たとえラヴィニー神父がイラクを訪れたという記事が新聞に載ったとしても、修道士がそれを読む可能性はいくらもありません。たとえ読んだとしても、よくある誤報だと思うだけでしょう。

そうやって、ムニエは相棒のアリといっしょにここにやってきたのです。保管室の窓を覗こうとしていたのは、もちろんアリです。計画では、ムニエが蠟で型をとり、アリが精巧な模造品をつくることになっていました。遺跡からの出土品を盗品と知りながら高い値段で買う収集家はいくらでもいます。模造品と本物をすりかえるには夜のほうがいい。そして、その役割を担っていたのがムニエです。

そう。ミセス・レイドナーが不審な物音に気づいて騒ぎになったときにしていたのは、それだったのです。だから、なんとか言いつくろわなければならなかった。それで咄嗟に口をついて出たのが、保管室で光を見たという嘘だったのです。

その嘘で、その場はうまく切りぬけることができました。けれども、ミセス・レイドナーは馬鹿じゃありません。黄金の杯に蠟がついていたことを思いだし、推理し、しかるべき結論に達した。それで、次にどのような行動をとったか。あるいは、どのような行動をとると思われるか。その性格からすると、何もしないということは考えられません。まわりくどいほのめかしや何やらで、ラヴィニー神父を困らせようとしたにちがいありません。知っているとは言わずに、疑っていると思わせるのです。それは危険なゲームでした。その危険なゲームを楽しんでいたのです。

でも、ついやりすぎてしまった。それで、ラヴィニー神父は危険を察知し、機先を制して反撃に出ようとしたのではないのか。

ラヴィニー神父は泥棒であると同時に、殺人犯でもあったのではないか」

ポアロは部屋のなかをゆっくりと歩きまわっていた。ハンカチを取りだして、額の汗を拭い、それからまた話しはじめた。

「今朝までにわかっていたのはこれだけです。可能性は八通りあって、そのどれが正しいかを知るすべはありませんでした。誰が犯人なのかは、まったくわかっていなかったのです。

でも、殺人は癖になる。一度やったら、またやる。

案の定、第二の殺人事件が起き、それでようやく犯人がわかったのです。

もしかしたら、誰かが謎を解く手がかりを知っていて、それを隠しているかもしれないという思いは、ずっとわたしの頭のなかにありました。

そうだとすると、その人間は大きな危険にさらされていることになる。

いちばん心配なのはミス・レザランでした。なにしろ精力的で、旺盛な好奇心の持ち主です。身の危険を招くような事実を探りあてることは、充分に考えられます。

でも、ご存じのとおり、第二の殺人事件の犠牲者はミス・レザランではありませんでした。ミス・ジョンソンでした。

第二の事件が起きなかったとしても、純粋な推理だけで答えを導きだすことは可能だったはずです。でも、第二の事件によって、解決の時期が早まったのは間違いありません。

とりあえず、それによってひとりの容疑者が除外されました。ミス・ジョンソンです。

それが自殺だということはありえないからです。

では、この第二の殺人について少し考えてみましょう。

まず第一の事実。ミス・レザランの話だと、日曜日の夜、ミス・ジョンソンはひとりでさめざめと泣いていた。そのあとあわてて燃やした紙片には、脅迫状と同じような筆跡の字が書かれていた。

第二の事実。事件の前日の夕方、ミス・ジョンソンは屋上に立って、ミス・レザランの言葉を借りるなら、信じがたいものを見てしまったような顔をしていた。どうしたのかと尋ねると、〝誰にも気づかれずに宿舎に忍びこむ方法がわかったの。まさかと思うような方法よ〟と答えた。でも、それ以上のことは何も言おうとしなかった。そのとき、ラヴィニー神父は中庭を歩いていて、ミスター・ライターは写真室のドアの前に立っていた。

第三の事実。ミス・ジョンソンは死ぬ間際に〝窓……窓……〟という言葉を口にした。

これがすでに判明している事実であり、解決しなければならない問題は以下のとおりです。

脅迫状は誰が書いたのか。

ミス・ジョンソンは屋上で何を見たのか。

〝窓……窓……〟という言葉は何を意味しているのか。

エ・ビアン。もっとも簡単なのは二番目の問題です。それから始めましょう。わたしはミス・レザランといっしょに屋上にあがり、ミス・ジョンソンがいたところに立ってみました。そこからは中庭と門と北側の建物、そしてふたりの調査団のメンバーが見えました。ミス・ジョンソンの言葉はミスター・ライターあるいはラヴィニー神父と関連があるのかどうか。

答えはすぐに出ました。外部の人間が建物のなかに入りこむためには、変装するしかありません。としたら、誰に変装するのがいちばん簡単か。ラヴィニー神父です。帽子をかぶり、サングラスをかけ、黒い顎ひげをつけ、丈の長い修道服を着ていれば、使用人に不審がられることなく、こっそりなかに入ることができたはずです。

だが、ミス・ジョンソンが言おうとしたのは、本当にそのことだったのか。もしかしたら、それ以上のことだったのではないか。もしかしたら、ラヴィニー神父が偽者だということを知っていたのではないか。別人のなりすましであることを知っていたのではないか。

ラヴィニー神父の正体があきらかになったとき、わたしはこれで事件の謎が解けたと考えました。犯人はラヴィニー神父だった。ミセス・レイドナーを殺害したのは、正体をあばかれそうになって、口を封じる必要が出てきたから。そしてそのあと、もうひとりの女性に秘密を見抜かれたことがわかった。それで、また殺さなければならなくなった。

これで多くのことを説明することができます。第二の殺人も。ラヴィニー神父が失踪したことも、ミス・ジョンソンのベッドの下に血痕のついた石臼があったことも。ラヴィニー神父は修道服を脱ぎ捨て、顎ひげを剃り、精巧な偽造パスポートを持って、仲間とともにシリアへ向かった。

わたしはこれで満足しかけました。でも、完全ではない。問題を解決するためには、すべてを完全に説明できなければなりません。これでは説明できないことがいくつか残ってしまいます。

たとえば、ミス・ジョンソンはどうして死ぬ間際に〝窓……窓……〟と言ったのか。どうして手紙のことで泣いていたのか。どうして屋上で恐怖におののいていたのか。そのときに思ったこと、あるいはわかったことを、どうしてミス・レザランに伝えなかったのか。

真の答えは、表面的な事実だけでなく、心理的な問題も解決できるものでなければなりません。

脅迫状、屋上、窓。わたしは屋上に立って、これらの三つの問題について考えていました。そのときに、見えたのです。それはミス・ジョンソンがそこで見たのと同じものでした。

それですべてを説明することができるようになったのです」

28　旅の終わり

ポアロは部屋のなかを見まわした。全員の視線がポアロに注がれている。少し中だるみしかけていた室内の雰囲気が、ここにきて一気に張りつめたものになった。

何かが起きようとしている。何かが……

ポアロは淡々とした口調で話を続けた。「脅迫状、屋上、窓……それですべてを説明することができます。すべての辻褄があいます。

わたしは三人が事件発生時のアリバイを持っていたと言いました。そのうちふたりのアリバイは、完全なものではないとも言いました。でも、そこには大きな、驚くべき間違いがありました。三人目のアリバイもやはり完全なものではなかったのです。レイドナー博士は殺人をおかすことができただけではありません。実際に殺人をおかしたのです」

困惑に満ちた沈黙が垂れこめた。レイドナー博士も何も言わなかった。その心はどこか遠いところをさまよっているみたいだった。

デイヴィッド・エモットはもぞもぞと身体を動かしている。

「どういうことかさっぱりわかりませんね、ムッシュ・ポアロ。レイドナー博士は二時四十五分までずっと屋上にいたんです。そのあいだ、一度も下におりていません。これは事実です。嘘じゃありません。誓ってもいい。ぼくに見られずに下におりることは絶対にできません」

ポアロはうなずいた。

「わかっています。あなたが言ったとおり、レイドナー博士は屋上からおりていません。それは疑いのない事実です。でも、わたしがそこで見たものは、ミス・ジョンソンが見たものと同じでした。それで、レイドナー博士が屋上からおりずに夫人を殺せたことがわかったのです」

全員が目を見張った

「窓です」ポアロは話を続けた。「ミセス・レイドナーの部屋の窓です。それがわたしの見たものであり、ミス・ジョンソンが見たものだったのです。それは裏の畑に面していて、わたしが立っていたところのすぐ下にありました。そのとき、レイドナー博士はひとりで屋上にいて、それを見ている者は誰もいませんでした。そばには、重い石臼が置かれていました。簡単なことです。じつに簡単なことです。問題は、ほかの者がミセス・レイドナーの部屋に入るまえに、死体を動かす機会をつくることだけです。それは信じられないほど簡単なことです。お見事としか言いようがありません。

つまりこういうことです。

レイドナー博士は屋上で土器の整理をしていた。そのとき、ミスター・エモットを屋上に呼び寄せ、それからそこで十分ほど話をした。中庭にいた少年は、ミスター・エモットがいなくなると、いつものように仕事をさぼって、門の外に出ていった。そのあと、ミスター・エモットが中庭に戻って、少年を呼ぶ声が聞こえると、すぐに計画を実行に移した。

ポケットのなかには、以前夫人を脅すために使った粘土の仮面が入っていた。それを取りだし、手すり壁の端から垂らして、夫人の部屋の窓の前までおろしたのです。

さっきも言ったように、中庭とは反対側の畑に面した窓です。

ミセス・レイドナーはベッドに横になって、うつらうつらしていました。のんびりした、幸せなひとときだったはずです。そのとき、仮面が窓に当たったので、そっちのほうに目をやったが、外はまだ暗くなっていません。昼のひなかです。だから、怖くはなかった。それが何なのかもすぐにわかった。たちの悪いいたずらです。このときは恐怖より怒りのほうが大きかった。こんなときにどうするかは、誰でもみな同じです。そのようないたずらをしているのが誰かたしかめるために、ベッドから飛びだして、窓をあけ、鉄格子のあいだから首を出した。

レイドナー博士はその瞬間を待ちうけていました。重い石臼を持って、屋上で待ちかまえていたのです。そして、窓から首が出てきたときに石臼を落としたのです。

ミセス・レイドナーは悲鳴をあげて、窓ぎわの敷物の上に倒れました。ミス・ジョンソンが聞いたのはこのときの声です。

石臼には穴があいていて、あらかじめロープが通されていました。それをたぐれば、石臼をふたたび屋上に引っぱりあげることができる。引っぱりあげた石臼は、屋上で血のついた側を下にして、ほかの出土品のあいだに戻しておけばいい。

そうしたあと、レイドナー博士はさらに一時間ほど仕事をし、頃あいを見はからって、次の行動に移った。下におりて、中庭にいたミスター・エモットとミス・レザランに話しかけ、夫人の部屋に入ったのです。そのときの行動を本人はこのように説明していま す。

『わたしは妻がベッドのそばに倒れているのを見つけました。手足が痺れたようになり、しばらくのあいだ動けませんでした。それから、なんとか歩いていって、かたわらに膝をつき、妻の頭を持ちあげました。妻は死んでいました。立ちあがったとき、わたしは放心状態で、酔っぱらったみたいになっていました。そんな状態で部屋から出て、ひとを呼んだのです』

とつぜんの悲劇に直面した者にとっては、当然の行動といえるでしょう。でも、わたしは事実を次のように考えています。

レイドナー博士は部屋に入ると、すぐに窓の前に行き、手袋をはめて窓を閉め、錠をかけ、それから夫人の死体をベッドとドアのあいだまで運んだ。そのとき、窓ぎわの敷物に血がついていることに気づいた。ベッドの脇の敷物とは、大きさがちがうので、取りかえることはできない。仕方がないから、次善の策として、洗面スタンドの前にあった敷物と取りかえることにした。そうすれば、血は窓とではなく、洗面スタンドと結びつけて考えられることになる。これはとても重要な点です。窓が犯行になんらかの役割を果たしたということを示すものがあってはならないのです。あとは部屋の外に出て、打ちひしがれた夫の役を演じるだけでいい。それはそんなにむずかしいことではなかったはずです。夫人を心から愛していたのですから」

「待ってください」ドクター・ライリーがいらだたしげに口をはさんだ。「だったら、どうして殺したんです。動機は何なのです。どうして黙っているんです、レイドナー博士。馬鹿も休み休みにしろと言っておやりなさいよ」

レイドナー博士は何も言わず、身じろぎもしない。

ポアロは話を続けた。「これは情痴殺人だと、最初に言ってあったはずです。最初の夫のフレデリック・ボスナーはなぜ彼女を殺すと脅したのか。彼女を愛していたからです。そして、それがいま現実のものになったのです。

そうなんです。犯人がレイドナー博士だとわかれば、辻褄は完全にあいます。

もう一度この旅を最初から振りかえってみましょう。ミセス・レイドナーの最初の結婚。脅迫状。そして、二度目の結婚。脅迫状はミセス・レイドナーの再婚をつねに妨げてきました。けれども、レイドナー博士が相手のときには何も起こらなかった。レイドナー博士がフレデリック・ボスナーだったとすれば、それは当然のことです。

今度は、若きフレデリック・ボスナーの視点から、この旅をもう一度見なおしてみましょう。

まず第一に、妻のルイーズの抗いがたい魅力にとりつかれ、狂おしい愛情を抱いていた。なのに、裏切られ、死刑の宣告を受けた。そして逃走した。そのとき、たまたま乗っていた列車が転覆事故を起こし、別人になりかわることができた。それがスウェーデン系アメリカ人の若い考古学者エリック・レイドナーです。その死体はひどく損傷していました。フレデリック・ボスナーとして埋葬されるのにちょうどいい人物だったわけです。

こうやって生まれかわった男は、自分を死刑にしようとした女性にどんな態度をとったか。ここで何より重要なのは、愛情は依然として残っていたということです。あとはどうやって第二の人生を組みたてなおすかです。幸いなことに、新しい職業は性にあっていたし、才能に恵まれてもいた。だから、その道で身を立てることができた。けれども、若き日の燃えるような恋情を忘れることはできなかった。それで、かつての妻の動向を執拗にうかがいつづけたのです。ミセス・レイドナーがミス・レザランに語ったところによると、〝あのひとの優しさの裏には、いつもどこか冷酷なところがあった〟そうです。もともとそのような冷たい執着心の持ち主であり、ルイーズがほかの男のものになるのがどうしても許せなかった。だから、折りに触れて、脅迫状を送りつけるようになった。筆跡を真似たのは、警察に届けでられたときのためです。世間を騒がせるために、自分でそのような手紙を書く女性は少なくありません。警察も筆跡の類似点を見て、同様の安直な結論を出すはずです。さらに言うなら、それによって、フレデリック・ボスナーがやはり生きているのではないかという思いを強くさせることもできます。

それから何年かが過ぎ、ついにそのときがやってきました。ふたたびルイーズの前に姿を現わしたのです。問題は何も起きなかった。正体を疑われることはまったくなかった。いまは著名な学者であり、顎ひげをはやした、猫背ぎみの中年男です。背筋のまっすぐのびた、ハンサムな青年の面影はもうどこにもありません。こうして歴史は繰りかえされました。以前と同様に、レイドナー博士はルイーズの心をとらえ、晴れて結婚の運びとなったのです。当然のことながら、結婚の邪魔だてをする脅迫状は来ませんでした。

けれども、結婚したあとには、ふたたび脅迫状が届いています。それはなぜか。おそらく慎重を期すためでしょう。いっしょに暮らしていれば、ふとしたきっかけで、何かを思いだすかもしれません。だから、エリック・レイドナーとフレデリック・ボスナーはまったくの別人であるということを、なんらかのかたちで強く印象づける必要があった。それゆえ、あらためて脅迫状を送りつけたのです。つづいて起きたガス漏れ騒動も、レイドナー博士の仕業です。これも目的は同じです。

それでようやく満足することができたのでしょう。もう脅迫状を送る必要はありませんでした。そのあと、しばらく幸福な結婚生活が続きました。

ところが、それから二年近くたって、また脅迫状が送られてきはじめた。

それはなぜか。エ・ビアン。理由は簡単です。どの脅迫状もそうですが、そこに書かれていたことは、口先だけのはったりじゃありません。だから、ミセス・レイドナーは怯えていたのです。フレデリック・ボスナーは優しいが、冷酷な男です。ほかの男のものになったら、本当に殺されると思っていたにちがいありません。それがここにきて現実のものとなった。リチャード・ケアリーと恋に落ちてしまったからです。

それを知って、レイドナー博士は冷酷かつ冷静に殺人の計画を練りはじめた。

ミス・レザランの果たした役割がどれだけ重要なものであったか、これでおわかりいただけるでしょう。レイドナー博士がなぜ夫人の身のまわりの世話をミス・レザランに頼んだのか。それは最初からずっと疑問に思っていたことですが、これで説明がつきます。ミセス・レイドナーの死体が発見されたとき、死後一時間以上経過していると断定できる職業的な知見を持つ者が、どうしても必要だったのです。そうすれば、ミセス・レイドナーが殺されたのは、自分が屋上にいたときということになる。でないと、部屋に入ったときに犯行に及び、死体を見つけたふりをしたと疑われかねない。でも、正規の訓練を受けた看護婦が、間違いなく死後一時間はたっていると言えば　不審に思われることはなくなります。

わかったことはもうひとつあります。今年になってから、調査団のメンバーのあいだに、ピリピリとした重苦しい雰囲気が漂いはじめたという事実です。それはミセス・レイドナーひとりのせいではあるまいと、わたしは最初から考えていました。それまでの数年間は和気あいあいとしていたという話を聞いていたからです。どのような集団でも、指導者の影響を強く受けるのは当然のことです。レイドナー博士は物静かだが、とても強いリーダーシップの持ち主でした。その才気と、判断力と、まわりの者への気配りをもってすれば、仲間うちの雰囲気がよくなるのは当然のことでしょう。

逆に言うなら、雰囲気が悪くなるのも、指導者のせいです。ここに漂っていた奇妙な緊張感や圧迫感の原因は、夫人ではなく、レイドナー博士にあったのです。みんながなんとはなしに変化を感じとったのは無理からぬことです。レイドナー博士の人当たりのよさは、表向き変わっていませんが、それはそういう役割りを演じていたからにすぎません。実際は殺人計画にとりつかれていたのです。

では、第二の事件に移りましょう。ミス・ジョンソンの殺害事件です。ミス・ジョンソンは事務室でレイドナー博士の書類を整理していました。それは頼まれたからではなく、博士のためにと思ってしていたことです。そのときに脅迫状の下書きを見つけたのです。

とても信じられなかったでしょう。わけがわからず、おろおろするばかりだったでしょう。レイドナー博士が自分の妻を脅迫していたのです。どういうことか理解することはできなかったが、大きなショックを受けたのは間違いありません。だから、ミス・レザランに見られたとき、泣いていたのです。

そのとき、レイドナー博士が殺人犯だとわかったとは思いませんが、ミセス・レイドナーの部屋とラヴィニー神父の部屋であがった悲鳴のことは、心に残っていたはずです。事件があったとき居間で聞いた声がミセス・レイドナーの悲鳴だったとすれば、それは窓が開いていたからだということになります。そのときはそれがどれほどの意味を持つとも思わなかったでしょうが、気にはなっていたはずです。

それで、あれこれと思案をめぐらせ、次第に事件の真相に近づいていった。もしかしたら、脅迫状のことでレイドナー博士に探りを入れたのかもしれません。それで、レイドナー博士はどういうことか察して、表情を変えた。もしかしたら、まずいことになったという思いが顔に出たのかもしれません。

けれども、レイドナー博士はずっと屋上にいた。部屋にいた夫人を殺すことはできない。

真相がひらめいたのは、屋上にあがって考えていたときのことです。屋上にいても、窓が開いていれば、ミセス・レイドナーを殺すことはできる。

ミス・レザランが屋上にあがってきたのは、このときでした。

ミス・ジョンソンはとっさに上べをとりつくろった。レイドナー博士への思いは強い。いまわかった恐ろしい真実をミス・レザランに知られてはならない。

それで、わざと窓と反対側の中庭のほうを向き、そのときそこを歩いていたラヴィニー神父の姿を見て思いついたことを口にしたのです。

それ以上のことは何も言わなかった。考えなければならないことがあるから、とのことで。

レイドナー博士は注意深くミス・ジョンソンの様子をうかがっていたにちがいありません。真相を知られたことはすぐにわかりました。ミス・ジョンソンは恐怖や不安を隠せるような女性ではありません。

いまのところはまだ誰にも何も話していない。でも、それがいつまで続くか。

殺人は癖になります。その夜、レイドナー博士は塩酸を入れたグラスを水のグラスとすりかえました。そうすれば、自殺に見せかけることができる。ミセス・レイドナーを殺し、良心の呵責に耐えられなくなったというわけです。屋上から石臼を持ってきて、ミス・ジョンソンの部屋のベッドの下に置いたのも、そのためです。

ミス・ジョンソンが苦痛に身をよじらせながら必死に伝えようとしたのは、当然のことながら、自分が見つけだした真実です。〝窓〟――つまり、ミセス・レイドナー殺しの犯人はドアをあけて入ってきたのではない、犯行は窓を使って行なわれた、ということです。

これですべてを説明することができます。すべてがおさまるべきところにおさまります。心理的な問題もすべて解決します。

でも、証拠はありません。なんの証拠もないのです」

誰も何も言わなかった。わたしたちは恐怖の海に投げこまれていた。いや、そこには恐怖だけでなく、悲しみも同じだけあった。

レイドナー博士は動きもせず、言葉を発しもしなかった。これまでと同じように、ただそこにすわっているだけだった。そこにいるのは、疲れきり、やつれはてた中年の男だった。

しばらくして身体をゆっくり動かし、力のない弱々しい目をポアロに向けた。

「ええ、証拠はありません。でも、そんなことはどうだっていい。事実を否定するつもりはありません。これまでも事実を否定したことは一度もありません……本当のところは、ほっとしているんです……ひどく疲れました……アン・ジョンソンのことは申しわけないと思っています。ひどい話です。とんでもないことです。あのとき、わたしはどうかしていたのです。さぞかし苦しかったでしょう。本当にかわいそうなことをしました。そうなんです。あのとき、わたしはどうかしていたのです。恐怖のあまり……」

歪んだ口もとに、かすかな笑みが浮かんだ。

「あなたは優秀な考古学者になれたでしょう、ムッシュ・ポアロ。あなたは過去を再現させる才能を持っている。全部あなたのおっしゃったとおりです。わたしは妻を愛し、妻を殺しました……あなたが妻を知っていたなら、きっとわかっていただけると思います……いや、もうすでにわかっていらっしゃるはずです」

29　最後に

これ以上語るべきことはない。

ラヴィニー神父は相棒のアリといっしょにベイルートで船に乗ろうとしたところを逮捕された。

シーラ・ライリーはデイヴィッド・エモットと結婚した。それでよかったと思う。ミスター・エモットなら、尻に敷かれることはなく、しっかりと手綱を握っていてくれるだろう。ビル・コールマンには、とても手に負える相手ではない。

コールマンといえば、昨年、盲腸になり、わたしが看護をしてあげた。そのときにあらためて、とてもいいひとだと思った。後見人の口ききで、いまは南アフリカの農園で働いている。

あの事件のあと、ふたたび東洋を訪れることはなかった。奇妙なことに、また行ってみたいと思うことがときどきある。水車の音、洗濯をする女たち、ふてぶてしい目つきのラクダ。そういったものを思いだすと、ホームシックに似た感情を覚える。もしかしたら、あの汚さは思っているほど不潔なものではないのかもしれない。

ドクター・ライリーはイギリスに帰ってくるたびに、わたしを訪ねてくれる。先に述べたとおり、わたしにこの文章を書かせたのもドクター・ライリーだ。

「ご自由にお使いください」と、わたしは言った。「文法はめちゃめちゃだし、文章はつたないし、難を言えばきりがありません。でも、ようやく仕上がりました」

ドクター・ライリーは原稿を受けとった。そのときには何も言われなかったが、こんなものが活字になったらお慰み。

ムッシュ・ポアロはシリアに戻り、その一週間後にオリエント急行に乗り、そこでまた別の殺人事件に出くわした。あのひとが利口であるのは認める。でも、あんなふうにわたしをからかったことは許せない。わたしが本物の看護婦ではなく、犯罪にかかわっていると考えているふりをするなんて！

世の医師たちも同じだ。ふざけたことをよく平気で言う。相手の気持ちを少しも考えずに。

ミセス・レイドナーがどのような人間だったのかということは何度も考えた。とんでもない悪女だったのではないかと思うこともときにはある。でも、わたしにはとても親切だった。あの優しい声や美しい髪のことを思いだすと、責めるよりも、哀れむべきではないかという気がしてならない。

同じ気持ちは、レイドナー博士に対してもある。二度の殺人をおかしたことは知っているが、それでも同情を禁じえない。愛があまりにも強すぎたのだ。ひとを愛しすぎるというのは、恐ろしいことなのかもしれない。

年齢を重ね、多くのひとと出会い、いろいろな悲しみや病を見るにつれて、人々への同情の念は深くなるばかりだ。子供のころ叔母から叩きこまれた厳格な規律は、いったいどこへ消えてしまったのやら。叔母はとても信仰心が篤く、口うるさいひとだった。隣近所のまわりに、欠点を知られていない者はひとりもいなかった……

ああ、本当にドクター・ライリーの言ったとおりだ。どのようにしてこの文章を終えたらいいのか。何か気のきいた締めくくりの言葉はないものか。

ドクター・ライリーにアラビア語の決めゼリフを訊いてみよう。

ムッシュ・ポアロが引用したような。

慈悲深く、恵み多きアラーの御名において……

とかなんとか。

解説

一橋大学名誉教授
春日直樹

「聖書とシェークスピアは教会と学校を援軍にしてきた。しかし、第三のビッグセラーであるアガサ・クリスティーは、その地位をまったくもって市場の力で獲得した」

これは雑誌『エコノミスト』が、クリスティー生誕百周年の一九九〇年に組んだコラムの冒頭文である（九月二九日版）。このときすでに彼女の本は一〇〇を越える言語に翻訳され、二〇億冊以上も売れていた。まさにアガサ・クリスティーは、史上最高の人気作家といえよう。

クリスティーはもとから売れる作家だったわけでない。たとえば第二次世界大戦の以前は、ドロシイ・セイヤーズやマージェリー・アリンガムやナイオ・マーシュの横に並べられて、ミステリイの四大女流作家と称される程度だった。けれども彼女の作品は、はじめから他の三人と違った。文学的な格調も細密な描写もなく、シンプルな英語で意外な犯人を描くことに秀でていたのである。親しみやすく楽しめるクリスティーの作品は、戦後にめざましい発展を遂げた活字市場を制覇して、彼女を「女王」の玉座につかせた。

本書『メソポタミヤの殺人』は、そんなクリスティーの生涯にとって特別な意味をもつ一作である。この作品はオリエントを舞台にした最初の長篇で、彼女がもっとも油にのった一九三〇年代に執筆されており、なにより、生涯の伴侶となった考古学者マックス・マローワンとの出会いが生んだ記念の一冊である。最初の夫に裏切られて不幸な日々を送っていたクリスティーがもしも、ふとしたきっかけでオリエント急行に乗ってバグダッドへと旅立たなかったなら、そしてメソポタミヤの遺跡発掘現場を訪れなかったなら、この本は生まれなかったに違いない。

本書での殺人は、まさに遺跡調査団の宿舎で起こる。イギリスからバグダッドまで仕事に来ていた看護婦レザランが、古代アッシリア遺跡の調査団長であるレイドナー博士から妻への付添を依頼されるところから、物語がはじまる。ミセス・レイドナーは、自分が殺されるという強迫観念に取り憑かれていた。

希有な美人にして恐怖にさいなまれ、団員たちの雰囲気を一変させたミセス・レイドナーとは、いったいどんな女性なのか。紋切り型の登場人物が多いと批判されるクリスティーだが、こと女性に関しては目をみはる冴えで人物を造形する。中近東を舞台にした他のミステリィだけをみても、『バグダッドの秘密』のヴィクトリア、『死との約束』のボイントン夫人、『ナイルに死す』のジャクリーンなど、なんとも強烈で魅力あるキャラクターを揃えている。本書のミセス・レイドナーは、彼女たちにまさるとも劣らない個性で、しかもはるかに謎めいたイメージで、読者を物語へと引き込んでいく。

本書のもう一つの特色は、レザランの手記という形をとる点にある。真面目で人情味がありプロ意識も強いが少し軽率、というどこかでみたような看護婦が、慣れない筆で懸命に事件の進行を記録する。読者はクリスティーの茶目っ気をみるだけでなく、稚拙な手記にいつの間にか引きずり込まれるという一種不思議な経験をもつことだろう。実はここには、書き手のもつ力――難しい言葉でいうと「書き手の権威」――という二十世紀の文学や社会科学にとっての一大テーマが隠されていて、クリスティーはこの難問をいち早く察知して披露したパイオニアでもあるのだ（なんといっても、その代表例は『アクロイド殺し』）。

ともかく、クリスティーの作品は読みやすくて楽しめる。テンポのよい筋運びで、残酷さも生々しさも抑えた格好でパズル解きのようなスリルを盛り上げ、最後では期待にたがわず意外な犯人が飛び出してくる。殺人者は必ずみつかり罰せられ、罪なき容疑者は救われる。それに本書にも登場する名探偵ポアロは、エラリイ・クイーンやセイヤーズの名探偵と違って悩むことがない。

当然、クリスティー作品は保守的だと批判する声があちこちで上がってきた。当たっている。実際に彼女は庭いじりと料理が大好きで、控え目で地味な女性という古き良き秩序を体現するひとだったから、作品が保守的になるのも無理はない。クリスティーの物語では、いつも中流以上の人間だけが殺したり殺されたりする権利をもっていて、使用人や労働者は慎ましやかな脇役を忠実にこなすだけである。舞台もイギリス南部の農村かリゾート地がほとんどで、たまに本書のような異国を選んでも、観光旅行の軽めの情緒がわずかに織り込まれるにすぎない。当時の中近東ではすでに石油の利権をめぐって大国が画策をめぐらし、各地で政治活動に介入して人々の暮らしを変えつつあったのに、そんな生臭い状況はこれっぽっちも感じさせることなく、綺麗な物語に仕上っている。

でも。クリスティーの作品がそれほどに保守的で体制的ならば、なぜ今日も愛読されつづけるのだろう？　晩年の彼女は「これがイギリスなの？」と犯罪記事の見出しをみて嘆いたが、イギリスは変わったし世界も変わった。オリエント急行の優雅な旅をバグダッドまでつづけていく特権は、もはや誰にも味わうことができない。犯罪の動機は複雑化し、内容も多様化して、犯罪にかかわる年齢も性も階級も民族も変化した。ちまたには、暴力とセックスの描写に満ちた小説が幅をきかせるありさまである。それなのになぜ、クリスティーは愛読されつづけるのか。グローバル化の波に乗って、旧社会主義国やアジアやアフリカで、ますます読者を広げているのか。

失われた良き秩序へのノスタルジーにすぎない、と答えるのは容易だ。けれどもクリスティーの作品には、国や時代を超える何かがある。同時代のファンが、いやクリスティー自身が気づかなかったような、ミステリアスな力が宿っている。りんとしたモラル。節度あるユーモア。絶妙なバランス感覚。それはちょうど、写真の彼女にみる穏やかでしっかりした目や、綺麗に伸びた背筋や、どっしりとした骨格のように、確かであり裏切らないものだ。

嘘とお思いなら、ためしに一冊をあらためて手に取るとよい。ワールドカップの興奮、テロ事件の衝撃、大国のエゴイズムへの憤り、その渦中にあえて彼女の一冊を開いてみるとよい。平静な自分、ふだんの自分がきっと戻ってくる。それが現代にクリスティーをミステリイとして読むことの意味である。

本書は、二〇〇三年十二月にクリスティー文庫より
刊行された『メソポタミヤの殺人』の新訳版です。

灰色の脳細胞と異名をとる

〈名探偵ポアロ〉シリーズ

本名エルキュール・ポアロ。イギリスの私立探偵。元ベルギー警察の捜査員。卵形の顔とぴんとたった口髭が特徴の小柄なベルギー人で、「灰色の脳細胞」を駆使し、難事件に挑む。『スタイルズ荘の怪事件』（一九二〇）に初登場し、友人のヘイスティングズ大尉とともに事件を追う。フェアかアンフェアかとミステリ・ファンのあいだで議論が巻き起こった『アクロイド殺し』（一九二六）、イニシャルのＡＢＣ順に殺人事件が起きる奇怪なストーリーが話題をよんだ『ＡＢＣ殺人事件』（一九三六）、閉ざされた船上での殺人事件を巧みに描いた『ナイルに死す』（一九三七）など多くの作品で活躍し、最後の登場になる『カーテン』（一九七五）まで活躍した。イギリスだけでなく、イラク、フランス、イタリアなど各地で起きた事件にも挑んだ。

映像化作品では、アルバート・フィニー（映画《オリエント急行殺人事件》）、ピーター・ユスチノフ（映画《ナイル殺人事件》）、デビッド・スーシェ（ＴＶシリーズ）らがポアロを演じ、人気を博している。

1 スタイルズ荘の怪事件
2 ゴルフ場殺人事件
3 アクロイド殺し
4 ビッグ4
5 青列車の秘密
6 邪悪の家
7 エッジウェア卿の死
8 オリエント急行の殺人
9 三幕の殺人
10 雲をつかむ死
11 ABC殺人事件
12 メソポタミヤの殺人
13 ひらいたトランプ
14 もの言えぬ証人
15 ナイルに死す
16 死との約束
17 ポアロのクリスマス
18 杉の柩
19 愛国殺人
20 白昼の悪魔
21 五匹の子豚
22 ホロー荘の殺人
23 満潮に乗って
24 マギンティ夫人は死んだ
25 葬儀を終えて
26 ヒッコリー・ロードの殺人
27 死者のあやまち
28 鳩のなかの猫
29 複数の時計
30 第三の女
31 ハロウィーン・パーティ
32 象は忘れない
33 カーテン
34 ブラック・コーヒー〈小説版〉

好奇心旺盛な老婦人探偵
〈ミス・マープル〉シリーズ

本名ジェーン・マープル。イギリスの素人探偵。ロンドンから一時間ほどのところにあるセント・メアリ・ミードという村に住んでいる、色白で上品な雰囲気を漂わせる編み物好きの老婦人。村の人々を観察するのが好きで、そのうちに直感力と観察力が発達してしまい、警察も手をやくような難事件を解決するまでになった。新聞の情報に目をくばり、村のゴシップに聞き耳をたて、それらを総合して事件の謎を解いてゆく。家にいながら、あるいは椅子に座りながらゆったりと推理を繰り広げることが多いが、敵に襲われるのもいとわず、みずから危険に飛び込んでいく行動的な面ももつ。

長篇初登場は『牧師館の殺人』（一九三〇）。「殺人をお知らせします」という衝撃的な文章が新聞にのり、ミス・マープルがその謎に挑む『予告殺人』（一九五〇）や、その他にも、連作短篇形式をとりミステリ・ファンに高い評価を得ている『火曜クラブ』（一九三二）、『カリブ海の秘密』（一九六四）とその続篇『復讐の女神』（一九七一）などに登場し、最終作『スリーピング・マーダー』（一九七六）まで、息長く活躍した。

35 牧師館の殺人
36 書斎の死体
37 動く指
38 予告殺人
39 魔術の殺人
40 ポケットにライ麦を
41 パディントン発4時50分
42 鏡は横にひび割れて
43 カリブ海の秘密
44 バートラム・ホテルにて
45 復讐の女神
46 スリーピング・マーダー

冒険心あふれるおしどり探偵
〈トミー&タペンス〉

本名トミー・ベレズフォードとタペンス・カウリイ。『秘密機関』（一九二二）で初登場。心優しい復員軍人のトミーと、牧師の娘で病室メイドだったタペンスのふたりは、もともと幼なじみだった。長らく会っていなかったが、第一次世界大戦後、ふたりはロンドンの地下鉄で偶然にもロマンチックな再会をはたす。お金に困っていたので、まもなく「青年冒険家商会」を結成した。この後、結婚したふたりはおしどり夫婦の「ベレズフォード夫妻」となり、共同で探偵社を経営。事務所の受付係アルバートとともに事務所を運営している。トミーとタペンスは素人探偵ではあるが、その探偵術は、数々の探偵小説を読破しているので、事件が起こるとそれら名探偵の探偵術を拝借して謎を解くというユニークなものであった。

『秘密機関』の時はふたりの年齢を合わせても四十五歳にもならなかったが、

最終作の『運命の裏木戸』（一九七三）ではともに七十五歳になっていた。青春時代から老年時代までの長い人生が描かれたキャラクターで、クリスティー自身も、三十一歳から八十三歳までのあいだでシリーズを書き上げている。ふたりの活躍は長篇以外にも連作短篇『おしどり探偵』（一九二九）で楽しむことができる。

ふたりを主人公にした作品が長らく書かれなかった時期には、世界各国の読者からクリスティーに「その後、トミーとタペンスはどうしました？　いまはなにをやってます？」と、執筆の要望が多く届いたという逸話も有名。

名探偵の宝庫
〈短篇集〉

クリスティーは、処女短篇集『ポアロ登場』（一九二三）を発表以来、長篇だけでなく数々の名短篇も発表し、二十冊もの短篇集を発表した。ここでもエルキュール・ポアロとミス・マープルは名探偵ぶりを発揮する。ギリシャ神話を題材にとり、英雄ヘラクレスのごとく難事件に挑むポアロを描いた『ヘラクレスの冒険』（一九四七）や、毎週火曜日に様々な人が例会に集まり各人が体験した奇怪な事件を語り推理しあうという趣向のマープルものの『火曜クラブ』（一九三二）は有名。トミー＆タペンスの『おしどり探偵』（一九二九）も多くのファンから愛されている作品。

また、クリスティー作品には、短篇にしか登場しない名探偵がいる。心の専門医の異名を持ち、大きな体、禿頭、度の強い眼鏡が特徴の身上相談探偵パーカー・パイン（『パーカー・パイン登場』一九三四、など）は、官庁で統計収集の事務を行なっていたため、その優れた分類能力で事件を追う。また同じく、ハーリ・クィンも短篇だけに登場する。心理的・幻想的な探偵譚を収めた『謎のクィン氏』（一九三〇）などで活躍する。その名は「道化役者」の意味で、まさに変幻自在、現われてはいつのまにか消え去る神秘的不可思議的な存在として描かれている。恋愛問題が絡んだ事件を得意とするというユニークな特徴をもっている。

ポアロものとミス・マープルものの両方が収められた『クリスマス・プディングの冒険』（一九六〇）や、いわゆる名探偵が登場しない『リスタデール卿の謎』（一九三四）や『死の猟犬』（一九三三）も高い評価を得ている。

51 ポアロ登場
52 おしどり探偵
53 謎のクィン氏
54 火曜クラブ
55 死の猟犬
56 リスタデール卿の謎
57 パーカー・パイン登場
58 死人の鏡
59 黄色いアイリス
60 ヘラクレスの冒険
61 愛の探偵たち
62 教会で死んだ男
63 クリスマス・プディングの冒険
64 マン島の黄金

世界中で上演されるクリスティー作品

〈戯曲集〉

劇作家としても高く評価されているクリスティー。初めて書いたオリジナル戯曲は一九三〇年の『ブラック・コーヒー』で、名探偵ポアロが活躍する作品であった。ロンドンのスイス・コテージ劇場で初演を開け、翌年セント・マーチン劇場へ移された。一九三七年、考古学者の夫の発掘調査に同行していた時期にオリエントに関する作品を次々執筆していたクリスティーは、戯曲でも古代エジプトを舞台にしたロマン物語『アクナーテン』を執筆した。その後、『そして誰もいなくなった』、『死との約束』、『ナイルに死す』、『ホロー荘の殺人』など自作長篇を脚色し、順調に上演されてゆく。一九五二年、オリジナル劇『ねずみとり』がアンバサダー劇場で幕を開け、現在まで演劇史上類例のないロングランを記録する。この作品は、伝承童謡をもとに、一九四七年にクイーン・メアリの八十歳の誕生日を祝うために書かれたBBC放送のラジオ・ドラマを舞台化したものだった。カーテン・コールの際の「観客のみなさま、どうかこのラストのことはお帰りになってもお話しにならないでください」の一節はあまりにも有名。一九五三年には『検察側の証人』がウィンター・ガーデン劇場で初日を開け、その後、ニューヨークでアメリカ劇評家協会の海外演劇部門賞を受賞する。一九五四年の『蜘蛛の巣』はコミカルなタッチのクライム・ストーリーという新しい展開をみせ、こちらもロングランとなった。

クリスティー自身も観劇を好んでいたため、『ねずみとり』は初演から十年がたった時点で四、五十回は観ていたという。長期にわたって劇のプロデューサーをつとめたピーター・ソンダーズとは深い信頼関係を築き、「自分の知らない芝居の知識を教えてもらった」と語っている。

バラエティに富んだ作品の数々
〈ノン・シリーズ〉

名探偵ポアロもミス・マープルも登場しない作品の中で、最も広く知られているのが『そして誰もいなくなった』（一九三九）である。マザーグースになぞらえて殺人事件が次々と起きるこの作品は、不可能状況やサスペンス性など、クリスティーの本格ミステリ作品の中でも特に評価が高い。日本人の本格ミステリ作家にも多大な影響を与え、多くの読者に支持されてきた。

その他、紀元前二〇〇〇年のエジプトで起きた殺人事件を描いた『死が最後にやってくる』（一九四四）、『チムニーズ館の秘密』（一九二五）に出てきたロンドン警視庁のバトル警視が主役級で活躍する『ゼロ時間へ』（一九四四）、オカルティズムに満ちた『蒼ざめた馬』（一九六一）、スパイ・スリラーの『フランクフルトへの乗客』（一九七〇）や『バグダッドの秘密』（一九五一）などのノン・シリーズがある。

また、メアリ・ウェストマコット名義で『春にして君を離れ』（一九四四）をはじめとする恋愛小説を執筆したことでも知られるが、クリスティー自身は四半世紀近くも関係者に自分が著者であることをもらさないよう箝口令をしいてきた。これは、「アガサ・クリスティー」の名で本を出した場合、ミステリと勘違いして買った読者が失望するのではと配慮したものであったが、多くの読者からは好評を博している。

訳者略歴　1950年生，英米文学翻訳家
訳書『カルカッタの殺人』ムカジー，『窓際のスパイ』『死んだライオン』『放たれた虎』ヘロン，『ゴルフ場殺人事件』クリスティー（以上早川書房刊）他多数

Agatha Christie

メソポタミヤの殺人
〔新訳版〕

〈クリスティー文庫 12〉

二〇二〇年七月二十五日　発行
二〇二四年八月二十五日　四刷

（定価はカバーに表示してあります）

著者　アガサ・クリスティー
訳者　田村義進
発行者　早川浩
発行所　株式会社 早川書房
郵便番号一〇一 - 〇〇四六
東京都千代田区神田多町二ノ二
電話　〇三 - 三二五二 - 三一一一
振替　〇〇一六〇 - 三 - 四七七九九
https://www.hayakawa-online.co.jp

乱丁・落丁本は小社制作部宛お送り下さい。
送料小社負担にてお取りかえいたします。

印刷・中央精版印刷株式会社　製本・株式会社フォーネット社
Printed and bound in Japan
ISBN978-4-15-131012-6 C0197

本書は活字が大きく読みやすい〈トールサイズ〉です。